T0178865

Los años extraordinarios

Los años extraordinarios

RODRIGO CORTÉS

LITERATURA RANDOM HOUSE

Penguin
Random House
Grupo Editorial

Primera edición: junio de 2021
Segunda reimpresión: junio de 2021

© 2021, Rodrigo Cortés Giráldez
© 2021, Penguin Random House Grupo Editorial, S. A. U.
Travessera de Gràcia, 47-49. 08021 Barcelona

Printed in Spain – Impreso en España

ISBN: 978-84-397-3884-8
Depósito legal: B-4.926-2021

Compuesto en la Nueva Edimac, S. L.
Impreso en Unigraf
Móstoles (Madrid)

R H 3 8 8 4 8

PRIMERA PARTE

1

Nací el 18 de octubre de 1902. En una tarde de viento, según me contaba mi madre. «Naciste, idiota, en una tarde de viento», me decía, y me revolvía el cabello como se revuelve el cabello a los niños tontos. Yo, en realidad, no he sido tonto nunca, sólo me lo hice hasta cumplir los veinte. Sin ningún plan concreto.

Mi nombre es Jaime Fanjul Andueza, hijo de Ramón Fanjul y de Conchita Andueza. Nací en Salamanca recién estrenado el reinado de Carlos VII, en el período de transición consensuada entre la IV y la V repúblicas. Siempre me pareció civilizada la costumbre, tan española, de alternar república y monarquía de forma apacible: treinta años para cada régimen, para evitar la queja. O para concentrarla.

En aquellos años Salamanca aún no tenía mar, aunque muchos empezaban a pasearse en bañador, incluso en lo más crudo del invierno, para invocarlo; y aunque no era costumbre airear la opinión delante de nadie, las tertulias abundaban en los cafés («Las tertulias, idiota, abundaban en los cafés», me contaba mi madre).

Empezaban a abandonarse los susurros de la IV república, impuestos sin respuesta por Augusto Sanfuentes, presidente adusto hasta lo espartano (se decía de él que no comía sin dos razones de peso), quien consideraba que el pueblo lo escucharía mejor desde el silencio. «¡Chusma inconsciente!», gritaba en los discursos llevándose un dedo a la boca, mientras la multitud, complacida, aplaudía tan bajito como podía.

Me contaba mi madre que nunca fue capaz de quererme, aunque eso no le impidió proveerme de alimento, pues una madre es una madre y no debe confundirse una cosa con la otra. Nunca me puso, según recuerdo, la mano encima. Salvo una vez o dos. Siempre me sentí atendido. Nunca me llamó por mi nombre. Por no cogerme cariño, decía.

Mi madre fumaba mucho, pero a veces no. Le iban y venían las ganas. Fumaba unos cigarrillos muy finos que ella creía que olían a menta. Yo la llamaba madre con un respeto profundo que conservé durante mucho tiempo, pero nunca conseguí que se girara si no le silbaba con fuerza. (En mi actual senectud sigo sin poder parar un taxi sin acordarme de ella).

Fui un niño alborotador. Valiente hasta lo temerario, aunque pude demostrarlo pocas veces porque apenas me dejaban salir de casa. Mi padre tenía un negocio próspero del que yo me avergonzaba: una mercería de dos plantas frente al mercado central a la que las señoras de Salamanca acudían a comprar ropa interior. A veces pasaba, aburridísimo, horas y horas en la tienda. Como nadie recela de un niño aburrido, el cuerpo de la mujer dejó enseguida de tener secretos para mí, quedé hastiado antes de tiempo. Al cumplir los ocho le exigí a mi padre que, en cuanto se jubilara, vendiera el negocio, o que tuviera, si no, más hijos: yo no me haría cargo de él. Con rostro neutro (pocas veces le vi manifestar emoción ninguna) me cruzó la cara de un sopapo, un bofetón seco.

Me detuve un instante para escuchar bien el pitido agudo y plano que me llenaba el cerebro. Nunca había oído nada así, estaba como hechizado. Como mi padre comenzara a reconvenirme, levanté la palma de la mano para que callara. Comprendió por mi expresión que vivía un momento singular, así que se retiró respetuoso y ordenó a los empleados que no me molestaran.

Por veinte minutos –quizá fueron más– me quedé quieto en medio de la tienda oyendo cómo el pitido crecía y decrecía, mientras hacía, curioso, todo tipo de experimentos. Me tapaba una oreja y luego la contraria, alterando del pitido su tono y frecuencia. Probaba, pulsando el cartílago del trago, ritmos sincopados; luego, simples y repetitivos. Me tapaba ambos oídos sin reducir el volumen del zumbido, intrigado por un origen que sólo podía hallarse en el centro de mí mismo; inclinaba la cabeza y el sonido, como una canica, rodaba al lado contrario hasta que alcanzaba el otro extremo, yendo y viniendo, yendo y viniendo. Y se estabilizaba de nuevo. Por fin el silbido se apagó. Con gran tristeza, fui recuperando el movimiento.

Una fila de señoras que, al ver obstruido el paso, se había formado frente a mí se dirigió a los mostradores como si nada, les parecía de lo más normal que dentro de mi cabeza se hubiera parado el tiempo. (La gente sentía entonces por los demás gran respeto). Me costó encontrar a mi padre, quien, solícito y profesional, atendía a una dama en la sección de camisones. Le pateé con fuerza la espinilla y me despedí de él por el resto del día.

Nunca volví a cruzar la entrada de la mercería, a pesar de la insistencia de mis padres. A veces mi madre me arrastraba calle abajo y acabábamos los dos en el suelo, revueltos en una nube de polvo. Mi madre jamás me entendió, sólo la ausencia de expectativas le evitó la decepción. Mi padre acabó por hacerme caso con lo de tener más hijos, así que, pocos meses después, llegaba un hermanito nuevo.

Guardo pocos recuerdos de mis primeros años. Una mariquita recorriéndome los dedos que aplasté antes de que echara a volar. Una jofaina desportillada en la cocina que nunca usó nadie. El botón de un abrigo negro en un cenicero de alpaca. La entrada embarrada de la iglesia cuando llovía, y las beatas saltando los charcos. Un niño de clase, Luisín, que, cuando le preguntaban la lección, respondía: «Si me la sé, ¿puedo cantar un poquito?». Recuerdo a mi padre leyendo el periódico con una pipa apagada en la boca. Recuerdo a la criada de pelo castaño que me ayudaba a vestirme cada mañana sin acercarse a mí, señalando sólo la prenda que me tocaba ponerme. Recuerdo un piano lejano: escalas repetidas y repetidas, y repetidas (más tarde aprendería yo a hacer lo mismo). Recuerdo una lluvia de ceniza que duró diez días y que nadie supo nunca de dónde venía. Recuerdo una lámpara de cristal verde que no me dejaban tocar, pero que tocaba. Recuerdo un libro pequeño con grabados de leones. Recuerdo haberme hecho el dormido cuando mi madre entraba en el cuarto (y cómo me miraba, y cómo acababa yo riendo, y cómo, al abrir los ojos, veía que ella ya no estaba). Recuerdo un recorte de luz en la pared con forma de mesa, el mismo cada noche. Recuerdo un frío intenso, seco, vivificante.

Recuerdo el aburrimiento infinito cuando me encerraban en casa, que nunca me dio nada a cambio: lejos de estimular la imaginación, la anulaba; quedaba en mí sólo el deseo de salir de allí, como quedaron los intentos de hacerlo de mil y una formas equivocadas.

Una vez tuvieron que rescatarme del balcón porque quedé colgado por fuera al intentar marcharme. Como he dicho, era temerario.

Recuerdo el olor a chocolate caliente los domingos por la mañana. Recuerdo el asco que me producía. Recuerdo a mis padres obligándome a beberlo, mi padre sujetándome los brazos, tapándome la nariz, mi madre vertiéndome el engrudo en la garganta como si fuera un pavo, convencida de sus propiedades mágicas: «El oro de los reyes», decía. Por motivos que nunca detalló, creía que el chocolate me sacaría el diablo del cuerpo. Mi madre leía el tarot a los vecinos y nos aseguraba que de noche se desdoblaba.

En mi casa siempre hubo un rincón para la ciencia y otro para la magia. Y un rincón para la fe, que mi padre consideraba el puente entre ambas. En el cuarto rincón estaba la jofaina.

2

La llegada de mi hermano cambió algunas cosas. Mi madre quiso llamarlo Benito, que era el nombre de un notario que se llevaba mal con mi padre. Aunque mi padre registró al pequeño como Luis, ella lo llamaba Benito igualmente: mi madre nunca prestó atención a nadie, y a la realidad menos que a nada. Al final lo llamábamos Benito todos, también mi padre.

Mi padre y su único hermano, un militar de rango retirado en Cuba, formaban la tercera generación de una dinastía mercera. Llegué a conocer a mi bisabuelo, hidalgo enjuto y sordo del que nadie imaginaría que supiera de enaguas. Un día se murió y mi madre dijo: «Vaya por Dios». Y mi padre pidió que le alcanzaran el sombrero y salió de casa.

Mi madre era hija única y procedía de una familia acomodada de Pontevedra, a la que no había vuelto a ver desde su boda. «Galicia es lejos», decía, como justificándose.

Mi hermano trajo un poco de alegría a la casa: se caía a menudo y a todos nos hacía gracia. Mientras fue un bebé, apenas le presté atención, entendía la biología de su cuerpo, el milagro de la carne, pero no aceptaba que albergara vida, vida de la de verdad, de la que sólo a veces —y sólo pasados los años— otorga al cuerpo un sentido mayor que el de la algarabía. Mi madre le daba el pecho y ojeaba revistas de moda. Se acababa la revista y se acababa el pecho. Yo a veces me escurría en la habitación de mi hermano, cuando dormía, sacudía la cuna y regresaba a mi cuarto a toda prisa. Avisada por el llanto, mi madre acudía y lo dormía otra vez. Yo lo escuchaba todo desde la cama, me levantaba de nuevo y de nuevo lo despertaba. Me gustaba ser la razón de sus respuestas, sentir que, al apretar un botón, el mundo se ponía en marcha. Así me dormía satisfecho.

Un día, al colarme en su cuarto, sacudí la cuna sin saber que mi madre seguía allí, sentada en la oscuridad, con el niño en brazos. «Este niño es tonto», dijo en voz alta, sin indignación siquiera, y me pidió que me acercara. «Aguanta la respiración», me dijo. Primero me puse rojo, luego los pulmones empezaron a moverse solos. Mi madre me miraba con calma mientras yo perdía la conciencia. Me habría bastado con abrir la boca, pero su mirada era el vacío y yo he sido cabezota siempre. Cuando me abofeteó por sorpresa, el aire volvió a mí. La nariz me empezó a sangrar. El dolor me recorrió la columna y me conectó con el suelo, me llenó de terror y alivio, y con el alivio llegó el placer, que me liberó de la muerte y me dejó sumido en profundas reflexiones. Todo lo que me ha importado en la vida ha sido, desde entonces, contradictorio. Mi madre devolvió a mi hermano a la cuna. Rebajado de causa a consecuencia, perdí el interés en despertarlo.

Benito era un niño alegre que, por razones misteriosas, me adoraba. A veces lo llevaba al parque, sólo por salir de casa (en realidad, lo llevaba la criada, yo me agarraba al carrito y mi madre sacudía la cabeza). Soñaba con un mundo en que encerraban a Benito para indultarme a mí. Le señalaba con el dedo, mortalmente serio, y él reía y reía, inmune a todo. Yo no entendía tanto amor. Me desconcertaba.

Cuando Benito cumplió tres años, nació mi hermana Andresa, Andresita. Y luego Elena, que murió enseguida. Y luego la otra Elena, que siempre se sintió sustituta y por eso aceptaba la vida como venía. En eso nos llevaba ventaja. Para entonces yo ya no le importaba a nadie y empecé a moverme con cierta soltura por Salamanca.

Piedra y frío, Salamanca era, como ahora, una ciudad absorta, uno andaba por sus calles y acababa aplastado por el peso de secretos viejos; de día bullía, pero al anochecer se vaciaban las calles y llegaban los fantasmas.

Yo iba a los Escolapios. Augusto Sanfuentes había declarado obligatoria la educación religiosa (para ahondar, decía, en las raíces cristianas, que eran las de la civilización) y Carlos VII no había encontrado motivo para cambiar nada. También en la escuela me hacía el tonto muy bien, contestaba los exámenes para pasarlos con lo justo y me escapaba de clase para atender a mi madre enferma —o eso les contaba a los curas—, que estaba de lo más sana. Los curas, que intuían la verdad, no protestaban, así que vagaba por las calles llenas de repartidores, seminaristas, criadas, y acababa en el Patio Chico, a la espalda de la catedral. A veces se me hacía tarde, pero en casa nadie se alarmaba.

La primera vez que vi un fantasma tendría unos nueve años. Atardecía en el Patio Chico, que queda más bien a la sombra: Salamanca lleva siglos ardiendo al atardecer, el sol arroja su último aliento sobre la piedra de Villamayor y no sé qué produce en ella que los muros pasan de granito a oro, salvo en el Patio Chico, un rincón que no admite milagros; allí la luz es como toca, uniforme y plana. Primero, lo vi con el rabillo del ojo, una forma escurridiza a mi izquierda. Cuando giré la cabeza, ya no estaba. Volví a tratar de mirarlo de soslayo y lo medio vi, aunque, al enfrentarlo, se desvaneció de nuevo. A los fantasmas hay que abordarlos de lado.

Con el tiempo me hice bastante bueno cazándolos, esperaba el crepúsculo y buscaba formas con el rabillo del ojo, casi siempre a la izquierda. Aprendí a discernir sus siluetas, a distinguir su sexo. Primero los veía en la soledad del Patio Chico, luego los reconocía en todas partes: en la Rúa, en la calle Libreros, en el Puente Romano, en la Plaza Mayor, frente al palacio de Anaya. Luego empecé a encontrármelos pasada la zona vieja, casi siempre al atardecer, a veces de noche, los mismos fantasmas, algunos venidos del futuro.

Al final pude verlos de frente y aprendí a hablar con ellos: «Buenas tardes, buenas noches», la mínima cortesía entre planos que se cruzan. No intercambiamos mensajes hasta mucho más adelante.

Una tarde en que mi hermano no se caía, le puse la zancadilla yo. Se dejó las rodillas en el suelo y me ofrecí a curárselas. Benito, que creía que todo era por su bien, se tragaba las lágrimas. Sonreía agradecido. Su sonrisa me atravesó el alma: lo abracé con fuerza y le juré que no volvería a hacerle daño.

Ahora que Benito tenía cuatro años, reconocía en él síntomas de humanidad y dejé de considerarlo una cobaya. Le limpié las heridas en casa, le apliqué yodo, le soplé con seriedad las rodillas mientras él me observaba en silencio. Le miré a los ojos. Asentí. Llevado por una extraña intuición, le revelé un secreto. El secreto lo he olvidado, pero en su mirada vi que él lo guardaría por siempre.

Por la noche tuve un sueño. Estaba con mi hermano en el mar, el agua nos llegaba a las rodillas. Entonces un golpe de agua lo mandó al fondo, no muy lejos de mí. Yo sumergía los brazos para recuperarlo, pero no lo encontraba. Metía la cabeza en el agua: tenía que estar cerca, pero no lo veía; lo buscaba braceando en la nada, tomaba aire de nuevo, me sumergía. Pasaban los segundos y no daba con él. El agua era oscura, casi negra, no podía ver nada. Quizá lo había alejado la corriente. La desesperación empezaba a atenazarme. Emergí para respirar, aterrorizado por el tiempo perdido, por la desorientación. Dondequiera que estuviese, sólo yo podía salvarlo…

Despertar no me trajo ningún alivio. Me sentía empequeñecido por el terror, empapado de culpa: mía era la responsabilidad de cuidarlo y ahora Benito estaba muerto; que durmiera plácidamente en la habitación de al lado no cambiaba nada. Cuando el sol se coló de nuevo por la ventana devolviendo algo de color al ropero abierto —hasta entonces, una boca negra–, yo seguía temblando. Sigo temblando ahora. Desde entonces, cierro el ropero por las noches. Por si acaso.

Mis hermanas siempre me parecieron un incordio, pero Elena, la pequeña, era sagaz y sensible. No necesitaba a nadie, no se hacía notar. No se quejaba de nada y, sin hacerse presente, jamás sobraba. Andresa era más ruidosa, más mandona. Más quejica y convencional. Con el tiempo aprendió a hablar cuando tocaba; acabó de maestra en Crespos, un pueblo de Ávila; habría preferido casarse, pero, esperando al príncipe azul, se le pasaron mil pajes. Las dos iban a las Josefinas, recitaban la tabla de multiplicar, se sabían los afluentes del Ebro. Yo me sabía los reyes godos, y, los que no, me los inventaba. Me inventé a un rey que se llamaba Deudovico.

Deudovico era un rey muy bueno y muy valiente que había matado a su padre con razón. Montado en un dragón alado, combatía con honor a los de Tarragona y guardaba un tesoro en la torre del castillo. (A veces me entretenía dibujando las batallas y Elena añadía lanzas, aferrada a su cera azul, su favorita). Deudovico tenía tres mujeres: Merovea, Goviscinta y Maricarmen Casas. Las quería mucho a las tres y les compraba lo que querían. Tuvo treinta y tres hijos y los mandó a la guerra a los treinta y tres para que no hicieran ruido en casa. Como murieran todos de uno en uno, tuvo otros treinta y tres, a quienes mandó a guerrear de nuevo. Esta vez iban de otra manera. Deudovico era también inventor. Había inventado la pólvora y había inventado el agua. Había inventado el tenedor y había hecho un acueducto que sacaba el agua del laboratorio real y la llevaba a los valles. Así nacían los ríos. Los pescadores de los valles se ponían muy contentos, porque nunca habían pescado nada.

Mis hermanas prestaban mucha atención a mis historias, casi tanta como Benito. «Lo que sabe Jaime», decían. Y luego se iban a jugar dando saltitos.

A veces los hermanos nos sentábamos y hablábamos de serpientes. Si estaban en casa, también mis padres participaban.

Podíamos pasar horas y horas describiendo las cobras rey, las mambas negras, las cabeza de cobre, las boas, las cascabel, las serpientes de coral del este, las pitones birmanas, las de liga, las anacondas, las mocasín de agua. Inventábamos peleas tremebundas entre serpientes y ratas, peleas con águilas, con zorros, peleas con más serpientes. Cuando hablábamos de aquel modo, hasta nuestro cuerpo culebreaba, los seis de rodillas en el suelo, acercando los rostros unos a otros, con los brazos pegados al cuerpo, asibilando al hablar, con los ojos bien abiertos. Mi madre describía el proceso digestivo de la pitón al merendarse un caimán: seis días de digestión, dos horas de detalles. Cuando las serpientes paraban el tiempo, el servicio no quería saber nada: como por arte de magia, desaparecía de la sala.

Mis padres trataban muy bien al servicio, sobre todo a las criadas, que a mí me parecían tontas y simples. A veces nos robaban algo y a mis padres les parecía bien con tal de que de verdad lo necesitaran; para mí era inconcebible, me indignaba, pero mis padres creían firmemente en la caridad cristiana y estaban encantados de que hubiera pobres, para poder practicarla. «¿Quién, idiota, cuidaría de los pobres si no nos fuera bien?», me decía mi madre.

Los mendigos, claro está, nos esperaban a la salida de misa. A veces había que correr hasta el coche, aunque no nevara, tantos eran. Mi padre tuvo uno de los primeros coches que hubo en Salamanca, uno de esos Köhler alemanes impulsados con el pensamiento que tuvieron que dejar de fabricar porque, fuera de Alemania, la mayoría de la gente no pensaba. Mis hermanos se concentraban y el coche adquiría velocidades de vértigo. (A mí siempre se me dispensaba). A veces fallaba algo y empujábamos entre todos. O mandábamos a algún criado a por un estudiante de filosofía, para que por lo menos lo arrancara.

No fueron años felices, pero fueron ordenados y apacibles, no nos faltaba de nada. El mundo era un lugar pequeño, se sabía cuáles eran las cosas importantes. Y si no, se le preguntaba a algún mayor y te lo aclaraba.

3

Cuando murió mi madre se hizo un gran silencio en la casa, nadie se lo esperaba. Llevaba tiempo avisando: «Cada vez me cuesta más regresar al cuerpo», decía. «Cada vez tengo menos ganas».

Mi madre contaba que se salía del cuerpo por las noches, cuando mi padre dormía. Y que luego se paseaba por la casa. Decía que, gracias a Dios, nunca veía a nadie, que siempre estaba sola, como si el mundo se vaciara. Nunca le hablé de mis fantasmas. Nos contaba que a veces viajaba. Que había estado en la India y que no le había gustado: «Está todo sucio y huele como a pimentón», decía. A veces entraba en la casa de los vecinos y se enteraba de cosas. Abría los cajones, revolvía la cocina. Una vez se trajo una cuchara preciosa con la empuñadura de nácar, se despertó en la cama con ella en la mano, muy contenta. «Voy a usarla mucho», decía. «Para la mermelada». También había estado en Madrid. Había visitado Londres. «Por encima». A Pontevedra no iba. «Es lejos». Pero casi siempre se quedaba en casa, sentada en el butacón del despacho de mi padre, que nunca le dejaba usarlo de día.

Mi madre decía que podía cruzar las paredes, pero que casi nunca lo hacía, sólo si tenía mucha prisa, si sonaba el despertador y se había quedado dormida en el despacho, por ejemplo. Entonces se lanzaba contra la pared de los cuadros de caza, recorría el pasillo entero sin mover apenas los pies y atravesaba el tapiz de damasco hasta su dormitorio, para caer en su propio cuerpo haciendo ondear las sábanas. (A veces se lanzaba boca abajo y tenía que recolocarse a toda prisa, ya dentro del cuerpo, antes de abrir los ojos). Mi padre, acostumbrado a sus rarezas, sólo se quejaba de un olor extraño. Como a naranjas.

Mi madre se murió de noche. Cuando mi padre se despertó, ella ya no respiraba.

Mi padre se puso muy triste, estuvo inconsolable mucho tiempo. Ese día se aferró a su mano muerta y no dejó que nadie entrara en el cuarto. A veces oíamos ruidos, como de cajones que se abrían y cerraban. A veces gritaba. A veces hablaba con ella entre sollozos. Una vez nos pareció que ella le contestaba.

Benito se sentó en el suelo, junto a la puerta, al fondo del pasillo, como si hiciera guardia, no permitía que nadie lo apartara de allí; a la hora del almuerzo, las criadas le dejaban la comida en el suelo, en una bandeja.

Mis hermanas no sabían qué hacer. Elena lloraba y Andresita le decía que no pasaba nada. Elena se quedaba dormida y luego cambiaban el turno y consolaba ella a Andresa. A veces salían del cuarto y pedían leche con galletas.

Yo escrutaba con recelo el butacón del despacho, sobre todo por las noches, tratando de ver algo. Me giraba de modo que el asiento quedara a la izquierda, pero nunca vi nada. Estuve vigilándolo varias semanas.

A la mañana siguiente, mi padre salió del cuarto. Se quedó mirando a Benito. «Ya está», le dijo. Benito asintió sin entender mucho. Mi padre nos pidió que abriéramos las ventanas.

El día del entierro, mi padre ya no lloraba. Se movía despacito, como si cada gesto le supusiera un gran esfuerzo, tardaba en reaccionar cuando le hablaban. Me agaché junto a Benito: «Ahora te vas a enterar de lo que vale un peine», le dije. No sé por qué.

Ya en el cementerio, un amigo de mi padre me dio una azucena para que la tirara al hoyo antes de que lo taparan.

Debió de parecerle un gesto tierno. Mi hermano se abrazó a mi pierna, hundiendo la cara en el muslo. Le di a Andresita la flor, para que la tirara ella.

Cuando acabó todo, no sabía qué hacer, no sabía si tenía que esperar o qué, nos fuimos cuando se fue el cura. Hubo que dejar el coche allí mismo, a la entrada del cementerio, no había manera de moverlo: Elena trataba de concentrarse, pero el coche iba a tirones y mi padre no colaboraba, no sé cómo pudimos llegar allí siquiera.

En el vagar de vuelta, mi padre nos sentó en una terraza del Campo de San Francisco. Con un hilo de voz, pidió helados para todos. El suyo se derretía en la copa (mi padre lo miraba sin verlo). Mis hermanos se comían los suyos en silencio, todos vestiditos de negro.

Elena balanceaba las piernecitas en la silla metálica. Andresita sorbía el chocolate y luego las lágrimas. Yo era el mayor, tenía catorce años. Me tomé mi copa de un trago, para no disfrutarla.

Empecé a imitar la postura de mi padre, el modo en que presidía la mesa a la hora de comer. Alzaba la barbilla. Asentía con indolencia. Benito me miraba fascinado. Elenita metía la cuchara en el helado de mi padre.

A veces, algún matrimonio conocido pasaba por delante: ellas ponían cara de tristeza, ellos levantaban el sombrero. Yo alzaba el mentón y luego lo inclinaba un poco; mi padre miraba el hueco que había dejado el dulce, ahora en manos de Elena.

Al cruzar la Plaza Mayor, mi padre parecía un reo rodeado de guardiancitos. Ya en casa, se encerró en su cuarto.

Ocupé su sitio en la mesa. No permití que nadie conversara, cenamos en completo silencio. Más tarde escuché cómo Benito hablaba con Andresita en el pasillo. «Te vas a enterar de lo que vale un peine», le decía.

Esa noche mi padre abrió la puerta de mi cuarto. Se quedó un rato allí, con el rostro fijo en mí (me incorporé sin decir nada). Él me miraba, yo le miraba. Parecía una aparición; ceniza, parecía. Sus ojos eran cuencas, su boca un agujero. Cuando se fue, sentí que se iba el frío.

Un poco más tarde, llegó mi madre, que parecía más viva que él. «¿Necesitas algo, madre?», le dije. Ella no me veía, porque no podía o porque no quería. Miraba alrededor, como buscando algo. «Madre, ¿puedo ayudarle?». Se acercó al armario, ingrávida, y trató de abrir la puerta. El asa se escurría entre sus manos transparentes. Cuando iba a levantarme para ayudarla, se coló enterita a través de la madera. Esperé unos minutos, por si aparecía de nuevo. Volví a conciliar el sueño. No sentí miedo.

Esa noche soñé que me convertía en un monstruo enorme que aplastaba las fruterías de la Rúa. Me movía muy despacio, por el peso, pero me daba igual la gente. Una niña pequeña de pelo de trigo me tendió la mano y me hizo así sentir cobarde y avergonzado. Me entraron ganas de llorar. La niña se dio la vuelta, yo la seguí.

Por la mañana, abrí el ropero, convencido de que olería a naranjas, o por lo menos a tabaco. Olía como siempre, a naftalina y lavanda.

4

Siempre me ha gustado que me digan lo que tengo que hacer. No hago caso, pero nada detesto más que el lienzo en blanco. Cuando alguien me da una orden, se dibuja en mi cabeza un mapa que puedo seguir o no; desobedecer un mandamiento procura más desahogo que hacer simplemente lo que uno quiera. Nunca he sabido, por ejemplo, qué hacer con el tiempo, pero siempre me he aburrido de forma placentera. Casi nunca he hecho nada que no fuera obligatorio, quizá porque nunca he pensado que la vida tuviera un propósito.

Aunque busco de forma natural el orden, no me parece que sea, en ningún sentido, parte de las cosas: las piñas caídas no se apilan de mayor a menor en el bosque, los copos de nieve no caen en múltiplos de siete. Hay, claro, bandadas de pájaros que migran en formación al otro extremo del mundo, bancos de peces que componen formas geométricas bajo el agua. Lo sé. Las leyes de Mendel. Las mareas. Son, a mi forma de ver, espejismos. Ilusiones que nos hacen bajar la guardia.

Por ejemplo: cuando mi madre murió, no pasó nada. Mi padre volvió a la mercería y siguió vendiendo broches y ballenas. Las pequeñas recitaban sus murgas en clase. Benito siguió imitándome (a veces se hacía el tonto mejor que yo).

La mañana en que, listo para el asalto al patriarcado, me puse el sombrero de mi padre, mi padre me lo quitó de un sopapo, se lo ajustó con un gesto suave y salió a la calle. Como cada mañana. El mundo siguió girando.

Sólo he conocido –que yo sepa– a dos asesinos en la vida. Uno había matado a dieciséis mujeres, lo conocí en París en 1964. Yo tenía sesenta y dos años y acababa de comprarle un local, él tenía no sé cuántos, entre los treinta y cinco y los cincuenta tendría, no había forma de saberlo con esa mirada de niño y esas arrugas y esas orejas. En cuanto los obreros clavaron una pala en el sótano, empezaron a salir del suelo huesos y pelos enredados. El hombre se llamaba Foissard y estaba más que harto de que nadie sospechara de él: entró en la cárcel con una sonrisa.

Al otro lo conocí en los Escolapios y se llamaba Mariano. «A veces mato niños», me dijo un día sin venir a cuento; se sentaba a mi lado. Le creí de inmediato. «¿Cómo lo haces?», le pregunté. «Ahora no. Luego». Se pasó dos semanas contestándome lo mismo cada vez que le preguntaba: «Ahora no. Luego». Hasta que un día me dijo: «Ahora. En el recreo». Y en el recreo hablamos.

«He matado queriendo y sin querer», me dijo, «¿qué quieres que te cuente primero?». «Sin querer», le dije yo, sin estar muy seguro; le miraba a los ojos por si era mentira, pero era verdad, porque no presumía. «Maté a un niño con un columpio, pero era subnormal y no cuenta. Yo estaba en el columpio, *alante*, atrás, *alante*, atrás, y se me cruzó corriendo. Era subnormal, se le escapó a su madre, echó a correr y se me cruzó, y yo, ¡pumba!, le di con el columpio. Cayó seco». Mariano no cambiaba de cara. «Se murió. Yo no quería. Pero era subnormal», insistía. «¿Y su madre?», inquirí. «Menuda se puso», dijo Mariano. Y escupió en el suelo. «Y ¿queriendo?». «Queriendo lo hago en mi pueblo, aquí no sé. En Pelabravo. Cuando las fiestas. Como hay mucho forastero, es más fácil. Me hago amigo de uno pequeño, lo llevo al río y lo tiro de una peña. He matado a un niño y a una niña. Ya no lo hago más. Si quieres, te enseño». Le dije que no quería. Le pregunté por qué lo había hecho. «No sé». Se encogió de hombros y se metió el dedo en la nariz. (No se privaba de nada). Yo le miraba intrigado, me parecía que ser malo tenía que ser otra cosa. Le pregunté que por qué había dejado de matar. «Se me ha pasado».

Tengo más recuerdos de los Escolapios. Un día que se heló el suelo del patio y casi me rompo la rabadilla. Una paloma que se quedó atrapada en el hueco de un tragaluz. Un cura que cada vez que me veía me pisaba los zapatos y se llevaba el dedo a la boca para que no protestara. Una vez que me pusieron gafas (no las usé nunca y al año fui al médico y me dijo que ya no las necesitaba). Recuerdo que nos encerrábamos a fumar en un retrete abandonado, nos pillaron y nos molieron a palos. Recuerdo que jugábamos al escondite. Recuerdo que yo corría mucho y que los curas me decían que algo bueno tenía que tener. Recuerdo que iba al dentista y que el dentista le decía a mi madre que tenía una dentadura perfecta y que mi madre le decía que algo bueno tenía que tener. Recuerdo el sonido del patio desde clase, cuando me castigaban sin recreo. Recuerdo un patio de piedra y otro de tierra. Y el Patio del Pino. Recuerdo a un niño interno que tiró, no sé por qué, un pupitre por la ventana.

Muchas cosas nos separaban a los normales de los internos. (Yo quería ser interno, pero eso no se elige). En clase estábamos juntos todos: los señoritos y los presidiarios, que eran los ricos de fuera, los de los pueblos. Los señoritos vivíamos en la calle Asadería, o en la calle Azafranal. O cerca del Hospital Civil. Los presidiarios venían de pueblos grandes o de Cáceres, tenían las orejas rojas y estaban muy toreados, sabían hacer tiragomas y hablaban con los curas de otra manera. Los internos tenían sus códigos, sus clanes. Sus historias de dormitorio. Por la mañana te decían que habían escuchado la radio o que habían saltado la tapia o que habían cortado chorizo. Te decían que habían metido una botella de aguardiente de contrabando.

Un interno, Criado Leal, que era de Fuentesaúco, suspendía siempre. A mí me caía bien, quizá porque era callado (yo también era callado). A veces me pedía que le escribiera cartas a una novia que tenía y me pagaba con garbanzos. Le escribía que las noches eran aciagas y le parecía bien. Le escribía que su amor era una sucesión de hipérboles y le parecía bien. Una vez puse que vagaba por los pasillos del colegio al caer la tarde como un centinela resucitado y le parecía bien. Apenas sabía escribir y le parecía bien todo. Supuse que su novia era inventada, o listísima, o más tonta que una taza, y seguí escribiendo a cambio de garbanzos, que no me gustan, pero a un interno no se le rechaza nada, un interno es un interno, otra casta, más hecha. Un misterio.

5

El 23 de abril de 1918 llegó a Salamanca el mar.

El movimiento promar nació, según me contaba mi padre, con el siglo. Ya en época de Sanfuentes los jóvenes se congregaban en la Plaza Mayor, o mandaban escritos al Ayuntamiento, y la policía los dispersaba con delicadeza. El alcalde salía al balcón. Explicaba que no todas las ciudades tienen mar, que ya había hablado con Madrid, que no podía hacer mucho más. Que tenía las manos atadas. Un sábado de 1909, antes de que naciera Benito, acompañé a mis padres a un desfile de protesta que salía de la Puerta de Toro y moría en el ayuntamiento. Me compraron obleas de La Alberca que vendían los barquilleros de la Alamedilla. Mi madre estaba a favor del mar. A mi padre le parecía un sinsentido todo.

Los de Valladolid querían mar también y Farcas, su diputado, había tomado la delantera. (Molina Ortiz hacía lo que podía; todos sabían del compadreo del subsecretario —vallisoletano, al cabo— con Farcas, pero nosotros confiábamos en lo nuestro). Al volver la monarquía cambió el equilibrio de fuerzas, fue entonces cuando los jóvenes comenzaron a pasearse en traje de baño por el empedrado. Las chicas llevaban sombrilla. A veces, cuando nevaba mucho, los más osados se arrojaban a la nieve, frente a los Dominicos, y nadaban, para goce de los poetas (abundantes en Salamanca a pesar del Tratado de Moderación de 1890) y para escándalo de las beatas, la mayoría promar: una paradoja.

Empezó como un rumor. Un retumbo que sacudió el suelo y derribó algunas macetas y muchas tejas. Luego llegó el olor. A todos nos pilló por sorpresa. Yo estaba en clase, aburrido, y vi que el pizarrín se movía solo. Mariano buscaba mi mirada como queriendo comprobar que no estaba malo. «No estoy malo, ¿no?», decía. El padre Julián cerró el libro y se acercó a la ventana. Para entonces, las paredes temblaban. «¡Siéntense, siéntense!», repetía el padre Julián. La ventana daba al sur, así que lo vimos todo.

Era una masa gigante. No el manto sosegado que habíamos imaginado, sino un muro fiero y gris que arrancaba las encinas, más alto que los cerros del Zurguén, más alto que la catedral misma. El estruendo era imponente. Muchos nos fuimos al suelo. En la calle la gente corría despavorida. Los mayores nos hicimos cargo de los pequeños, que lloraban en las clases con los ojos abiertos. El fin del mundo.

La masa de agua marchaba; aunque aún lejana, se antojaba ahí mismo. A veces parecía detenerse y a veces partir el mundo, la formaba un millón de jinetes. «No reces, Jaime», me dije a mí mismo. «Sobre todo, no reces; si rezas, estás perdido». Las ventanas estaban cerradas, pero olía a salazón. Llevamos a los pequeños al último piso; a unos los amontonamos en la capilla de arriba, otros encontraron protección donde los internos (que se pusieron a esconder cosas en los armarios). Unos se metían bajo la cama. Otros nos subíamos a mirar por las claraboyas del sotabanco, aupados como podíamos sobre el pasamanos.

El muro de plomo se replegó en forma de lengua y dibujó un arco perfecto que desgarró el cielo. Se paró todo de golpe. Ya no sonaba nada. Hasta los pájaros se habían detenido en lo alto.

Frenada por un segundo –que pareció una hora–, la masa cobró movimiento de golpe y la gravedad retomó el control. El muro se desplomaba.

El agua se abatió como un tronco sobre el río Tormes, ¡pataplam!, reducido ahora a la nada junto al arrabal de Santiago. Me aferré como pude a la aspillera del ventanuco. El topetazo se oyó en Francia.

Como si nada hubiera pasado, el agua se reordenó en un momento; el aire, destensado de repente, perdió la electricidad y se llenó de espuma. El Monte Olivete quedó cubierto de cabrachitos y jureles, de sardinas y congrios. El reloj del pasillo –que, como los demás relojes, se había parado– reanudó su marcha, tic, tac. Eran las doce en punto. Mil campanas repicaban en la calle.

Desde lo alto de la muralla podía verse el nuevo océano: un manto oscuro de agua que se perdía donde el horizonte. Las olas rompían contra los sillares romanos. La multitud corría San Juan de Sahagún abajo y se apiñaba junto al mirador de la Casa Lis, ahora en primera línea de playa. La satisfacción era completa, la alegría vencía al desconcierto, habíamos ganado a los de Valladolid. Los hurras se oían en todo Salamanca.

Los primeros días de playa fueron gozosos y también ásperos. Convertida la muralla en malecón, había que bajar a la Aldehuela, más al este, para bañarse. Durante seis semanas los bañistas se cruzaban con los cadáveres que los voluntarios sacaban del agua. La Vega había quedado sumergida. El Puente Romano. Los dos arrabales. De Santa Marta de Tormes no quedaba nada. Tampoco de Carbajosa de la Sagrada. Se enviaron hombres a caballo para saber si en Peñaranda estaban bien. Otros salieron en barca a buscar noticias, aunque la ciudad, en general, no las reclamaba. Se suspendieron las clases durante diez días que nos supieron a miel y a rosquilla frita.

Con el tiempo, las cosas se calmaron. Los muertos fueron enterrados como Dios manda, muchos chorreando aún agua perlada, los vivos se encontraban mejor que nunca. El clima cambió suavemente, la piedra de Villamayor resistía bien el salitre, el cielo, menos azul, estaba un poco más cerca.

La gente mudó el carácter, más extrovertido ahora («extravertido» se decía entonces, menos los introvertidos, que no decían nada). Se empezó a vestir de forma más colorida, salvo por los abrigos, que aún eran grises y pardos. Los veranos empezaban antes. Los inviernos eran igual de largos. Venían los de Madrid a bañarse.

En Valladolid dejaron de pelear y reforzaron los coches de línea para almorzar en la costa los fines de semana. El comercio salió ganando, las costumbres se relajaron un poco, los militares hicieron sitio en el cuartel a la Armada.

El horizonte se salpicaba de veleros cada año, mediada la primavera. Luego se iban y llegaba la galerna. Luego llovía. Luego helaba (se acabó el congelarse en seco: ahora, con la humedad, un abrigo no bastaba). Luego volvieron los veleros y yo cumplí los diecisiete. Regresaba el invierno. Se alternaban las habaneras con las charradas.

Llegaron a Salamanca los primeros negros, nadie sabía de dónde, con su sonrisa de marfil, con esa alegría tan de fuera, tan de negro. Eran más cristianos que ninguno, hasta un escolapio había, con sus ritmos sincopados para cantar a la Virgen. Con su fe en la fe. Con su afecto fecundo.

El día que llegó el mar, la policía dejó de medir el largo de los vestidos, hasta mi padre sonreía a veces. Cambió mucho todo. Cambié yo, más por la edad que por el susto: cuanto más me gustaba la ciudad, más sentía que no me convenía. Ni siquiera sabía nadar. Mi padre volvió a hablarme de la mercería, me cansé de hacerme el tonto. Y empezaba a ver los fantasmas también de día.

6

El día que aprobé el Examen de Estado les dije adiós a mis hermanos y me fui directo a Madrid, y de allí, esa misma tarde, a Espuria, con un poco de dinero que mi padre me había prestado y otro poco que le había robado mientras dormía la siesta. No sabía qué quería, sólo que no quería hacerlo en Salamanca.

España era, en 1919 –junto con Grecia–, el único país de Europa con dos capitales, aunque sólo en España estaban las dos tan juntas. Madrid era el centro administrativo: ministerios, museos, bancos centrales, embajadas. La corte. En Espuria estaba la universidad, los toros, los teatros. La vida. Le prometí a mi padre que, en cuanto pisara Madrid, iría directo al Banco de España, donde siempre buscaban empleados de provincias (que no llevaban el robar tan dentro), pero me fui directo a la Estación del Norte y cogí allí el primer tren a Espuria. El banco me lo imaginé al remontar la sierra.

El tren hacía apartarse a los pinos, que unas veces esperaban al último instante para hacerse a un lado y otras se quitaban con más margen. Recordé cuando íbamos a Valcuevo los domingos –años antes–, cuando perseguía con delectación a las encinas y los robles. Mis hermanos me jaleaban y yo azuzaba a las encinas: «¡Caprichosa!», gritaba. O: «¡Leñera!». O: «¡Morena!». Cada cual tenía su personalidad, yo las calaba con verlas. A veces me subía a un quejigo y galopaba por la dehesa entre vacas y alcornoques, que siempre se estaban más quietos.

Los pinos y los robles de la sierra de Madrid me desconcertaban. Los avellanos. Los chopos. Los fresnos. Los piornos. Los enebros. Los vigilaba con atención desde el tren y trataba de adivinar sus intenciones.

Espuria colgaba del valle y tenía, como Madrid, un millón de habitantes. Antes se llamaba Piorna. Antes de eso, Egara. Antes, Olade. Antes, Pintia o Pinthia. Hasta las diez de la noche se podía tocar música, cuanta más, mejor, bien y mal. A las diez era el toque de queda.

Espuria era famosa por sus peleas, que siempre sucedían de día.

Yo, que me había pegado muchas veces, deseaba hacerlo en Espuria. En Salamanca, antes del mar, venía, por ejemplo, un fuereño —con el mar, ya muchos— y te contaba que había estado en Espuria, en una bronca de las buenas. Te pintaba una tabla de barullo que apetecía mucho, y que mareaba. Yo me imaginaba borrachos enganchados de las narices por los pulgares, me imaginaba hombres enormes contra hombres delgados y contra enanos. Imaginaba bigotes retorcidos puestos rectos a sopapos. Imaginaba a mujeres desmayadas de preocupación por sus maridos. Me lo imaginaba todo, y yo imaginación no tengo. Pero me lo figuraba.

Llevaba encima doscientas pesetas que daban para dos meses de pensión, así que me busqué un techo. Me dejé de pájaros por el momento, ya me pegaría con alguien más adelante.

Dormí en una fonda con catre y aguamanil dos semanas. Después me mudé a una casa de huéspedes. Después conocí a uno que conocía a uno de Ledesma que tenía una pastelería, a la que siempre iba Noé Valladares, el ciclista. Y el gobernador a veces. Y la reina cuando iba a Espuria. Noé Valladares era famoso porque perdía las carreras por muy poco, allí se le quería mucho.

Como tenía buena cabeza para los números, acabé ayudando con las cuentas en la pastelería. Luego sumé y resté en otros sitios. Al acabar el otoño tenía ya una habitación con baño para mí solo.

Más seguro de mí, me descolgué una noche por la ventana, serían las diez y pico, para ver qué se cocía con la luna.

Con la luna no se cocía nada. Todos dormían o hablaban en bajito, siempre en casa, todos respetaban el toque de queda. La música, antes algarabía, se apagaba a las diez de reloj como si el alcalde tirara de un cable, los líos venían con el sol. Se dormía muy bien en Espuria.

El canto del grillo estaba, por ejemplo, prohibido: si algún grillo cantaba, se le ponía falta; a las tres faltas, lo echaban. Hasta los burdeles obedecían el toque: los clientes se presentaban al atardecer y hasta las siete de la mañana no podían ya irse; si la noche salía mala, bebían sin hacer ruido. Apenas había adulterio, porque las excusas no salían buenas, sólo los médicos, muy pedidos, encontraban algún desahogo. No había serenos, no hacía falta. La policía dormía del tirón.

Madrid, tan cercana, era diferente, algunas noches claras se la veía refulgir al otro lado del Guadarrama, como una Sodoma de guardia. El viento traía también sonidos que sólo los insomnes podían escuchar.

Espuria renacía al amanecer, a las siete volvían los gritos, las funciones, la música, los crímenes. Abrían las cafeterías, que cambiaban de nombre cada semana, se liaba una refriega en cualquier parte y con cualquiera: nobles como apestados, jueces como torneros. Las tortas lo igualaban todo.

Voy a contar una pelea. En mi segundo año en Espuria (ya estaba en la universidad) me partió la cara una monja, una salesiana brava que me pilló desprevenido.

Yo bajaba por la cuesta del Serrín a mis cosas, que ahora no sé cuáles eran. Ella, que andaba con viento en la cabeza, estaba escondida donde ensayaban los músicos, en la curva que parece que es Asturias, en un rincón remetido.

No supe de dónde me vino la torta, pero la sentí muy clara, enseguida me vi en el suelo con sabor a sangre. Me levanté de un salto y puse mi mejor postura: rodillas flexionadas, brazos en aspa, rostro inescrutable. La segunda bofetada me cayó por detrás: la monja, una comadreja, se había puesto a mi espalda y me planchó la cara, por poco me derriba; lo evitó una tercera torta que me dejó bien erguido y listo para seguir. Me di la vuelta, agachado, un poco: «Eh, eh, eh». La monja –un armario– me miraba muy seria. Entonces caí en la cuenta de que en el pasado había soñado con aquella torta, aunque sólo me acordaba por encima. Los sueños que tengo nunca me sirven, no sé si son futuro o cuento, no me aprovechan, no evito nada. Me salieron los demonios y, esquivando por poco un gancho bajo, le metí a la sor un buen directo. La monja ni miró si sangraba, me soltó otro gancho de derecha que volví a esquivar, y luego mandó la izquierda al aire. No me encontró la expresión porque me había agachado muy bien al suponerle el gesto, le clavé el puño en el hígado: pam, pam. Y otro pam: tres veces le clavé el puño. En mi cabeza sonaba el himno de España. La monja estaba flexible y muy suelta. Amagaba. Yo, que tengo pies de pianista, empecé a dar saltos hasta que la monja me cortó la canción con un pisotón seco. Miré hacia abajo. Mal hecho. La monja cargó un cruzado de izquierda que me interesó enseguida en el paisaje. Volvió a tocarme según venía. La iniciativa era suya. Qué armonía. Traté de recular para cazarla, pero el cazado era yo, la esquiva no se me daba, la monja me barnizó la cara con la palma y me devolvió al sitio. Solté un golpe frío que quiso buscar la suerte y acabar el combate. Nada. La monja empezó a darme por lo bajo, por lo alto, por lo bajo. Por lo alto. Yo ya no sabía de dónde venía tanto derroche.

El combate estaba perdido para cualquiera, pero no para mí, que no me rindo nunca, yo no dejo de nadar. Pierdo, pero no me rindo. Una vez, en Pelabravo, mi amigo Mariano se quedó atrapado en un cepo para zorros en el bosque. Me lo contó un día. Agotado, dejó de pedir socorro, a la segunda tarde o así, justo antes de que pasara por allí la Guardia Civil y lo encontrara de milagro. Casi lo pisan. Me dijo Mariano que la próxima vez iba a gritar hasta que se muriera, que nunca se sabe. Que hay que aguantar.

Le solté a la monja un crochet que no se esperaba. Le dejé las piernas de gelatina. Le conté hasta ocho bien claro, para que se ubicara. Volvió de otra manera. Se echó adelante y falló por poco un remoquete que venía con muy malas ideas, a cambio le devolví un gancho afinado que le cupo muy bien bajo la barbilla. Más animado ahora, conecté un uno–dos rapidito. Y otro para asegurarme de que nos entendíamos. Se trabó un poco la monja con un moratón en el pómulo.

El tercer asalto fue visto y no visto. Un directo a la carótida y un swing mortal. Puro instinto. Las peleas son un algo: empiezan con golpes aquí y allá y acaban por sacarte quién eres para llevarte luego a otro sitio, el cuerpo se hace como transparente, se apaga el mundo, un fuego raro te quema las venas. La cabeza empieza a pensar cosas: que todo tiene un propósito, que todos los momentos cabrían en ese.

La monja se quedó de piedra; si no cayó fue por el pasmo. Estaba como alelada. ¡Uno…! ¡Dos…! ¡Tres…! La monja iba regresando. Se puso en pie como pudo y me miró como si no se acordara de mí, pero yo me fiaba lo justo. Le cambié la nariz de sitio, por si acaso. (Me sentía despejado, como si lo anticipara todo. Las cosas fluían). Le lancé otro crochet muy corto para rematar la fiesta. Se me dio bien: ¡Pum! Le apagué la luz. La monja no se cayó, pero por puro empecinamiento.

Alguien paró la pelea. La sor no quería desplomarse, estaba como estupenda. Alguien la sentó en un poyo para que respirara. Me apoyé en la pared como pude y empecé a escupir sangre sobre los adoquines. Lleno de vida.

Las peleas estaban bien vistas en Espuria porque iban muy bien con la música, y la música era obligatoria: la música da un equilibrio al hombre que sólo con ella se consigue. No importa si uno es virtuoso o torpe, si tiene o no tiene oído, la música rellena huecos del alma que sólo así se rellenan, transmite una visión completa del mundo, una sensibilidad, una intuición, un sentir el tiempo de las cosas. Un niño que estudia música es un niño que corre de otro modo y mira de otra manera.

Tocar un instrumento era en Espuria obligatorio porque, al contrario que en Madrid, allí todos debían –por ley– conservar algo bueno. Por ejemplo: tanto en Espuria como en Madrid estaban mal vistos los abogados, pero en Espuria se creía que, por tocar uno la flauta y otro la vihuela, uno el clavecín y otro la gaita, podían conservar un trozo de su alma y servir así al mal con otra disposición. Nadie que toque un instrumento es enteramente malo, se decía, incluso si su oficio es serlo.

En Espuria se sometía a los funcionarios a todo tipo de pruebas. El nuevo alcalde, por ejemplo, tenía que cruzar el río a nado junto al alcalde saliente, después de emborracharse juntos y de recitar algo bonito. Al alcalde saliente, loco por soltar la vara, se le veía siempre radiante, la desnudez le sentaba bien. El nuevo lucía más mohíno.

Yo quería tocar la trompeta, me encantaban las fotos de esos negros deslumbrantes que llegaban de América, siempre con los carrillos inflados, los ojos saltones, como los sapos de río. Quería golpear la boquilla con la lengua como ellos, batir como ellos los pistones, poner los mismos ojos, sacar gritando las notas que llevaba dentro. El interventor de zona, sin embargo, me asignó un piano; mala suerte; media Espuria codiciando uno y a mí, que sólo quería soplar, se me imponía.

El ministerio se encargó de llevar el piano a la pensión, subirlo era cosa mía. Unos compañeros de curso me ayudaron. Golpeamos cada esquina con el mejor acierto, la poca afinación que conservaba el mueble se perdió a golpes en la escalera y un poco contra la puerta del cuarto, que ya no volvió a cerrar del todo. Pagué un duro a un ciego para que lo afinara: inclinó la cabeza, ajustó con una llave las tuercas y

cada hueco entre las cuerdas (que es donde vive la música).
Do, do, do… Fa, fa, fa…

Burgmüller, Czerny, alguna sonatina fácil de Beethoven,
algo de Bach (del álbum de Anna Magdalena). Me entregué
al piano con buena actitud mientras en la universidad estudiaba Ciencias –que es lo que estudiábamos los que no queríamos ser filósofos–, pero, como se me daba bien tocar, perdí
el interés muy pronto: prefiero, en general, los retos, siempre
que no sean muy grandes. Una vez a la semana, un delegado
del ministerio se pasaba por la pensión para ver si de verdad
estudiaba. Y para corregirme las manos: «No son garras», me
decía. «Haga el favor de dejar el dorso recto, los dedos caen,
caen, caen, con elegancia, cuide la curva, no baje el brazo al
pulsar, se toca con los dedos, no con el brazo». Yo anotaba la
digitación a lápiz sobre la partitura: el do con el dedo 1, el mi
con el 3, el fa con el 4, el 1 se cruza por debajo y da ahora sol,
se pulsan las teclas de nuevo, dedo a dedo, hasta que con el 4
llegamos al do alto. «¿Me entiende?». Claro que entendía.
Acorde ahora: do-mi-sol, con 1-3-5, do-fa-la, también con
1-3-5, do-mi-sol otra vez, si-re-sol (con 1-2-5), etcétera.
Burgmüller… Esa era la armonía. La melodía la hacía la derecha: sol, mi, re, do, sol, mi, re, do. Do, la, sol, fa, do, la, sol, fa.
Y así.

Me aburría el piano. Pero el Diablo no me ocupaba ya del
todo y podía estar a mis cosas, que era la meta.

7

En aquella época te podías matricular en Ciencias, Filosofía y Letras, Derecho, Farmacia, algunas carreras técnicas (Ingeniería Agronómica, Ingeniería Industrial), Medicina. Los hombres estudiábamos lo que queríamos y nos íbamos de vinos, las mujeres estudiaban Farmacia y se casaban con quien les parecía, a menudo entre ellas.

El primer año de Ciencias se compartía con Farmacia y Medicina, así que perdí la virginidad enseguida.

Los estudios de Farmacia se consideraban ideales para las mujeres porque exigían concentración, y la dispensa de medicamentos y la mezcla de compuestos prolongaban —se decía— las labores domésticas. La Farmacia era vista como una forma superior de cocina; las mujeres seguían fielmente las recetas, mantenían la imaginación a raya y en los tiempos muertos se rendían a la introspección, nunca al enredo. Eran otros tiempos.

Me enamoré de Vicenta Sentín, hija de peón y de ama de casa, dos años mayor que yo. En cuanto me dejó, se sacó el título de maestra de escuela. Luego el de bachillerato. Luego la licenciatura en Química. Ayudó en prácticas un año, luego se marchó a Pamplona como ayudante de Electroquímica. Luego la atropelló un camión en la calle Comedias (dejó un rastro en el suelo con forma de molécula de alcohol amílico). Eso fue al final.

«Lo nuestro es un enlace covalente», me decía. Yo le tapaba la boca con la boca y acabábamos sacudidos por fiebres que nos llevaban de la cama al techo y de allí, pared abajo, al suelo de la pensión, donde todo empezaba de nuevo hasta que se acordaba de que tenía novio. (Entonces me dejaba allí sentado, contento de todos modos).

Luego me enamoré de otra. Y luego de otra.

Aunque era nuevo en el afecto, le cogí pronto el tranquillo, que viene con el gusto. De mí no se enamoraba nadie, como mucho me elegían. Yo era serio y tosco, con cuerpo de atleta y mueca desconfiada. Aún parecía tonto. Siempre daba la impresión de que iba a lanzarme sobre alguien, me peinaba para atrás con cera y vestía como un notario. Desconfiaba de la informalidad.

Vicenta fue la primera, pero la que me gustó de verdad fue Conchita. Conchita Lara. «Te llamas como mi madre», le decía yo, acariciándola. «Te llamas como mi madre, pero se me olvida». Se llamaba como mi madre, pero no se parecían en nada: mi madre me intimidaba con sólo entrar en casa, Conchita era todo ligereza. Mi madre me miraba fijamente y ya me pegaba yo, Conchita se reía con nada (a veces, conmigo). Yo la contemplaba confundido.

Se reía porque llovía. Se reía porque comprábamos porras. Se reía porque había que andar cuesta arriba… Se reía por lo malo y por lo bueno, no era una risa de carraca, era una risa de mirlo, fina por los dos lados, me gustaba mucho oírla. «Eres listísimo, Jaime, tienes que dejar de hacerte el tonto». No sé qué tenía Conchita que me atravesaba: me hablaba y me dejaba un rato pensando.

Así que dejé de hacerme el tonto a los veinte años justos. Empecé yendo de listo y luego fui ajustando.

Recuerdo la primera vez que fui al cine. «Menuda cosa», pensé; no le encontré el interés. Eso mismo me intrigó. En la pantalla, una enamorada entrelazaba sus dedos finísimos bajo el mentón de porcelana y daba saltos como una boba. Parpadeaba muy rápido. Un hombre malo y grande la pretendía. Luego llegaba su novio, que le daba un beso en la mejilla, y el malo se golpeaba el pecho como un mono, como diciendo «Aquí estoy». El enamorado fruncía el ceño. Ella dudaba. Aquello no me gustó: ¿a santo de qué vacilaba?, ¿qué buscaba la boba esa? Si quería irse con el malo, que se fuera (por lo que me pareció, se merecían). «¡Al otro, al otro!», le gritaba a la boba la gente.

A veces se quemaba la película y se hacía de día en el cine, era lo que más me gustaba. Conchita se abrazaba a mí y luego se reía.

Otro día, en otra película, un fantasma caminaba con los brazos extendidos por el corredor de un castillo. La gente hacía: «Oh». Era un espectro muy fatuo, parecía que tuviera la polio. Conchita me explicó que la polio se transmite por secreciones. Respiratorias, según recuerdo. «O por ruta fecal oral», aclaraba, como si tal cosa (no quise indagar más). El fantasma atravesaba la pared y el cine era ahora un «aaah», y luego se quedaba un rato largo mirando por la ventana. Luego se quemó la película.

Otro día un preso flaco corría en círculos, lo perseguían diez guardias. El preso se paraba en seco y todos acababan en el suelo hechos un revoltijo. Conchita estaba encantada, reía y reía, a mí el flaco me parecía idiota y los guardias no me recordaban a los guardias que conocía, no me los creía. Si un policía te echaba el guante en Espuria, acababas colgado por los pies de una farola. No te pegaban, pero hacían unos nudos que no desataba un mago; a veces te pasabas varios días boca abajo y tenían que hacerte un cortecito en el cuello para que la sangre no se acumulara en la cabeza. Luego el policía volvía con un pescador y el pescador te desataba (el guardia tapaba la maniobra para que no le copiaran la técnica). «Lo hemos colgado», te decía el guardia. «¿A que no sabe por qué?». «Sí sé», le decías tú. «Es usted un hombre muy listo», replicaba él entonces. Los halagos, según de quién vengan, te ponen en tu sitio.

A Conchita le gustaba también:

Contemplar los atardeceres desde la ventana de la pensión (desde allí no se podía ver el sol, pero ella lo veía), el pan de ayer, las almendras crudas (a mí también), los suelos de adoquines cuando hacen círculos, las bicicletas con cesta, los periódicos de ayer (y a mí), los cuadernos con una tira de cuero para envolverlos, la sopa de cocido (pero no el cocido), las misas rapiditas, las peleas, ver bailar, desayunar dos veces (también entre semana), inventarse palabras (sin querer), las escopetas (a mí también), yo (a mí no). A Conchita le gustaban muchas cosas y no le disgustaba nada; aquello, que me habría irritado en otra, era en ella encantador. Yo la miraba y la miraba, preocupado por si acababa convirtiéndome en un cursi. A veces le sacaba defectos y eso me tranquilizaba.

Cuando comprábamos el periódico, lo dejábamos junto al armario, apilado sobre otros mil, y cogíamos el de debajo. Leer el periódico con retraso da perspectiva. Las noticias están mejor de un día para otro.

A veces escogíamos un diario, que Conchita olía antes detenidamente (era muy intuitiva), y lo reservábamos más tiempo; en lugar de una semana, esperábamos dos o tres meses. O esperábamos a que llegara el invierno. O esperábamos una tormenta. O lo que fuera. Cuando por fin llegaba el día, lo dejábamos primero a la vista, sin tocarlo más, y, de vez en cuando, Conchita lo miraba de refilón, imaginando secretos. Lo iba cebando.

A veces lo abría después de comer, pero otras aguantaba más. A veces hasta se le olvidaba.

Cuando se decidía por fin a abrirlo, mirábamos muy juntitos qué había pasado en Italia. Si había llovido mucho. Quién veraneaba en La Concha. Si habían empezado a hacer ya el conservatorio de la calle Canfrán (que para entonces estaba acabado). Mirábamos las esquelas: «Su viuda y familia ruegan». «Sus socios y empleados piden». «Sus hijos recuerdan». Conchita reía y reía. Yo pasaba las páginas, escrutaba cada foto, sacaba conclusiones equivocadas.

Encuentro imperdonable que los quioscos devuelvan los periódicos que no venden, deberían ir subiendo el precio cada día hasta hacerlos prohibitivos y, con ello, atractivos de nuevo.

8

La guerra empezó en el 16 con un quítame allá esas pajas entre Francia y Holanda, y acabó en el 24 con media Europa recordándose cosas en las trincheras. De los franceses se ha escrito ya de todo, de los holandeses no se sabe mucho (un triunfo y una derrota al tiempo). Los holandeses tienen fama de universales e industriosos, pero son un pueblo ensimismado, el más arrogante, el más ciego. El más encrestado y desdeñoso. El que mejor opinión tiene de sí. Holanda fue una vez estado a la sombra de Francia, Napoleón se pasaba por allí a reinar cuando podía. Los holandeses se lo quitaron de encima, pero les quedó el rencor. La revolución belga partió lo unificado, y luego vino la Holanda que vino, la de tú qué, la enfadada. Holanda ha conseguido que el mundo la ignore y por eso mismo sufre: la altivez sólo da gusto si se exhibe, por eso empezaron la guerra. Para explicarse.

Yo iba por la facultad sólo para hacer exámenes, que no me salían ni bien ni mal. Leía lo que podía (me dio por hacerlo en serio), pero me daba, en general, por satisfecho con no estar ya en Salamanca. A veces me llegaba alguna carta de mi padre, que me contaba sus cosas, no paraba de decirme que me acordara del Banco de España. Luego pusieron la bomba en Cibeles, justo al lado, y se le pasó.

En Madrid sólo había tres anarquistas, pero estaban muy bien organizados, eran muy pulcros. Vivían los tres juntos y hacían turnos de limpieza, nunca discutían por nada. Cuando pillaban a uno, los otros dos se entregaban, para no dejarle en falta. Tenían un historial impecable, con bombas de mucho mérito, como la del Museo del Prado (ningún cuadro sufrió daños, pero cambiaron todos de sitio). Y la de Nochevieja (que servía cada año para poner en hora el reloj).

En España la guerra preocupaba lo justo, pero algo se seguía. Acomplejados con Francia, todos íbamos con Holanda. (Yo no, aunque me lo callaba).

En el techo de mi cuarto había una gotera. Y, debajo, un cubo con agujeros que, más que contenerla, la desviaba. Mi gotera reflejaba el curso exacto de la guerra.

Se expandió primero por el techo, como Holanda por Europa. Al principio, cayó Luxemburgo, de buen grado. Luego, contra toda predicción, Grecia, que quedaba más lejos antes que ahora. Alemania —que todo lo abarcaba entonces— no quería saber nada, sólo le preocupaba la Fiesta de Octubre y que creciera bien la hierba del Theresienwiese, que no quería crecer. Un drama. Holanda invadió Polonia e invadió Dinamarca. Francia invadió Suiza e invadió Austria. A veces unos y otros tenían que pasar por Alemania: entonces escondían las armas debajo del abrigo y, si se acercaba alguien, silbaban. La ley en Alemania era estricta: sólo era soldado quien tuviera pinta de serlo. Así que nada.

En mi gotera se veía todo mejor y un poco antes de que ocurriera; la prensa se acercaba a la pensión para redactar sus crónicas: la mancha de humedad alcanzaba, por ejemplo, el espejo, los reporteros la traducían y los húngaros temblaban. Por la izquierda, la gotera rebasaba la moldura, desgajando el yeso, y Suecia y Noruega no tenían más remedio que rendir la flota. A veces había parlamentos, negociaciones largas, la mancha se detenía y el público —como es normal— se cansaba, y había que inventarse algo. La Gran Guerra, como todas, se debía a su afición.

Yo me tumbaba con Conchita a la hora del toque de queda y miraba fijamente la mancha, mientras ella se dormía.

Hacía recuento de bajas. Temía la lluvia, pues sólo el buen tiempo contenía, de momento, la entrada de los holandeses en España.

Con los meses, mancha y guerra separaron sus caminos, como hicimos Conchita y yo. Mientras los holandeses reculaban, la gotera echaba a perder las cortinas y el olor a humedad se hacía insoportable.

Francia y Holanda no llegaron a enfrentarse, no de verdad, cada una invadía la nación que le tocara y, una vez por semana, se mandaban telegramas para hacer balance. A veces los muertos se levantaban y había que contar de nuevo. Cuando el dinero empezó a escasear, los dos ejércitos retrocedieron; ahogados por las deudas, acabaron por devolver a cada país cuanto de él habían tomado (el inventario era estricto). Como subieron, bajaron.

Tras ocho años de ruido, se desempolvaron los mapas viejos. Holanda y Francia quemaban documentos, perdían la memoria, hacían como si nada. Yo cambié de habitación justo entonces. Pero no por eso.

El amor de juventud es el verdadero, el más mentiroso. Eso lo hace indestructible. Uno le entrega todo: los sueños, las esperanzas, lo que los demás esperan de él. El joven, que es egoísta, se complace en quererse a través de cualquiera, hace como que ama a otro, pero se ama a sí, que es lo que toca, nunca querrá más que entonces, prendado de su reflejo (¿hay amor más puro?). Yo, que amaba a Conchita como no sabía que se pudiera, me amaba a mí el doble. Y ella, que me lo daría todo, a veces no me lo daba.

Eso pasa por debajo. Por arriba todo es pasear y cuelga tú y en qué estás pensando, aunque antes no había mucho que colgar. Nos mirábamos a los ojos y nos tomábamos de la mano, nos jurábamos que se acabaría antes el mundo que nuestro amor. Estaba todo hablado.

Conchita me dejó por una broma. Por hacerme el muerto.

Una noche en que, por lo visto, roncaba, Conchita me cubrió la boca con un pañuelo bordado, con un pañuelo bordado hecho un gurruño. Conchita había probado ya todos los ruidos del mundo, también los de pastor; ni marcharse a casa podía, por el toque de queda. Antes me había soplado las mejillas. Antes me había tirado del pelo. Antes me había empujado hasta el borde de la cama. Yo, que en verdad estaba despierto, me puse a roncar más alto, por ver qué pasaba. Conchita se golpeó la cara, se tapó como pudo con la almohada, hizo una bola con la tela, que me embutió en la boca. Me callé en el acto, medio asfixiado. Me dormí así. Por no delatarme.

Cuando salió el sol, me hice el muerto. Me dio por ahí.

Conchita se despertó y empezó a darme besos. Yo, nada. Enseguida se asustó. Se puso de rodillas de un salto. Me zarandeó y empezó a gritarme. Me sacudió. Lloró. Me pidió perdón. Yo, nada. Al final le dije que era broma.

Ni siquiera reaccionó, sólo me miraba y me miraba, como se miran las cosas que no se entienden. No quiso volver a verme. Oí cómo algo se rompía dentro de ella. Me arrepentí de todo, claro, pero ya era tarde.

A veces iba a casa de Conchita y le preguntaba a su madre por ella, le decía que estaba muy triste, que por favor se lo transmitiera, le preguntaba que cómo estaba. La madre no quería decirme mucho, sólo que no quería verme.

Primero iba los martes y los jueves, luego la madre me dijo que con los martes bastaba. Pero me dejaba entrar en la casa. Yo a veces le miraba las piernas, cuando ella no miraba. Una de ellas —la izquierda— me tenía hipnotizado, un muslo perfecto de mujer que le asomaba de la falda al sentarse. Me trataba muy bien, me daba pastas, yo le decía que sí a todo.

A veces, para consolarme, me tocaba la viola, que era su instrumento principal (en Espuria muchos tocaban varios). Telemann. Stamitz. Hoffmeister. Rolla. Conseguía unos trémolos que se te metían debajo de la piel, te llegaban a la médula y desde allí se expandían como en los dibujos de arterias de los libros de Conchita.

Una vez la música me hizo viajar muy lejos. La viola se iluminó con una luz blanca y fría que me cegó y me hizo ver el futuro.

Me vi en otra ciudad, parecida a Espuria. Tenía un hijo y una hija que me daban la espalda. Yo presidía una mesa larga. Sonaba una campanilla y los niños se iban, y entraban los criados con un cuenco de agua. Yo hundía la cara en él. Miraba a través del agua. Los criados traían también guisantes (que siempre me han gustado mucho). Con la música, los guisantes giraban, abandonaban la fuente y formaban dibujos en el aire. Primero, muy sencillos. Luego, complicados. Luego subían al firmamento. Dibujaban, en fin, las figuras que la música les ordenaba, de trino en trino, de glissando en glissando. Ya no eran guisantes, sino luces antiguas que habían dado origen a la vida; daban ganas de quedarse allí para siempre.

Saqué la cabeza del agua y dejé detrás una cascada, de nuevo en casa de Conchita, con su madre, que seguía tocando con la pierna (de valquiria) flexionada.

A veces se oían unos pasos en el piso de arriba. Yo le preguntaba a la madre si se trataba de Conchita y la madre me decía que sí. Le preguntaba si lloraba alguna vez y me decía que no.

A veces pienso en Conchita y no puedo recordar su cara, pero los compases susurrantes de su madre, las pulsaciones exactas, el movimiento del arco, me la traen a la memoria y me atormentan.

Conchita, Conchita Lara, la mejor de las Conchitas. Que era todo levedad, no como mi madre. Conchita, que un día dejó de reír por mi culpa, aunque tampoco lloraba. Conchita. Conchita Lara. Conchita.

9

Viajar es casi siempre escapar de algo, uno se va de un lugar cuando ya no pinta nada. Yo quería ir a París para reparar mi corazón descompuesto (que, con veintidós años, tampoco podía estarlo tanto). París se me antojaba lustrosa, casi bruñida. Por motivos que enseguida aclararé, necesitaba ir en barco.

Ir a París en tren llevaba una eternidad. O por carretera. Y más con los comunistas en la frontera: te planteaban acertijos y, si no los resolvías, te mataban. Se contaban muchas historias sobre los comunistas. Que tenían cara de lagarto. Que comían sólo por la noche. Que improvisaban los acertijos (que se los inventaban). Que, si tenías buena voz, pasabas.

El comunismo representa, creo yo, la fuerza del león, la vida después de la muerte, por eso en tantos países hay esculturas enormes de marxistas que flanquean las avenidas de los templos.

De entre los acertijos preferían los morales sobre los dialécticos. Buscaban enunciados con paradojas (deducir no servía de nada), despreciaban la lógica proposicional, las historias de caballeros que dicen la verdad con escuderos que mienten. Les gustaba más Epímedes, falsídico, autocontradictorio. «Todos los cretenses mienten», decía Epímedes. Que era cretense.

Con el príncipe Enrique no se atrevieron. Una vez se presentó en la frontera y dijo que se iba a Francia a comprar, y pasó el control andando, como si tal cosa. Volvió a las dos horas con un montón de bolsas; le pidieron que las abriera, pero el príncipe se negó. Un moro muy alto y digno le abrió la puerta del coche y el príncipe se sentó al volante; el moro iba detrás, tan ancho y almidonado (se volvieron a Madrid sin dar explicaciones). Los comunistas –la mitad italianos– no dijeron ni mu entonces, pero lo contaron luego.

Yo era republicano, como todos, porque ser rey no podía, aunque me caía bien el príncipe. Sabía por los periódicos (atrasados) de dónde venía, lo había visto crecer, hacerse mayor. Había visto cómo la alegría de ser niño se convertía en pesar, cómo había aprendido a ocultarlo, la maldición de crecer solo y tener que ser mejor que sus hermanos, el peso sin queja de cuatro siglos de grillos en España.

Luego estaba su hermana, Federica, y el pequeño Sebastián. Sebastián era un zoquete, se le notaba de lejos, nadie creía que fuera hijo de Carlos. Se atascaba en las palabras largas y tenía un culo anormal, como abombado. El pueblo le hacía cantares. Federica, en cambio, era guapísima, en las fotos salía muy digna, con la barbilla para arriba, llevaba ropa traída de fuera y todos los príncipes querían casarse con ella. Se decía que Leopoldo de Dinamarca –ahora viudo– la pretendía, igual que el futuro Pedro II (primogénito de Alberto de Portugal), igual, en realidad, que todos, pero Alberto era un Bethencourt, y los Bethencourt no contaban.

Por mi parte, como ir a Francia por tierra quedaba descartado, regresé por el momento a Salamanca, ahora el puerto más cercano.

Salamanca no había cambiado nada, que es lo que le pasa siempre a Salamanca. El gobierno expropiaba y expropiaba, derribaba cuanto edificio podía para construir la Gran Vía, que al final tampoco fue tan grande (pasado el entusiasmo inicial, acabó por llamarse Calle Ancha). Cerca del Mercado del Grano, junto a la Casa de las Muertes, es donde vive ahora don Torrente Ballester, que me partió la cara una vez, pero en Madrid. Sin consecuencias. A mí me han partido la cara varios gallegos.

Salamanca era, decía, la de siempre, con su Torre del Clavero, con su cuesta del Tostado, con su Academia de Bellas Artes. Con su Seminario Conciliar. Salamanca tiene dos catedrales: la vieja y la nueva. Están juntas, juntísimas, y no se distinguen por fuera.

En el arrabal de la Puerta de Zamora vivían las prostitutas y allí me fui directo, sin pasar por casa (no tenía ganas de agasajos, pero allí nadie hacía preguntas y siempre había camas). Dejé la maleta donde pude y salí a la calle a dar un paseo.

Tres semanas estuve dando paseos sin decir en casa que había llegado. A veces me encontraba con algún conocido: «No te hacía por aquí». Y yo: «Circula». Y el conocido circulaba.

Reconocí de nuevo a casi todos los fantasmas, a quienes ya podía ver muy bien, aunque también los había nuevos. Conspirábamos entre susurros en el Patio Chico. Yo les hablaba de Espuria y de su música y ellos me revelaban sus secretos.

El más allá está, por ejemplo, situado un metro por encima de nuestra dimensión. Ahí mismo. Por eso es tan habitual ver fantasmas sin la mitad inferior del cuerpo. Si se les llama, a veces acuden y a veces no, no hay forma de anticiparlo, pero, si aparece uno, hay que mostrarle respeto: no les gusta que los interrumpan y no regalan su confianza. Tampoco hay que asustarse: salir corriendo ante un fantasma es una imperdonable falta de delicadeza. Les cuesta mucho formarse.

Los fantasmas tienen una forma especial de organización, no hay jerarquía, pero sienten un respeto primario por los de mayor antigüedad. Se quejan de que acumulan conocimiento, pero no experiencia, así no crece el espíritu. Unos extrañan la carne y otros no. Como no esperan mucho de los demás, no hay malentendidos.

Se toma por languidez su falta de expectativas, que es sólo acomodo a la situación; a algunos les cuesta años reconocer que están muertos, otros acechan a los moribundos para asaltar su cuerpo tan pronto como este se vacía. (No funciona). La mayoría deambula sin dolor ni pasión. Todos son gente digna, ahora que en nada les beneficia no serlo. De entre las cien formas de invocarlos que hay, no hacer nada es la que yo prefiero. Otros usan tablas endiabladas que sólo atraen a los más abyectos, o rezan en grupo y forman círculos y se dan la mano. Cuando se les llama desde el miedo, miedo traen. Lo mejor –como ha quedado dicho– es tratar de verlos por el rabillo del ojo: el cerebro no acepta lo que ha visto y se evita así el disgusto.

Cuando fui a casa, mis hermanas me abrazaron y Benito me dio la mano circunspecto. «¿Puedo ir a Espuria ya?». «Ahora sí», le dije. Y se fue a hacer la maleta, para seguir mis pasos sin perder tiempo.

En la casa había algunos criados nuevos; los viejos inclinaban la cabeza, las criadas me decían que estaba hecho un hombre; luego se reían y se marchaban. Mi padre estaba en la mercería, a la que no pensaba acercarme, así que dejé en mi cuarto las cosas y me fui derecho al cuarto de mi madre, a hablar con ella.

Mi madre cosía en la mecedora. Sin hilo, pero no importaba. «¿Te pueden ver ellos?», le pregunté. Ella negó con la cabeza. «¿Por qué no me quieres, madre?», le pregunté también, por si le apetecía aclarármelo. Ella rio con ligereza. Después me miró como se mira a un niño. Me dijo por gestos que cerrara los ojos. Obedecí. Esperé un poco. Como no notara nada, los abrí de nuevo. Mi madre, de pie frente a mí, se contemplaba la mano con desconcierto y volvía a intentar pegarme, atravesándome sin daño la cara. Debía de llevar un rato así. Se la veía contrariada. Luego volvió a coser y yo, sin darle más vueltas, me recosté en la cama para observarla. «He conocido a una chica que se llama como tú», le dije. Ella siguió a lo suyo, no me escuchaba. Luego fue desvaneciéndose, sin dejar de coser, muy despacio. Con la velocidad cansada. La habitación recuperó el calor. Le llevó media hora desaparecer del todo.

Me dormí con los zapatos puestos. Tuve un sueño muy vulgar. Iba por la calle Toro, había llovido, el aire estaba limpio. Un carruaje pasaba y yo me apartaba. La rueda pisaba un charco y me salpicaba, pero no me mojaba. El carruaje seguía su camino de charco en charco. Yo me giraba para comprobar que no venía nadie, la calle estaba desierta. «Mira a los lados antes de cruzar, Jaime», me decía a mí mismo en el sueño. Yo miraba dos veces y luego cruzaba sin problemas. Alcanzaba la otra acera. Y seguía caminando.

Me desperté bañado en sudor, no sé por qué. Mi hermana Andresita, que había acudido corriendo desde su cuarto, me dijo que estaba gritando.

Me trajo un caldo que había preparado ella misma. Lo hacía con carne de pollo y huesos y verduras. «Primero limpio los huesos», decía. «En agua fría. Luego lo echo todo en un puchero: medio pollo, dos nabos, tres zanahorias, un puerro. Caliento el guiso poco a poco para que coja sabor. Luego saco la gelatina. Luego la espuma. Luego le echo *bouquet garni*. Luego escupo». Mi hermana Andresita siempre cocinó muy bien. Y tardó mucho, la pobre, en tener a quién.

En Salamanca intenté muchas cosas. Acostumbrado al toque de queda, apenas salía por las noches. Traté de arreglar el visado tan rápido como pude, pero tardaban en aprobarlo (en Salamanca tardaba todo). Me aburría mientras esperaba.

Traté de hacerme vegetariano, pero en Salamanca no se puede y lo dejé enseguida. Compré libros antiguos que desencuadernaba en cuanto llegaba a casa para cambiar de lugar las páginas, hasta que el orden me complacía y los llevaba a coser de nuevo. Me apunté a una academia de francés, que ya había estudiado en Espuria para leer a Rameau, un clavecinista de mérito. Iba a misa (por no olvidarme). Me reunía con los amigos del colegio, que nada tenían que decirme y a los que no decía nada. Me emborrachaba a veces, más por la tarde que por la noche. A veces bebía tanto que no me cabía más vino y tenía que hacer gárgaras.

Aquellas semanas en casa las usé para irme del todo. A veces paseaba con mi padre, que me iba perdonando poco a poco. Nunca nos decíamos mucho y eso nos unió. Me propuse quererlo algún día.

De mi padre recuerdo dos cosas. Cómo paseaba con las manos a la espalda desde que se cruzó un día con Unamuno y Unamuno lo dejó pasar. «Es un hombre muy sensato», me decía mi padre. «A todos enfada». La segunda es la forma que tenía de mirar el mar como si siguiera viendo encinas. Mi padre se había convertido en un hombre muy delgado, casi transparente. Tenía el aspecto de quien ha tenido ganas y se le han pasado.

Algunas noches nos reuníamos en familia y hablábamos de serpientes. Mi madre reptaba mejor que nunca, aunque nadie pudiera verla. Cuando eso sucedía, mi padre se quedaba tembloroso, como si notara algo. Me miraba fijamente, algo percibía. Mis hermanas y Benito se atacaban ágiles y eléctricas. Y se reían.

Cuando llegó el barco de Francia, pedí a un criado que me sacara el pasaje y cargara los bultos. Di instrucciones en casa para que usaran mi cuarto para lo que quisieran, o que lo condenaran incluso, lo que fuera más dramático. Benito me dijo que así sería, sin aclarar qué iba a hacer.

Me despedí de todos. Padre. Amigos. Hermanas. Benito (que se iba a Espuria esa misma tarde). Incluso de una ramera con la que había hecho migas de puro desprendida y bondadosa.

Un fantasma me pidió subirse conmigo al barco, me dijo que siempre había soñado con ir a Francia, que apenas había visto mundo, que sólo había estado una vez en Ávila. Le dejé viajar conmigo si prometía guardarse sus historias.

Cuando el barco partió, los dos sacudíamos el pañuelo, yo a mi familia, él a sus amigos de ultratumba, que le daban ánimos mientras las catedrales se hacían pequeñitas. El barco se llamaba *Buen Consejo* (me lo tomé como un augurio sobre el que reflexionar, pero luego).

10

Llegué a París en la parte de atrás de un camión de naranjas el 20 de marzo de 1925. Dos días antes, había desembarcado en El Havre. Cuatro antes, zarpaba desde Salamanca. Habrían podido ser tres, pero nos atacaron los piratas.

Los piratas de aquel tiempo eran en verdad temibles, no como los de antes. En el siglo XVIII, por ejemplo, se depredaba con cierto honor y la violencia era tan plástica que compensaba las molestias. Casi todos eran corsarios, estaban al servicio de la corona (cada uno de la suya). Si no necesitaban de verdad el botín, lo devolvían a cambio de unos aplausos. Los siglos anteriores fueron aún más plácidos. Pero de 1920 a 1929 dejó de regir el Convenio de Pillaje, cada país iba por libre, valía todo, ancha es Castilla, los piratas abordaban el barco y empezaban a quitarle la razón a todo el mundo, se enfrascaban en debates que no llevaban a nada, con todo se atrevían: Sócrates, Hume, Epicuro, Agustín de Hipona. (Hablaban de filosofía siempre, salvo de san Agustín, que los piratas encontraban irrefutable).

La travesía había sido plácida. Los primeros días me encerré en el camarote para disfrutar a solas de la náusea. Nunca antes había viajado en barco. Poco a poco salí a pasear, me sentaba bien recibir más aire del que se colaba por la escotilla. Cuando me cruzaba con una dama, me quitaba el sombrero de mi padre, que por fin le robé sin más. Si la dama era joven, le sonreía, aunque manteniendo las distancias. Si era varón, le gruñía. Para mí un desconocido es un enemigo potencial. Igual que un amigo.

A veces miraba el horizonte y me imaginaba París. O veía saltar los róbalos y los peces de San Pedro. Por las tardes hablaba con el fantasma.

El fantasma me contaba su vida —a pesar de mis admoniciones—, que empezaba con su muerte. Yo le enseñaba francés, para repasarlo yo. Había comprado un libro diminuto con las frases más elementales. «Buenos días». «Buenas tardes». «¿Qué hora es?». «Conocerle ha supuesto una sorpresa para bien». Luego venían las de segundo nivel. «¿Qué hora decía que era?». «Yo en ningún momento le he interrumpido a usted». «Eso no me lo dice en la calle». Había un capítulo entero con sentencias que recomendaban no usar al principio. «Desde épocas inmemoriales las poblaciones humanas han utilizado las plantas como material de construcción». O: «Los franceses, todos lo mismo». Y por fin había un apartado que habían dejado boca abajo, por prudencia, como las soluciones de los crucigramas, en que destacaba la expresión: «El señor no se priva de nada, francamente». Frases que le leía al fantasma para modelar también en él tan particular fonética.

Cuando llegaron los piratas, yo paseaba por cubierta siguiendo el aroma a pan con nueces que llegaba de la cocina; fue al tercer día, había domado el mareo matutino y me disponía a comer algo para enfrentarme mejor al vespertino. Corría una brisa suave que ayudaba mucho a las gaviotas. El sol, que eludía las nubes, era a la vez benévolo (se guardaba lo mejor para cuando hubiera gente). Muchos habían empezado a comer ya.

Los piratas lanzaron sus garfios sin estrépito. Subieron a bordo con una sonrisa. Nadie les hizo caso. Algunos niños se acercaron, atraídos por el silencio. El líder de los piratas se frotaba las manos. «Bueno, bueno», decía. «Bueno, bueno…». Y dio una palmada fuerte. Luego abrió los brazos y gritó: «¡Spinoza!».

Fue entonces cuando se desató el caos.

Los piratas no respetaban nada. Método. Exposición. Referentes formales. Todo les sobraba. Despreciaban cuanto hallara concierto en Dios como principio o soporte. Dios *causa sui*. Dios sustancia (aquello que es en sí y se concibe por sí) infinita y absoluta por la unidad de sus atributos. «Para nada, para nada», respondían los piratas. Un caballero de buena formación se defendió como supo: «Como la esencia de Dios implica su existencia, en virtud de su misma naturaleza, sus atributos son infinitos». «Para nada, para nada», repetían los salvajes. La violencia era insufrible. Las mujeres y los niños no corrían mejor suerte. «Por ser libre y no hallarse sujeto sino a sí mismo», decía balbuciente una dama, «Dios está exento de pasiones». La dama, en virtud de su experiencia, sabía bien que las pasiones son fuente de esclavitud. «Contra ellas», proseguía, «debe luchar el alma para dirigirse a la libertad, pues el sumo bien del alma es el conocimiento de Dios y la suma virtud del alma, conocer a Dios». Los piratas reían.

Fueron más de veinte horas de furia. El alma de nuevo. Su inmortalidad. El sumo bien. El infinito imperecedero. Todo era objeto de mofa para esos canallas. Hasta yo traté de demostrar la utilidad de seguir la determinación de la naturaleza por la perseverancia del ser, para lo que el ser debe buscar lo que más le convenga, que es lo que había hecho yo desde siempre. Un niño asintió. El cabecilla mostró ese desdén que sólo exhiben los necios.

Sólo cuando la policía del puerto de Brest lanzó sus patrulleras al rescate, los piratas saltaron por la borda de vuelta al barco.

Eran criminales de la peor especie, desconocían el escrúpulo. Sólo les importaba tener razón. La gendarmería no tardó en atraparlos y los devolvió a nuestro barco, por si queríamos rebatirles algo. Aquel día aprendí una lección valiosa: el hombre agacha la cabeza ante la evidencia de un Dios geométrico.

El último día de navegación pasó volando. Todo era mirar al norte y recordar el abordaje. Llegamos a El Havre con un día de retraso. A mí me daba lo mismo, pero otros protestaban.

Después de dos días en Normandía haciéndome al idioma y al carácter de un pueblo que acababa de empatar la guerra, busqué quien me llevara a París. Mi fantasma se desvaneció nada más pisar Francia, no entendí bien por qué. No se fue, se desvaneció solamente, ya no era posible verlo. Le deseé suerte en voz alta, por si podía oírme.

Luego –previo pago de un franco– me subí al camión de unos labriegos que querían vender sus naranjas en París, en el Mercado de los Niños Rojos. Me tumbé sobre la fruta y vi pasar el cielo azul, que se quedaba en El Havre. Inspiré el aire de la campiña (todavía con olor a mar) y me hundí en la mercancía, enterrado en color. Cerré, agotado, los ojos. Por primera vez en veintitrés años, no soñé nada.

11

Llegué a París, decía, en la parte de atrás de un camión de naranjas el 20 de marzo de 1925 (el 21, en verdad: pasaban unos minutos de la medianoche, lo sé porque sonaban campanas y, al cruzar el Arco del Triunfo por la Grande Armée, pasado Porte Maillot, las conté como si fueran uvas). Las campanas que sonaban eran las de San Agustín, pero desde entonces me gusta pensar que es el Arco del Triunfo el que pone París en hora.

En Francia descubrí que no soñaba, por lo menos al principio, igual que no veía fantasmas. En el extranjero todo es distinto. Fue entonces cuando confirmé que cada país tiene su alma y cada alma su vibración. Uno sólo ve los fantasmas de casa.

París no era como ahora, ni siquiera estaba en el mismo sitio. Antes del traslado de 1940 ocupaba la margen contraria del Sena, en el Valle del Oise. Me gustaba más entonces. El clima era fresco y la arquitectura genuina.

Si en Espuria dejé atrás al adolescente, en París comencé a buscar al hombre a quien sólo encontraría años después. Fueron años de sala de espera. Yo aún no sabía que crecer y desengañarse son lo mismo, no me alarmaba, me bastaba con tener un techo y algo que comer, aunque una voz interna me decía que estuviera atento, que me pasarían cosas.

Las voces internas son, por lo general, demasiado ruidosas; las hay de diferentes timbres, diferentes tonos, diferente dicción. He tenido en mi cabeza la voz de un anciano que me decía que me matara: «Mátate, hazme caso, ya verás qué bien». He tenido la voz de una niña que tenía pis: «Tengo pis». He tenido la voz de dos hermanos que me daban instrucciones precisas para robar farmacias (con los horarios de los empleados y todo). He tenido a un profesor de griego. He tenido a un pescador birmano que sólo conocía su idioma, pero no se callaba: ni comía ni dejaba comer. He tenido muchas voces.

Creo firmemente en el error. En el empecinamiento. Creo que un hombre sólo lo es si toma decisiones equivocadas. Me he equivocado muchas veces, sabiendo que lo hacía casi siempre. Creo en la fuerza exacta del encabezonamiento, de la ceguera voluntaria, que conduce al abismo. Creo en la muerte prematura, en los accidentes evitables, en las orejeras. Me he casado a sabiendas de que no debía hacerlo, he prestado dinero que sabía que no debía prestar. He viajado a lugares a los que no debería haber ido. He aceptado empleos que despreciaba, me he hecho amigo de la gente equivocada, me he tropezado con piedras que veía de lejos, he traicionado a quien no merecía mi traición, he ayudado a gente egoísta que me ha vendido a la primera, he descendido a sótanos a los que ni siquiera las voces me aconsejaban bajar. Me he sacrificado por personas que ya no podían salvarse. He cometido todos mis errores de forma responsable, con la única coherencia de la obstinación, al margen del buen juicio, con el único placer de contravenir toda orden, consejo, recomendación o evidencia. He disfrutado de hacer lo que me perjudicaba, de la locura de dañarme, de la imprudencia de rondar sin seriedad la muerte. He despreciado a quien ha buscado el éxito con las decisiones acertadas, a quien ha hecho cálculo de su vida, a quien ha formado la familia que debía formar, emprendido lo que de él se esperaba y ha sido sensato hasta la imprudencia. Repruebo la cautela, la cordura, la discreción, la moderación, la sabiduría, la mesura, la madurez, la reflexión. Censuro a quien se abandona al sentido común, esa farsa que sólo sanciona cuanto antecede al conocimiento. Censuro el propio conocimiento. Defiendo la ignorancia como única arte verdadera en un mundo de falsa decencia. Apruebo, por tanto, la impureza, el escándalo, la mancha, la destrucción de lo sublime. Sólo los corazones puros pueden escucharse a sí mismos, oír y acatar su propia voz, los demás debemos desconfiar y abrirnos al mundo con ojos nuevos. Es nuestra obligación desobedecernos. Fracasar, nuestro sagrado destino.

En París, a lo largo de siete años, hice tantas cosas como pude y fracasé en todas ellas. Fui alfarero, organista, gerente de almacén, terrorista, jardinero, gigoló, escritor. Tenía una sola máxima: dejarlo en cuanto me aburriera.

Llegar a una ciudad desconocida en una nación desconocida que habla una lengua desconocida puede acobardar a cualquiera. No conocía a nadie, no llevaba anotada ninguna dirección, cuanto sabía de Francia lo había sacado de textos que se detenían en el siglo XVIII. Sabía de casacas, jubones y camisas de lazos, de pasamanerías, galones, volantes y trencillas. Conocía los misterios gregorianos de la notación neumática de la abadía de Cluny, las ventajas y desventajas por regiones de la siembra a voleo (que es, por imperfecta, la que prefiero). Pero nada del precio real de las cosas ni de cómo encontrar un techo. Dos semanas más tarde −como sucede siempre−, había conocido a gente (sin querer), dormía en un colchón limpio (sin poder) y tenía un oficio nuevo (sin saber).

Conocí, por puro azar, a Julián, un alfarero de Alba de Tormes −un pueblo de Salamanca al que una vez fui en burro−, que estaba casado con Céline, una francesa. Céline, veinte años mayor que yo (y con diez más que Julián, al que también trataba como a un niño), me tomó cariño enseguida. Me dio de comer, me recomendó a la madre de la prima de una buena amiga, que tenía una pensión. Le hacíamos gracia los españoles, decía que no sabíamos nada, que éramos unos brutos redomados, que teníamos buenas ideas porque ni se nos pasaba por la cabeza no tenerlas.

Céline estaba enamoradísima de Julián; ambos tenían la casa llena de cacharros de barro, que ella tiraba contra la pared en cuanto discutían para mejor subrayar sus argumentos. Luego pedía perdón y Julián hacía cacharros nuevos, en los que ponía el alma.

«¿Tú sabes hacer cacharros?», me preguntó un día Julián. Le contesté que no. «Eres de Salamanca, ¿no?, pues sabes hacer cacharros. Y sanseacabó». La historia de Alba de Tormes ha sido la del barro y sus alfares desde antes de que Teresa de Jesús se dejara allí su mejor brazo: ahora eran unos filigraneros que lo mismo te hacían un cuenco que un botijo en forma de catedral, los mejores del mundo, decían. Y sanseacabó.

No es fácil vivir del barro en Francia, república afanada en meter perdices dentro de perdices, allí nunca falta un comensal ni sobra un cocinero. Pero Julián me bajó al taller y se ocupó de mancharme las manos, mientras Céline me daba paseos y me enseñaba las cosas que había que ver.

Contemplar cómo trabaja un artesano es contemplar el conjuro de la sencillez. «Este torno», decía Julián, «tiene más de tres mil años. No este, pero los tornos estos. No estos, pero otros como estos. Ya sabes». Yo no sabía. «Vienen de los egipcios». Le daba con el pie a la rueda y de las manos le salía una vasija. Era como ver hacer magia. «Te toca…». Me senté en su sitio ante su mirada atenta. Traté de impulsar la rueda, pero aquello no giraba. «Ya le doy yo», me dijo, mientras ponía el torno en marcha. Me pasó una pelota de barro. «Toma. Mira. Tira esto». La arrojé contra el borde del torno. Acabó en la calle Froissart.

Resulta que la alfarería es muy difícil, no puede usarse cualquier barro. Se hace una pelota que se tira en el plato de tornear (con fuerza, pero no de cualquier modo, tiene que agarrarse bien al plato). Luego se centra la masa, se empuja con la mano izquierda mientras la derecha retiene la arcilla. Hay que mojarse las manos, si no, los dedos no resbalan. Todo el rato. Luego se estira la masa hasta que sale un cono. Luego se aplana. Cuando uno se ve ya seguro, mete el pulgar en el centro y empuja el barro hacia fuera. Cualquier gesto que se haga se convierte en círculo, así que hay que saber qué se quiere antes de empezar, o ser bueno bautizando. Cuando la pieza está lista, se arranca del plato con un hilo y, ¡zas!, como sale un espantajo, se aplasta todo de nuevo y vuelta a empezar.

Así estuve dos semanas, haciendo y aplastando, haciendo y aplastando, hasta que me salió el primer cenicero, que tardó unos días en secar.

Cuando el barro recuerda la aspereza del cuero, esa es la señal: con una punta de acero se hace más cóncava la base, para que asiente bien. Y a exportar.

Los mejores recuerdos de París los guardo de mis años de terrorista. Fue Céline quien, sin querer, me puso en contacto con los anarquistas franceses. Me advertía de que no me enamorara de ella. «Sé cómo sois los españoles, Fanjul», me dijo. Me llamaba Fanjul, en París todos me llamaban Fanjul. Les hacía gracia. «Os enamoráis hasta las trancas y todo os hace daño. Yo quiero a Julián por eso mismo, porque me gusta cuidar». Nunca me habría enamorado de Céline, no sé qué mosca le había picado, pero la dejé hablar. «Los españoles les cogéis apego a las cosas y creéis que son vuestras. Y las mujeres, más».

Yo andaba esos días con una muy linda de Murcia que trabajaba en una librería, que decía que iba a casarse conmigo. La dejé por otra librera.

La segunda era francesa y, al principio, creí, no sé por qué, que sería prostituta, porque me fijé en ella, supongo, en una esquina del bulevar Haussmann, frente al Café Polisson. (El primer París, como el segundo, estaba lleno de librerías y burdeles. Como el techo era muy caro, las mismas aceras valían para llenarse de libros y putas, que salían como las flores; a veces compartían puesto y a veces no. Todo era muy confuso).

Las putas leían mucho. No había biblioteca sin su puta ni burdel sin su enciclopedia, como no había librería sin meretriz al frente ni meretriz sin novio escritor. Yo aún no escribía, claro, pero las prostitutas siempre me han querido: aprecio como pocos su carácter, su discurso moderado. Nunca he intentado acostarme con ellas y entre ellas siempre me he sentido a salvo. Si ellas leían, más yo.

Me decepcionó un poco que Alizée –mi segunda librera– no supiera de calles, pero, como tenía amigas que sí, hice la vista gorda. Alizée era muy dulce y sabía parecer ingenua sin serlo, algo que los hombres apreciamos hasta que dejamos de hacerlo, como todo lo demás. Le dije que acababa de plantar a mi novia en otra librería, a dos calles. Le pareció muy bien. Me preguntó por la otra tienda, sobre todo por los precios; le dije que eran normales. «¡Ja!», rio ella, apartando en un segundo toda miel. «Aquí tenemos los precios más altos de París. Si alguien los iguala, los subimos». «¿Son mejores tus libros?», le pregunté. «De ninguna manera», dijo ella, como si le hubiera preguntado algo ridículo, y rio con esa risa que le salía a veces y que le hacía parecer superficial. Que es lo que era.

Luego volvió a las palabras suaves, al carácter infantil con el que tantos volúmenes había colocado a los peritos. Y, al finalizar el día, acabamos en su cuarto, un cubil cochambroso donde decae Le Marais. «¿Me quieres?», me dijo ella. «Perfectamente», le dije yo. Me cautivaban los contrastes de Alizée, que me ofreciera lo mejor y lo peor de ella sin ser yo capaz de distinguir una cosa de la otra. A veces, agresiva, me arrancaba la ropa antes de que la puerta se hubiera cerrado del todo. Y nos poníamos los dos a leer.

Alizée me presentó a los teósofos, gente educada de la que hablaré más adelante. Decía que su padre había conocido a Madame Blavatsky, que la había ayudado a traducir al francés el primer volumen de *La doctrina secreta*, el de la cosmogénesis y la fruta, y a publicar en Francia el segundo. Céline, por su parte, me presentó a Jules Broglie y a Manuel Sacande.

Jules era de Reims, un bruto de un solo carril, Manuel era de La Coruña, me partió la cara en cuanto me vio, confundiéndome con otro (con mucha seriedad, eso sí). Me agradó muchísimo. Luego se disculpó. Manuel tenía tres dedos en cada mano, más que suficientes para mí. En cuanto a Jules, fue quien me presentó a los anarquistas: «Aquí Fanjul, aquí el grupo». Al principio nadie me prestó atención. Sólo Manuel.

Manuel me lo enseñó todo sobre explosivos, fue mi maestro en el grupo, a él le debo, por ejemplo (aunque de eso prometí no hablar nunca), la intuición gloriosa que nos llevó a llenar de ocas muertas el Puente Nuevo.

12

El anarquismo francés era diferente al español. Los franceses recogían menos, eran mucho menos limpios, menos ordenados. La mayoría llevaba la doctrina a la vida y, como no se distinguía entre el qué y el cómo, cada misión era pura incertidumbre.

Al principio no me dejaban hacer nada, no se fiaban de mí. «No me fío de los españoles», decía Armand Loubet, el líder del grupo, que presumía de que allí no había líderes. «¡Todos valemos lo mismo!». Los demás, claro, asentían.

Armand me dejó entrar en el grupo porque le gustaba Céline y ella se lo pidió personalmente (no sabía decirle que no). Céline le tenía algún cariño, pero porque se lo tenía a todo el mundo; me decía que no era de ley. «Te lo presento, Fanjul, porque te gustan estas cosas, pero tú sabrás». Así que me andaba con ojo con Armand y, de paso, con todo el mundo: me andaba con ojo con Jules, me andaba con ojo con Fallières, que no hablaba nunca, y hasta me andaba con ojo con Coty, que sólo callaba para bailar, con música o sin música.

A los demás (Thiers, Grévy, Carnot) los veía poco. Thiers y Grévy eran estudiantes y desaparecían cuando había exámenes. Carnot tenía ochenta y dos años y no podía quedarse hasta muy tarde porque se dormía.

Con Manuel, en cambio, nunca tuve que andarme con cuidado, me fiaba de él. Manuel se daba a sus silencios y a sus melancolías, pero estaba siempre centrado y sabía más de bombas que cualquiera. Y tenía un código moral estricto del que jamás presumía. También me defendía cuando Armand se metía con mi acento. «¿No tengo acento yo?», le decía. «Déjale en paz, entonces». Y Armand aflojaba.

Céline y Julián veían muy bien que me hiciera terrorista. Decían que me pegaba mucho y, además, desde que los hacía yo, no vendían un cenicero. A mí me gustaba mucho el terrorismo, la verdad. Me levantaba muy tarde, como todos los demás (madrugar estaba mal visto), y a las doce como pronto, quedábamos todos para estudiar.

Los anarquistas estudiábamos mucho, nos llenábamos la cabeza de afrentas. A Armand le gustaba Proudhon, mientras que a mí me gustaba Faure, que a veces se pasaba a vernos: «No estaréis demasiado organizados, ¿verdad?», nos preguntaba. Todos negábamos con la cabeza. «Que no me entere yo». Luego se iba al parque a dar de comer a las palomas.

Nos reuníamos en un local destartalado que nos había prestado el padre de Thiers, que no sabía muy bien qué hacíamos. Le decíamos que estábamos montando un recital de poesía, o un café teatro (Coty se ponía a bailar cuando lo oía). Al padre de Thiers le gustaban mucho las variedades, así que se quedaba tan contento.

Mi primera misión de verdad llegó a los seis meses. Thiers y yo teníamos que entrar en la oficina de un abogado muy importante (Thiers iba para vigilarme), reventar el archivador y dejar algún objeto en él que me importara mucho o que hubiera hecho con mis propias manos, o, si no, que hablara mal de mí. Se trataba de un acto revolucionario y simbólico. Me llevó varias semanas elegir objeto.

Pensé en dejar mi primer cenicero, que cumplía los tres requisitos, pero Céline, por un quítame allá esas pajas, lo había estampado contra el espejo junto a la cabeza de Julián. (Antes de que el espejo tocara el suelo, ya estaban pidiéndose perdón y querían morirse juntos, luego empezaron a besarse por toda la cara y acabaron haciendo el amor sobre los azulejos del comedor. A punto estuve de salirme de la habitación).

Pensé entonces en dejar algo que demostrara mi bravura, un desafío a la autoridad. Por ejemplo, mi propio pasaporte, para que París entero supiera que un ácrata, en España, firma. Todos aplaudieron la idea, menos Armand, que no estaba: había bajado a por un sacapuntas. Thiers tuvo que recordarnos a todos que me echarían del país, que, si fuera francés, aún, pero que, como extranjero, me jugaba mucho. Al final me pareció más prudente quitarle el pasaporte a Armand y dejarlo en el archivador en lugar del mío.

La misión fue todo un éxito.

Al día siguiente detenían a Armand, que juraba que él no había hecho nada. Primero se mostró perplejo, como si por eso fueran a creerle, luego ya pataleaba. «¡Decidle a Céline que la amo!», bramaba al fin, aferrado al marco de la puerta mientras lo sacaban entre varios. Nos encogió el corazón. Le prometimos que tendríamos a Céline al tanto, que ya le diría algo Julián.

En el grupo nos quedamos, la verdad, mucho más tranquilos y pude centrarme en las bombas de Manuel, que es lo que de verdad me gustaba.

Las bombas que hacía Manuel no eran bombas normales, eran bombas de maestro, bombas que daba gusto mirar. «Hay que hacerlas con lo que sea uno», me decía Manuel, que me recordaba a Julián con el barro. «No vale con hacerlas bien, Fanjul. Hay que poner la vida en ellas».

Las bombas de Manuel no llevaban pólvora. Les metía arena fina de la playa de La Tremblade, en la Côte Sauvage, que se deslizaba como hilos de seda y explotaba muy bien. Sus manos se movían como las de un cirujano.

«Esto, Fanjul», decía, «es una bomba Orsini, una bomba de obrero. Gaudí esculpió una en la Sagrada Familia, por algo sería».

Me gustaba tanto oírlo que a veces me dormía; Manuel esperaba paciente a que me despertara, me dedicaba una expresión amable y seguía hablando. Nunca se impacientaba.

«Una bomba Orsini», proseguía, «es esférica porque la esfera es la forma del mundo y las bombas representan la vida. Una Orsini no se activa con espoleta ni lleva cronómetro: está fuera del tiempo. Anótalo». Yo lo apuntaba todo en una libreta (muy cara) que le había comprado a Alizée. «Una bomba Orsini», proseguía, «se activa de dos maneras. Por contacto, en primer lugar, con estos resaltes de aquí, que llevan fulminato de mercurio. El fulminato rodea la bomba; luego se mete la arena, mira, así, y la bomba explota con el impacto». Manuel me lo mostraba todo, me guiaba con su voz calmada. Yo ni parpadeaba. «O se puede activar por la voluntad. El arte de la voluntad es sutil, Fanjul, es casi imposible dominarlo por completo, por eso recomiendo el fulminato de mercurio. Igual que Simon Bernard».

Cuando mencionaba a Bernard torcía el gesto, como si se arrepintiera de haberlo hecho, no respetaba a los radicales. Para Manuel la radicalidad era anarquía, la anarquía estaba en las antípodas del anarquismo y el anarquismo estaba en las antípodas de la radicalidad. Para él el anarquista verdadero era el capaz de hacerse oír por abrirse al otro. Las bombas eran para la parte de hacerse oír. «Nadie a quien mates, Fanjul, aprende de verdad nada», remataba.

Las palabras de Manuel eran simples. La nueva Francia no formaba ciudadanos timoratos.

Mi primer atentado tuvo muy buenas críticas. Me preocupé de despejar la calle Saulnier y la bomba reventó dos joyerías. La prensa recogió el suceso con leves tintes antisemitas que me entristecieron mucho, pero que fueron bien recibidos en la Francia de Dessolles, poco dada a los matices. Obtuve los parabienes de Manuel, que no olvidó hacerme notar dos o tres fallos, todos filosóficos.

En los siguientes meses ayudé a reventar muchos lugares: almacenes de moda, restaurantes (de los caros), galerías de pintura, la Subdelegación del Gobierno, dos casoplones exquisitos en la campiña con motivos de alabastro en el exterior.

Pronto me molestó que sólo los ricos se sintieran amenazados, quería ser más liberal, incluir a todo el mundo, actuar también en los mercados de abasto y las tabernas de menú y bajo los puentes del centro, donde los pobres languidecían ajenos al espíritu de la época. Desconfiaba del aplauso fácil.

Llegué a proponer la idea de actuar contra nosotros mismos para mantener la moral baja, único escudo posible contra la corrupción moral.

Llegado un momento, empezamos a colocar bombas sin ton ni son. La opinión pública se entregaba a encendidos debates sobre los muertos, según militancia y prosapia. El ideal era forzar acciones que despertaran a la sociedad del sueño, pero al final todo nos valía.

Pasaron nueve meses. Los estragos eran ya incontables. Manuel estaba cada vez más melancólico: añoraba, a su manera, la dirección de Armand, la fuerza de la doctrina, a las que había sustituido el antojo. Cuantas más bombas poníamos, más perdíamos el estímulo, la emoción inocente del principio.

Empezamos a dudar de todo. ¿Para qué destruir una ciudad que estaban, de todos modos, rehaciendo a treinta kilómetros?

Como hiciera Manuel primero, todos comenzamos a descifrar el papel de Armand en el grupo, la necesidad de un centro. Aquello nos deprimió y todo se volvió declive y ruido.

Algunos empezaron a atentar por dinero, otros por amor, otros por nada. Sin la ideología ciega como faro, el barco se hundía.

Hasta que Manuel lo resolvió todo de una vez al reventar, sin querer, el local y, con él, a sí mismo.

Fue el último gran golpe, el adiós estrepitoso de Manuel, que se ahorró y nos ahorró la decadencia. (La melancolía de un gallego lo arrasa todo: eclosiona sin aviso y barre el mundo, los gallegos llevan la muerte dentro).

Todos comprendimos el mensaje.

Empezó la desbandada.

Los más buscaron trabajo, los menos se entregaron directamente a los gendarmes, por puro abatimiento. Algunos se hicieron comunistas, para acogerse a horarios más estrictos. Carnot no entendía nada y seguía acudiendo al local, que ahora era un solar exhausto. Grévy –que había acabado por fin los estudios de Medicina– abrazaba el metodismo clínico y, por el mismo precio, el protestantismo. Por mi parte comprendí para siempre que era un error entusiasmarse.

El anarquismo nos dejó buenos recuerdos, pero también muchos muertos; había acabado para todos y ya no daba más de sí. Manuel nos indicó la salida con su mano sin dedos.

13

Me gustan las decisiones impulsivas porque desconfío de ellas, eso me quita seguridad y, por tanto, el riesgo de sus lastres. Si no decido algo en el acto, la inercia —maremoto suave— recupera el control de mis actos y vuelve a colocarme en la lista de espera. Y eso sí que no.

París no era ciudad que abandonar sin un salto mortal, sin amputarse algo a cambio. Allí descubrí la libertad, allí la ocultación y el anonimato, la liberación que proporciona diluirse en la multitud (que en aquel París ocupaba cada rincón de cemento o barro). Desconfío también del campo, por extenso; la ciudad alberga en poco espacio el absurdo del hombre y le da la oportunidad de mejorar, ¿qué oportunidad encuentra en el campo quien sólo tiene el horizonte como horizonte? Para escapar del corral lo primero es el corral, el hombre que ya es libre no tiene la oportunidad de serlo.

París reunía lo peor de la existencia y, con ello, lo más excelso. Allí desaguaban el provincianismo y la idea de pertenencia a Europa. Allí recalábamos los pueblerinos de mil lugares para quitarnos de encima los ojos de los parientes. La Espuria que dejé atrás era un villorrio que París habría aplastado con desprecio, aunque yo extrañara aún su toque de queda.

Como gigoló fui una derrota, una desgracia para el oficio, apenas era capaz de concentrarme en nada que no fuera mi propio placer. Gané algo de dinero y aprendí a bailar de salón, algo es algo. Me eché novias que quisieron salvarme y conocí de cerca su egoísmo, que se parecía al mío.

Fui más solvente como protegido. De duquesas. De casadas ricas y hartas. También les hacía el amor, también aceptaba su dinero y me libraba del ajetreo de las agendas, que me estorbaban y aún me estorban; tenía acceso a una verdad flexible que me permitía comer cuanto quisiera sin saciarme nunca, así eran esas mujeres, así sus maridos, sus padres, sus hijos, todo lo tenían y todo les faltaba. A su lado conocí la falta de aspiraciones, la infinita sensualidad de la desidia, que hace desear la muerte; cuando todo es accesible, no hay nada que ambicionar; cuando sólo importan las pasiones, no hay pasión.

Como organista en San Sulpicio disfruté mucho: Bach me devolvió a mi sitio, me puso a mirar alrededor con curiosidad renovada. Me recordó que sobre mí se cernía un pie gigante dispuesto a renunciar al equilibrio ante la menor provocación. Bach me devolvió la modestia y el miedo, que seguían resonando en los arcos barrocos de la iglesia cuando paraba de tocar; entonces los feligreses me miraban aterrados y salían a la calle a hacer el bien. San Sulpicio tiene un gnomon que proyecta su sombra en las losas cuando la luz del día lo atraviesa y alarga su silueta. La sombra marca los equinoccios. Ayuda a predecir la Pascua. De noche, los hombres lobo se refugian en su interior, sin que nada marque o mida el devenir de la luna. París es una gran contradicción. De vuelta a su forma humana, observan de nuevo la sombra y hacen cálculos, temerosos de sí, allí donde el creyente mira al suelo. San Sulpicio era el centro del mundo. La música de Bach barría toda ciencia e imponía la salvación al planeta.

A la larga, todo se hizo para mí más incómodo. Empecé a pecar más, por el alivio de arrepentirme, por el gusto, por lo que sea. Pequé y pequé con la misma contrición con que un banquero hace matar a sus efebos cuando les entra la codicia.

Aunque nunca pequé más que cuando acepté ejercer de reportero para el *Plus ou moins*.

Como cronista, mentí cuanto supe y tergiversé cuanto pude. El periodista llega tarde a los sitios, pregunta qué ha pasado e improvisa una fábula moral. En cuanto le pillé el truco, dejé de preguntar.

Me ascendieron, claro, al pedestal de la opinión (¿qué es un columnista, sino un estilita?).

Mi púlpito empezó siendo pequeño, nadie conocía mi nombre, firmaba como *Bacchante*, hacía y deshacía sin consecuencias. El corrector del diario odiaba mi francés, el director —un borracho racista con el que me llevaba bien— me defendía. «¡Su mirada es única!», le decía al corrector, inflamado. «¡Por eso lo es su sintaxis!».

Me pidió escribir más y más; cada vez me costaba menos, cada vez lo hacía peor. Me dieron otra columna. Me pasaron a página impar. Me ofrecieron una corresponsalía. Pretendían que viera mundo, que informara a la república desde cualquier parte, que el planeta entero cupiera en la imprenta del *Plus*.

Ni siquiera yo quise hacerlo… Fueron dos años terribles de ascenso en ascenso, avergonzado al fin.

Hoy maldigo aquel periódico, los execro a todos. Maldigo la sociedad que se ocupa de lo que nada sabe y nada debería importarle, que cree que en la India o África brotan las ramas de su bondad. Nada significan los vendavales que no nos arrasan, nada las inundaciones, novedades que aturden la mirada, que improvisan el desvelo por cuanto no tiene arreglo o nos desocupa de ser. Sueño con un siglo mudo. Abominaría también de lo contrario, pues sólo en el contrasentido encuentro alguna paz. Los lados de la pirámide, tan distantes en la base, van acercándose al elevarse hasta que el vértice ya sólo toca el aire. Nada hay más vano que ambicionar la certeza. Sólo la contradicción nos salva.

14

Salí de París un viernes, al poco de sumarle dos años a los treinta que no hacía tanto había cumplido. Diría que la abandoné, pero ella me dejó a mí.

Habría querido que lloviera por notar alguna pena en aquella dama blanca a quien con tan poca fortuna había cortejado, pero no: el sol lucía optimista. Las ciudades se mueven despacio, más aún que las secuoyas, más despacio que las rocas. Las ciudades no registran nuestra existencia.

Cuando Alizée me presentó a su padre, al poco de conocernos, Just Guérin, que así se llamaba, se quedó mirándome un rato. Diez minutos, en silencio. El señor Guérin organizaba conferencias teosóficas en un piso de Trouparnasse.

Pasados los diez minutos, me acercó la mano al rostro y quiso arrancarme una máscara que nadie más veía; di, sin querer, un paso atrás. Entonces (sin retirar la mano) inspiró profundamente y permaneció así otros diez minutos. Alizée no decía nada, no sé si estaría acostumbrada o simplemente aburrida. O resignada. Educado en la cortesía, yo me dejaba hacer.

Cuando Just abrió los ojos, se dirigió a su hija sin mirarme, como si yo no estuviera delante: «No sé si es», le dijo. «No lo sé. No estoy seguro. Puede ser él. Puede, pero no lo sé». Alizée asentía, luego me miró de forma seria. Puso la cabeza de lado. Cruzó los pies, pizpireta. Sujetaba un bolso diminuto en el que no podía caber nada. El reloj del despacho de Just latía detrás del silencio, que se iba espesando. Así que decidí cambiar el paso: «¿El baño?», les pregunté. No estaba dispuesto a que aquello creciera, se tratara de lo que se tratara.

Just no volvió a mirarme con esa intensidad. Cuando coincidíamos, me saludaba con descuido y seguía a sus cosas. A veces me invitaba a las ponencias (a las que a veces acudía y a veces no), mezcla de enseñanzas hindúes, cristianas, budistas. No había por dónde cogerlas. «Aquí comparamos verdades, Fanjul», me decía Just. «Nos quedamos con lo bueno, ¿qué te parece?» (Just decía mucho «¿qué te parece?»). Un error, me parecía, siempre he creído que hay que escoger y apechugar con lo escogido. «Las religiones surgen de un tronco común Fanjul. Un tronco milenario, ¿qué te parece? Nosotros elegimos las mejores ramas».

A veces, en mitad de una reunión, algún teósofo levitaba un poco, quince centímetros o así. Veinte. Luego el cuerpo descendía, se aposentaba suavemente en la silla y nadie hacía el menor comentario. Yo trataba de imitarlos, pero no sabía. Apretaba los puños, me imaginaba flotando, endurecía los glúteos. Miraba avergonzado alrededor. Sonaba una campana y la reunión acababa. Para no saludar a nadie, buscaba entonces a Just entre las demás cabezas y le preguntaba por su hija, que nunca iba a las reuniones. Just me explicaba por qué: «Esto no es para Alizée», decía, «no le gusta, es una muchacha alocada, sin conflictos. Tiene suerte de estar contigo, tú al menos la haces infeliz». Yo entonces preguntaba por el baño y huía.

El día que dejé París —pues a eso iba— le pedí ayuda a Just, a saber por qué. Pensé de inmediato en él. Me dio una dirección en Bruselas junto al bulevar Anspach, en la calle Bon Secours. A falta de mejor plan, no me lo pensé dos veces.

Me dijo que comiera poco, que no bebiera alcohol en unos días, que no me diera placer. Que llegara a Bruselas en domingo, nunca en sábado, nunca entre semana, en domingo, que era importante que así fuera. Que esperara, si era necesario, fuera de la ciudad, que no se me ocurriera entrar en ella si llegaba antes. Que luego buscara a Elsa.

«Pregunta por ella cuando llegues, la encontrarás si lo haces bien».

Me dijo que iban a pasar cosas. Que no intentara entender nada. Que debía quitarme París de encima.

«Prepárate, Fanjul», me dijo. «Suerte».

Esperé dos días y dos noches en un hostal de las afueras con la fachada revestida de enredaderas. Me pasé el sábado mirando al techo, sin comer ni beber nada; me quedé muy quieto en el hostal, recordando mi gotera. Recordando a Conchita.

Me invadió una nostalgia tersa que no quise espantar.

Mis recuerdos de Bruselas son fragmentarios e inexactos, como Bruselas misma. A veces detallados, a veces inexistentes.

Así los contaré.

El domingo a las diez de la mañana me planté en la dirección acordada. Subí las escaleras de un edificio viejo que crujía bajo su propio peso. Arriba, una joven muy seria me hizo pasar al piso, que me pareció enorme. «Por aquí». Me pidió que me sentara en una silla. Estuve dos horas esperando.

Harto, salí al pasillo y abrí la primera puerta que encontré. Allí me esperaba Elsa, que sonrió y me aseguró que llegaba justo a tiempo. Me presentó a sus dos amantes, un anciano, al que ella claramente prefería, y un muchacho cuya edad no me atrevo a precisar. Elsa, que frisaba el medio siglo, hermosa, de ojos profundos, me miró como se mira un cuadro pequeño y singular. «Veo en ti un no sé qué, pero no sé qué», dijo, y se echó a reír. El anciano me miraba y negaba lentamente, no sé si para reprocharme algo o para advertirme. Una mosca se posó en su nariz. «Mi vagina une dos siglos», dijo Elsa de repente. «¿El baño?», pregunté yo.

Con el discurrir de los encuentros —que no sé cuánto duraron ni cuántos fueron—, acabamos por hacernos amigos, o eso anoté en un cuaderno. Así lo cuento. Quizá fui uno más de sus amantes, no lo sé, no puedo recordarlo. Quizá no. Cuanto viví en Bruselas se ha borrado de mi mente como un sueño. ¿Estuve allí de verdad? A veces me asaltan las dudas; a veces, imágenes partidas y destellos.

Recuerdo una galería dentro de una galería. Recuerdo una pescadería junto a una pescadería. Recuerdo unas escaleras imposibles en mitad de la ciudad, que en mi mente se doblan quinientas veces y no se acaban. Recuerdo palacios grises, como todos los palacios. Recuerdo la piedra mohosa, del color de todas las piedras. El suelo mojado. El frío (que no era para tanto). Recuerdo calles oscuras. Recuerdo la Grand Place.

En mi mente nunca hay nadie, lo recuerdo todo como un decorado (vacío), o recuerdo, si no, alguna voz. O el ladrido de un perro. O no recuerdo nada. ¿Cuánto tiempo estuve allí? Bélgica era, como hoy, un país inexistente, un país que intentaba ser algo que no le salía.

Recuerdo haber conocido a un caballero (no recuerdo su apariencia) que conocía a Gurdjieff y me pidió que lo siguiera: «Síguelo. No es un maestro, pero casi».

¿Cómo se sigue a un maestro? Y, sobre todo: ¿por qué? Yo no quería seguir a nadie. Y mucho menos alcanzarlo.

«No lo alcanzarías, Fanjul, no puedes, no te preocupes por eso. No puedes atraparlo. Anda».

A veces pienso en aquel hombre, a quien ni siquiera pongo rostro, sólo pelo. Era un teósofo sin apellido, amigo, seguro, de Just, rubio como un campo de cereales, bien afeitado, perfumado.

De Gurdjieff sabía muy poco. Lo que había oído contar. Que era un santo, que era el Diablo. Que todo en él era armonía. Que era disonancia y caos. Que era un erudito, un depravado. Que hablaba con Dios.

«Síguelo, Fanjul, y llega tarde. Resígnate a oler sus huellas. No estás preparado para él».

Un día, harto de todo, abrí al azar un atlas, planté un dedo en cualquier parte y, en menos de dos semanas, me despedía de Elsa (si es que alguna vez la conocí) y compraba un billete a Tarfaya. Para volar desde allí a El Aaiún.

Me alegré de abandonar la confusión de aquel país sin hacer.

PRIMERA PARTE
DE LA
SEGUNDA PARTE

1

El Aaiún era entonces un simple asentamiento militar en el Sáhara Occidental. Un puesto de vigilancia de la tribu izarguien junto a los pozos de la orilla izquierda del Saguía el Hamra, un río intermitente que acaba en otro río y luego en el mar. Los españoles, años más tarde, encontraron perfecto el lugar para quedárselo. Levantaron los primeros edificios, feos todos. Nada de eso existía cuando yo llegué.

Bereberes y árabes, fenicios, sefardíes, judíos y negros del África que empieza donde acaba el Sáhara pululaban por la parte bonita de El Aaiún, es decir: por fuera; el desierto tenía la belleza que le faltaba al asentamiento (y no todo era arena, también estaba el cielo).

En España se estaba gestando una guerra que logré esquivar; recibía noticias que no me tranquilizaban, pero que tampoco me incumbían. España estaba para mí tan lejos como la luna, aunque en el desierto nadie hablara selenita, y español sí.

Sentía que en Francia me había librado de algo por muy poco. Nada me distraía de mi objetivo predilecto: vagar.

El desierto tiene la mística del vacío. Nada encontré sagrado en él. Nos hicimos amigos poco a poco.

Los primeros días me alejaba del asentamiento apenas unos metros, rodeado de tábanos indescifrables que los pozos parecían atraer. Me quedaba un rato mirando el horizonte (cualquier dirección era buena) y regresaba a dormir al abrigo del adobe o la lona. Nada sobraba en El Aaiún, pero siempre había dátiles, carne seca, mijo, agua. No necesitaba más.

Me fui alejando poco a poco. Unos metros cada día. Día a día. Luego, unos pocos metros más. Cien metros. Medio kilómetro. Uno. Dos.

Igual que el nadador que no pierde la playa de vista, me detenía cuando El Aaiún iba ya a esfumarse; mantenía a la vista la maqueta en que se había convertido y empezaba a caminar alrededor.

Las huellas en la arena formaban un gran arco que parecía una recta bajo mis pies, así de grande era. Si me cansaba, regresaba al asentamiento; si no, hacía el círculo completo, que luego borraba el viento. Fueron semanas de cortesía con los desconocidos, de dar explicaciones que me trajeron fama de loco.

Los miembros de las patrullas españolas, o francesas, que al principio hacían preguntas, dejaron de saludar. También se acostumbraron a mí los pastores. El resto era quietud: el silbido de la arena, alguna voz lejana que el viento acercaba a mis oídos y el placer supremo de sentir la piel secarse y la sangre hervir.

Un niño empezó a visitarme cada día. Un niño de piel oscura. En cuanto lo vi supe que se llamaba Abán. Una vez, en Salamanca, conocí a un Noé cuyo nombre deduje de sus facciones (otra vez conocí a un Juan Carlos que ignoraba que era un Simón: tuve que acercarme a reprenderle). Los nombres se pegan a la cara en el nacimiento, los padres sólo han de saber reconocerlos.

Abán no hablaba una palabra de español. Aparecía corriendo desde el asentamiento, como si llegara tarde, y se paraba a unos quince metros de donde yo estuviera, siempre más cerca del campamento que yo. Se palpaba la cabeza quitándose el tarbush, como advirtiéndome de que no debía ir descubierto. Señalaba el sol. No me regaló su gorro, pero me lo mostraba: luego se lo calzaba, agitaba el cuerpo, hacía girar el fleco. Luego seguía observándome, o regresaba corriendo a El Aaiún.

Al día siguiente me hice con un turbante, que sólo complació al niño en parte. Sonreía, pero negaba. Volvió a señalarse la cabeza.

A los dos días, los dos llevábamos fez.

Cuando me dio por empezar a circunvalar El Aaiún, Abán dejó de venir por un tiempo. Regresó cuando mis marcas mejoraron.

Entonces empezó a caminar conmigo.

Nuestras trayectorias compartían centro, pero el círculo de Abán era más pequeño —él siempre se ponía más cerca de El Aaiún—, aunque el viento también lo borraba. Me gustaba mucho Abán. Me gustaba su presencia. Me gustaba que no hablara. Me gustaba su mirada. Me gustaba su afabilidad serena. No sabía quién era ni por qué venía a verme, si tenía o no padres, o tíos, o abuelos. Si tenía dueños. Desconocer tantas cosas de él también me gustaba. Nunca me pareció que debiera hablarle, aunque lo intenté al principio. Tampoco me hablaba él.

Después de unas semanas, empecé a permitir que El Aaiún desapareciera tras el horizonte. No es que antes hubiera temido alejarme, pero me conducía de forma metódica; es lo que me salía hacer.

Pasé días enteros hablando conmigo mismo, palabras medidas, precisas, evitaba la rumia y la autocomplacencia, por cortesía. (El yo hablante respetaba al que escuchaba, y al revés). Acabé por parecerme casi interesante, sin darme coba tampoco. Prometedor, sin seducirme. Al oír mi pensamiento me hice más paciente con otros, y también conmigo mismo. Esquivando toda caricia, me aprobé.

Abán no interrumpía mi diálogo interno, me escuchaba tan bien como lo hacía yo mismo. Si yo tenía una mala idea, lo sabía por el modo en que él fruncía el ceño.

Aprendimos a dialogar sin decirnos nada, a compartir ideas. No había noción, por compleja que fuera, que no pudiera cruzar los quince metros que nos separaban siempre.

A veces Abán me lanzaba un pensamiento tan puro que en la arena se formaba un surco. A veces le respondía yo con tal fuerza que un remolino se levantaba en torno a él. Yo extendía la palma de la mano y las arenas se abrían, y luego se remansaban. Él agitaba la frente y un muro de arena me rodeaba y se desparramaba al poco, como una cascada, enterrándome hasta las rodillas.

Me sentía clarividente.

Una duna alcanzaba el cielo y se abría, pulverizada como una flor de arena. Abán aceptaba la lluvia, la reunía en un arco y me la devolvía a mí, cubriéndome por completo. Yo me libraba de ella con una noción firme; le devolvía así sus emociones, que tanto y con tanto agrado pude estudiar.

Pasamos tres días entre explosiones mudas, sin ganas de comer ni de dormir.

La tarde más hermosa del martes más callado del final de la primavera supe que estaba preparado. Que debía internarme en el desierto. Con un soplo invisible se lo hice saber a Abán: la brisa meció su cabello revuelto y sucio y él asintió sin afligirse. Separados por la distancia de siempre, contemplamos cómo el sol se ponía en el oeste, donde ambos calculábamos que estaría el mar. Cuando el sol tocó el agua, fsss, surgió una columna de vapor. La noche enfrió la arena.

Regresé a El Aaiún sin mirar atrás; el desierto había cambiado de piel, todo en él era diferente, aunque fuera el mismo, como me pasaba a mí.

Abán se quedó donde estaba. Se dejó tragar por las arenas, que le devolvieron a su verdadera forma. Lo sé porque esas cosas se saben. Y porque, justo al final, me giré para mirar.

2

Me adentré en el desierto la mañana del miércoles, antes de que amaneciera. El Aaiún era un silencio azul. Metí en la alforja dátiles en abundancia, me la ceñí en bandolera. Llené el odre de agua. Eché a andar.

La madrugada era fría. Nada impedía que las estrellas lucieran con fuerza, ni siquiera titilaban, tan puro era el cielo, poco decidido a clarear aún.

Dejé atrás el balido de las ovejas y me interné en aquel secreto inmenso. (He escuchado más veces la calma, pero nunca como allí; la calma del Sáhara es un hueco gigante que enseguida se llena de luz).

No es fácil explicar los meses del Sáhara, allí muchas cosas son verdad a la vez. El Sáhara es un desierto sin medida, una mancha blanca, cruza el África de lado a lado, de mar a mar. Lo atravesé muchas veces en aquel tiempo, pero no siempre despierto. En el Sáhara volví a soñar.

No tengo relatos de sed y ardor que contar, aunque me sequé muchas veces, por fuera y por dentro. A veces fui una mota arrastrada por el viento, a veces cuero recién arrancado puesto a orear. Tuve la lengua de esparto y la piel de lija, a veces sangré tanto que las serpientes me lamieron las heridas. A veces ansié la muerte. (Una vez la obtuve por completo, pero de eso no hablaré).

Adentrarse en la arena es aceptar el fin, no echar de menos

nada, confiar en leyes distintas. Probar. Una vez me giré de un salto y me vi a mí mismo. Otra vez vi la muerte a mi izquierda, como a los fantasmas en España. Conocí a los imohag, a los Hijos de la Nube, a los erguibats de Argelia. A los chaambas. A la nación Ait Baamaran. Visité por la noche a los yagut, a las tribus del norte. A los meyat. Llegué al mar Rojo un día de invierno, cuando ya oscurecía. Como no se veía nada, regresé. Crucé las playas de Mauritania, en el Sahel. Seguí espejismos, a veces bebí de ellos. Descansé en oasis de verdad. Hablé con soldados muertos, me enterré bajo la arena, perdí la voz de pura rabia, me congelé de frío. Exprimí tierra con el puño y saqué agua de ella. Tuve alucinaciones. Hablé con dioses antiguos que ya no recordaban nada sobre quiénes fueron. Perdí el pellejo del rostro. Negué el saludo a los diablos del crepúsculo. Departí con rocas y alimañas. Me arrodillé muchas veces para llorar mejor.

A la sombra de una duna que cambiaba de forma y me obligaba a retorcer el cuerpo para esquivar el sol, se acercó a mí una anciana. Venía caminando desde detrás del calor mismo, como si el temblor del aire hubiera tejido una cortina para ella; la luz descomponía su cuerpo y lo convertía en ondas.

Verme tan atareado le divirtió.

Me preguntó por Egipto como quien pregunta por la plaza mayor. «Lo siento, no soy de aquí», le dije. Complacida, se arrodilló, enfrentándome.

Este es el diálogo que sostuvimos:

—Pareces muy cansado.

—Estoy bien.

—Pareces muy cansado.

—Estoy bien.

—Pareces muy cansado.

—Estoy bien.

Después se mantuvo en silencio durante una hora o más, sin perder su sonrisa suave.

—Pareces muy cansado.

—Estoy bien.

La vieja no se rendía, yo tampoco; ella preguntaba tranquila y tranquilo le contestaba yo, más preocupado, en realidad, por adaptarme a los cambios de la duna, que no se estaba quieta. La anciana era indiferente al fuego.

—Pareces cansado.

—Estoy bien.

—Pareces muy cansado.

—Estoy bien.

—Pareces cansado.

—Estoy bien.

—Yo soy el Sol.

«Yo soy el Sol», dijo la anciana. Con una fuerza tranquila que no dejaba lugar a la duda.

—He venido a saludarte, me pareció que me rehuías. —No dije nada. ¿Qué podía decirle al sol?—. No es fácil ser el Sol, Jaime. Es un tema peliagudo. —No me llamaba Fanjul—. Sé que llevas tiempo en el desierto, pero he reparado en ti hoy. Lo veo todo, Jaime, pero no siempre de inmediato, a veces tardo una vida. No la mía. —La anciana lanzó una carcajada que sacudió la superficie de la duna (que de todos modos no se detenía)—. No te rías —me advirtió—. Tú no. —Aquello, no sé por qué, me detuvo en seco—. No te rías si no es de verdad. No estás riéndote de verdad. —La mujer tenía razón, la risa era mitad contagio, mitad inquietud—. Hablemos ahora, Jaime.

«Hablemos ahora», dijo.

El resto del diálogo fue como sigue:

—Pareces cansado, Jaime.

—Estoy bien.

—Dime qué buscas.

—Nada.

—Todos buscamos algo.

—Yo no.

—Todos, Jaime.

—Yo no.

—Tampoco yo.

La anciana rio de nuevo. Hizo una pausa. Me vio consultar el reloj.

—¿Tienes prisa, Jaime?

—No.

—No tengas prisa.

No dije nada.

—No tengas prisa, Jaime. Va a darte igual.

Aquello no me gustó. La anciana insistía:

—¿Qué buscas, Jaime?

—Nada.

—¿Vas a quedarte aquí mucho tiempo?

—¿Dónde?

—Aquí.

—No lo sé.

—Nadie sabe nada, Jaime. Pero ¿tú qué crees?

—No lo sé.

—¿Quién crees que soy, Jaime?

—El Sol.

—¿El Sol? ¿Estás seguro?

—Sí.

—¿Crees que te hablaría a ti el Sol?

Hice una pausa…

—No lo sé.

La anciana me había hecho dudar.

—¿No eres el Sol? —pregunté.

—¿Cómo podrías saberlo?

—No lo sé.

—Piensa.

Pensé:

—¿Tocando?

—Bien pensado. —La anciana sonrió de nuevo—. Tócame.

—No.

—¿Por qué?

—Podría quemarme.

—Bien dicho, Jaime. Sería muy peligroso.

Me quedé callado, por si acaso.

—¿Qué crees, Jaime, que sucedería? —La anciana hizo otra pausa. Le gustaban las pausas, se diría—. ¿Qué pasaría si te quedaras aquí?

—Aquí, ¿dónde?

—En el desierto.

—No lo sé.

—Sí que lo sabes.

—No lo sé.

—¿De verdad que no lo sabes?

—No.

—¿Estás seguro?

—Sí. No.

—Piensa.

Yo no quería pensar. Me daba miedo esa anciana que veía dentro de mí.

—Piensa, Jaime.

—No quiero.

—¿No?

—No.

—Haces bien. ¿Sabes por qué?

—No.

—Sí lo sabes. Lo sabes muy bien.

—No. No lo sé.

—¿Quieres tocarme, entonces? —La vieja sonreía. Extendió el brazo hacia mí.

—No.

—¿Estás despierto?

—No

—¡Jaime!

—¿Qué?

Cuando me desperté, la anciana ya no estaba. El médano de arena tampoco: se había aplanado. Yo temblaba, conmovido. Miraba las nubes apagadas y agradecía su presencia, tan callada.

En aquel desierto ya no pintaba nada.

Imaginé la dirección de Tarfaya. Me sacudí la arena.

Muerto de miedo, eché a andar.

Mi último día en el desierto fue interminable. El mismo camino, corto a la ida, se hace largo y vacío a la vuelta, cuando nada queda por rascar. Tarfaya fue otra cosa.

Tarfaya tenía un pequeño aeródromo con la pista de aterrizaje más grande del mundo: el Atlántico a un lado, el infinito al otro. Aún quedaban ingleses en la zona, los mismos que cincuenta años antes habían levantado el puesto comercial de Port Victoria (del que sólo quedaba un fantasma que algunos llamaban Casa del Mar, un bloque incongruente en mitad del océano donde cualquiera podía vivir entre los ataques de las olas). Los ingleses le vendieron el puesto a Nassim II, quien, cuando aún no había cumplido los nueve años, tenía ya una esposa de veinticinco –hermosísima– y tres hijos bastante creciditos. Y un tío regente, siempre cerca de la bella esposa, con expresión satisfecha. Llegaron después los franceses, que no acababan de irse, aun después de negociar con España un relevo oficioso y admitir que en la región se hablaba mejor español que en España. El resto eran mercenarios, comerciantes, beduinos, santones, cabreros.

A mi llegada a Tarfaya me dirigí a la oficina del consulado, que tenía su central en Agadir. El cónsul general bebía whisky y salía al balcón a cantar saetas. Se llamaba Antonio de Mercado y resultó ser, por pura casualidad, amigo de mi padre. Me contó historias de él.

Me dijo que lo había conocido de joven, en Madrid. Que menudo era entonces. Que mi madre lo metió en vereda, que menos mal. Me dijo que una vez, en Salamanca, después de cerrar la mercería (por dentro), se quedaron los dos bebiendo y brindando. Luego me miró y me guiñó el ojo: «Me gusta la ropa de mujer», dijo con una sonrisa que daba un poco de miedo. Me dijo también que mi padre sólo tenía ojos para mi madre. Que se puso muy contento cuando nací, como si le enorgulleciera saber que podía hacer su propia gente. Que a veces, al sostenerme, lloraba. Me preguntó si me cantaba una saeta. Luego me mandó a la oficina, donde me sellaron una tonelada de papeles y me entregaron uno solo, y de allí, muy recomendado, a Cabo Juby, al aeródromo de la Aeropostal francesa. En Cabo Juby hacían escala los aviones comerciales que cubrían la ruta entre Senegal y Toulouse, aunque también paraban en otros sitios.

Antonio de Mercado me lo arregló todo con un puro en la boca, canturreando por lo bajini; a veces me daba una palmada en la espalda y bebía de una petaca con sus iniciales grabadas. Acababa con el puro empapado en whisky. «Me voy al balcón, así te despido mejor», me dijo —ya muy bebido— mientras enfilaba el pasillo hacia las escaleras. «Con la altura se me quitan las penas».

Un funcionario me devolvió al asadero exterior con cara de querer estamparme un sello en la frente. El calor era un muro de cemento.

El cónsul me gritaba desde arriba; se le había derramado el whisky, manchando la camisa de lino. Casi se cae del balcón. Giraba como una peonza, se tropezaba consigo mismo y agitaba mucho los brazos. Sacudía un pañuelo de mujer.

Me gritó que le diera un beso a mi madre de su parte, que le hablara de cuando los bailes del Novelty, en la glorieta, cuando todos eran jóvenes y guapos. Bordeaba con mucho riesgo la baranda del balcón (que tampoco era alta). «¡Qué guapa Conchita!», gritaba. «Qué guapa. ¡Que venga, Fanjul, que venga! ¡Tráete a tu madre, Fanjul!».

A punto estuvo de precipitarse balcón abajo; lo evitó un acto reflejo que devolvió el centro de gravedad a su sitio, qué suerte tienen los borrachos siempre. «¡Qué guapa tu madre, Fanjul!».

Me pasé una semana esperando a que alguien me agarrara del lomo y me sacara de allí de vuelta a España, aunque fuera en una saca, una semana entera en esa sartén inacabable junto al mar. Cuando los franceses buscaban la sombra, yo salía al exterior a afogararme. Me había acostumbrado al sol y sólo con él estaba conforme.

En Cabo Juby había buitres que los aviones evitaban.

Los buitres africanos no son buitres del montón: planean en círculos, como los jurisconsultos, pero emiten un canto grave que viene de los bereberes y que tiene a la vez algo de ruso, un lamento profundo y viejo como el alma de un país. Son buitres orejudos, enormes, con el cuello pelado y rosa que les hace parecer pavos, funden sus voces con sentimiento y entonan himnos que hablan de los tiempos en que el Sáhara era un vergel, cuando el hombre nacía a la vida y los viajeros de las estrellas tallaban sus historias en las cuevas.

Yo −con los brazos y piernas extendidos al sol− disfrutaba con su vuelo y con su canto paciente. Los buitres africanos extraen vida de la muerte y por eso viven más.

Durante dos semanas −que acaso fueron tres−, hice menos por vivir que en diez meses de desierto. Con existir me valía. Con estar quieto.

Las mujeres de los pastores me llevaban agua a la pista. Yo miraba con prevención a sus maridos, que guiaban los rebaños de cabras entecas. No les parecía mal que me ayudaran, sus mujeres seguían un impulso irracional que entendían bien; percibían en mí ese influjo que a veces se forma en las travesías solitarias. Ellas, sabias y, por tanto, mudas, les daban las gracias a los militares y se arrodillaban junto a mí. Me sujetaban la cabeza, vertían el odre en mi boca y me ayudaban a tragar. Me hacían sumergirme en su mirada, que conectaba con otro planeta. Así sobreviví; con agua ungida, un puñado de garbanzos al día y trigo tostado. Sentía una abulia indescriptible que prefería, con todo, a la ansiedad. Por la noche contemplaba el firmamento.

Por fin alguien me habló de un correo que debía llegar en dos días, un avión que provenía del sur y haría escala en Oporto para partir luego a Toulouse. Portugal era, pues, el lugar más cercano donde podía esperar tomar tierra.

Qué lejos quedaba España del mundo, tan ruda y violenta, tan gastada, adonde nadie quería volar ya, por la guerra. (A la Aeropostal tampoco le convencía la pobreza ni la vida en la llanura ni la religión de las montañas, ni la tradición –tan encepada– de matarnos).

Qué bien que en Toulouse –pensé– se escriban tanto con África, qué poderosa amistad la que separa dos mundos que casi no se conocen; los amores imposibles no se amustian ni fenecen.

Aquel iba a ser mi primer vuelo, no en vano la aviación acababa de nacer; si un hombre en aquellos años llevaba un pañuelo al cuello, había que tomarlo en serio, no pensaba en tener nietos.

Apruebo las ocupaciones que ponen la vida en riesgo: artificieros, soldados, trapecistas, mineros, aviadores, bandidos. Hay oficios que dan la medida del hombre, nada hace más preciosa la existencia que el riesgo de perderla; un hombre debería recordar siempre que respira y que podría no hacerlo.

Unas manos me lanzaron a las tripas de un avión de hélices sucio y grosero, un avión muy feo. Me hice un ovillo. El avión no dejaba de moverse, igual que un cubilete; me sentía en la bodega de un barco, golpeado por un mar tragahombres. Aquello me confortaba (la lógica de Jonás). Enseguida cerré los ojos.

4

Aterricé en Oporto con la cara por delante, me despertó el chillido del caucho al tocar el suelo. Sólo cien sacas de postales amortiguaron el golpetazo con el que regresé a la luz un segundo antes de que se apagara de nuevo. Después alguien, según el rito masculino de empeorar las cosas, me abofeteó y me hizo oler un pañuelo untado en sales. Me arrojó fuera del avión, para aliviarme la piel con la humedad de la pista; ni siquiera recordaba que el suelo pudiera estar tan fresco ni que pudiera oler a musgo y roca vieja.

No hay mucho que decir de Oporto, estuve allí poco tiempo. Los edificios están hechos de ropa tendida y hasta al sol le toca ser sombra en sus callejuelas. Las mujeres abren las ventanas y gritan como marineros. Los perros no se mueven, si pueden evitarlo. Los niños recitan salmodias que apenas entienden. Las tabernas tienen de noche las velas más bonitas del mundo, velas torturadas y pomposas hechas con la cera que las mujeres de los pescadores roban de los monasterios.

En Oporto pregunté por la guerra de España; nada quisieron decirme. Algo sabían, pero eran discretos, no se metían en asuntos que no fueran los suyos: los portugueses son muy de sus vinos —espesos como el lodo—, pero también de sus guerras. Los hombres, fuertes, tristes, no se rinden nunca, igual que los niños. Igual que las mujeres. Algunas me recordaban a mi madre, que a veces canturreaba algo en gallego mientras cosía y fumaba. «Portugal es Galicia», me decía de pequeño.

«También es lejos». Una vez le pidió a mi padre que nos llevara a Lisboa, que estaba, decía ella, medio en alto, y así era difícil mojarse los pies. Me gustó mucho el tranvía, recuerdo cómo me deslumbró. Me gustaba su olor a estudiante, y el ruido que metía al remontar las cuestas. Me gustó también la luz de la ciudad, que un poco se filtraba entre las nubes y un poco se reflejaba en el Tajo, y por eso no se parecía a la de Salamanca. Mi madre se encargaba de hacer las consultas en las tiendas, o en el hotel. Le hacía ilusión. Yo no habría cumplido aún los siete y miraba alrededor como si tuviera que cargarme los ojos de recuerdos. Las calles empedradas, los pasteles, las iglesias, las canciones afligidas que salían de cada grieta. Regresé a Lisboa una vez más, ya de mayor, pero en un viaje sin cuerpo que me dejó exhausto. El tranvía seguía allí, pero era otro, rodeado de un millón de coches viejos.

Si Lisboa es para los atardeceres y para quien busca el abandono, Oporto es un poco lo mismo, pero con más sal y más óxido. Me fui de allí en cuanto llovió dos veces.

A Viseu llegué andando, preguntando a los arrieros. De allí me marché a Mangualde, que antes se llamaba Azurara da Beira, en el carro de un campesino que ni cantaba ni silbaba ni decía nada. Llegué a Guarda días después, ya cerca de Ciudad Rodrigo, en la provincia de Salamanca, cuyas murallas debía cruzar si quería entrar en España. No llegué tan lejos...

Las carreteras portuguesas son estrechas y agrietadas, como las nuestras, y las gentes un poco lo mismo. Costaba avanzar.

En Viseu conocí a un filósofo muy viejo que, si tenía opinión, se la callaba. Lo respeté nada más verlo.

En Chãs de Tavares probé un pan crujiente por dentro y esponjoso por fuera.

En Celorico da Beira no me tropecé con nadie.

En Guarda me enamoré de una bruja.

La ciudad de las cinco efes, llaman a Guarda. Farta. Forte. Fria. Fiel. Formosa. Farta significa abundante, lo demás se entiende. Si es tan dadivosa es por la riqueza del valle del Mondego, que conecta con el centro de la Tierra, del que extrae su fuerza telúrica. Allí, en las lomas feraces, viven las mejores brujas, que nacen en otros lugares, pero desembocan allí como si fueran afluentes. Las aguas del Mondego son perfectas para sus ritos y el aire es el mejor de toda la Bieira Alta. Las brujas bajan al río a beber. Allí —imprudente siempre— bebí yo también.

Me enamoré de una bruja, pero fue cosa de ella: me echó un embeleso por su cuenta para que no llegara a España. «Un hombre tan guapo como tú no puede morirse así», me dijo al verme junto al río. «Así ¿cómo?», pregunté. «Así pronto». La bruja tenía más de doscientos años. Era muy bella por fuera. Yo sabía que bajo su aspecto sedoso se escondía un pellejo antiguo, que sus pechos rosados y perfectos eran en verdad botas de vino (de las que acabaría bebiendo como un niño). Disfrutaba de su hechizo como disfruto del de los sueños, sin discutirlos, sin disfrutarlos y sin renunciar a ellos. «No dirás una verdad, Jaime, te lo ordeno. Yo me entiendo». Me pasó la mano por la frente, me la selló con no sé qué susurros. Así se fortalece el amor.

Era 1934 y la guerra de España estaba en lo mejor. Acabado el reinado de Carlos, cumplía su quinto año la república de Casariego, muy enemistada entonces con Alicante capital. Todo el país combatía a Alicante en una guerra civil espoleada, en primera línea, por los de Elche, que odiaban a los de Alicante. (Borbónica desde siempre, Alicante no aceptaba los turnos republicanos, y, si bien solía conformarse con imprimir pasquines de queja o mostrar en las gacetas su disgusto, esta vez se entregó a una furia fratricida que ya había sembrado los palmerales de muertos).

España entera tenía a Alicante rodeada, pero la ciudad resistía con sus viejos cañones —regalo del rey de la isla de Jerba—, que impedían que el enemigo se acercara a puerto. Por la montaña no llegaba nadie, y menos por carretera, a veces muy empinada; los españoles lo hacían también por sorprender, por estrategia, por esa forma de dar largas que haría a España, a la larga, vencedora de tantas cosas.

Los ingleses, que habían dado un rodeo larguísimo, se habían aliado con los de Alicante para darnos a todos un escarmiento, y los italianos, que iban, en teoría, con nosotros, no ayudaban: hacían como que no les llegaban nuestras demandas.

Miles de reclutados marchaban por los caminos para doblegar a los rebeldes; la guerra duraría seis años, a los que hubo que sumar una prórroga, por empate.

Luisa Pereira, decía, era la bruja más respetada de Guarda. Las vecinas, después de muchos años de tiranteces, acabaron por permitir que las brujas enamoraran a los varones, siempre que fueran forasteros. Luisa Pereira y las suyas mejoraban las cosechas y el distrito les facilitaba sus antojos; las mujeres dormían tranquilas y el alcalde presumía cada año de uvas tan grandes como las del Antiguo Testamento.

Disfruté de mis obligaciones sobre el camastro impoluto de Luisa, en el que nos zambullíamos cada noche. El colchón nos tragaba enteros y alentaba la búsqueda de nuevas poses. Al abrir los ojos después, no recordaba detalles, sólo cierta sensación de gusto. Y que era un poco más viejo. Cada semana era, con Luisa, un año para mí, así me lo explicó ella. También me dijo que recuperaría mi edad real en cuanto me liberara, cuando acabara la guerra, cuando ya no pudiera morirme. «¿Quién va a quererte en España como te quiero yo?». Cada tarde movía el dedo y yo acudía, se levantaba la falda y la habitación se llenaba de mariposas. A veces se desvanecía el techo y veíamos una galaxia que no era la nuestra, con planetas que aún no existían y estrellas recién nacidas.

«No dirás una verdad, Fanjul. Así estarás protegido. Yo me entiendo». La habitación, de noche y de día, olía a brisa del monte.

De todo se cansa uno y del placer también. Fui feliz –sin voluntad– un tiempo. Luisa Pereira había adquirido sus poderes más al norte, en las brumas del Duero. Poderes que, al circular por sus venas, se habían transformado en limaduras mágicas, y que, aunque efectivos con los extraviados, no lo eran tanto con quienes provenían del desierto, pues en mis viajes había adquirido vigores que ni una bruja entendía.

Luisa no me retenía sólo con su influjo, sino con su voluptuosidad centenaria, más poderosa aún. Pero acabó por aceptar mis peros. Le valía, de momento, lo que teníamos, como me valía a mí, pero su carne y su piel empezaban a perder su atracción magnética.

Luisa supo que me iría pronto, que abandonaría la casa cuando ella durmiera y las otras brujas, las más jóvenes, salieran a volar cerca del bosque. Supo también que yo lo sabía. Y supo muy bien qué hacer.

Conocía en mis entrañas las verdades que, para protegerme, yo mismo había enterrado. Conocía bien mi máscara, que a la vez aprobaba. Luisa no me deseaba ningún mal. A su manera brumosa me amaba mucho, como a cualquier viajero. Sólo que aún no estaba listo –eso me dijo– para volver a casa. «No morirás en España».

Supo muy bien qué hacer: si ella no podía retenerme, alguien lo haría por ella. Recurrió a la ley de la República, la más pedestre, la redactada en prosa. La de los hombres débiles. Me pasó la mano por el rostro y me dijo: «Conocerás a los ricos de Guarda y Seia, te llevarán a Amaranto. Les gustarás un tiempo. Allí sólo dirás verdad y aprenderás de una vez a no hacerlo». El monte se estremeció. Sentí un frío. «No morirás en España», repitió. «Aún no». La bruja del Mondego y el Duero.

Salí al camino casi anciano, sin entender mucho. Empecé a rejuvenecer casi en el acto.

5

Acabé en una cárcel portuguesa ocho meses después de que me liberara la bruja, en el llamado verano de las chicharras, que duró, en realidad, tres. Las chicharras, sin que nadie supiera por qué, se habían rebelado contra las hormigas, a las que se comían sin contemplaciones. Tenía que ver con el sol, decían, que explotaba aquí y allá como si burbujeara, como cuando la sopa hace chup, chup. Las hormigas se agrupaban sin conciencia siguiendo el mandato de la especie, trataban de contraatacar, de aprovechar la ventaja numérica, pero las chicharras devoraban sus bocas y diezmaban los hormigueros de Portugal. La contienda entre chicharras y hormigas asombró a los entomólogos de todo el mundo y alcanzó cotas inéditas en Extremadura, al otro lado de la línea; no hay modo de explicar qué pasó. Las chicharras cantaban y cantaban, frotaban voluptuosas las alas contra las patitas o las hierbas secas mientras las demás especies trataban de mantener las distancias, escarmentadas acaso por las revueltas de principios de siglo, cuando desaparecieron los linces y las cabras empezaron a reinar en las montañas, alterando para siempre el ecosistema y forzando la reescritura de las leyendas. Zoología...

No pisé la cárcel hasta el 16 de agosto de 1935, cuando, como había anticipado Luisa, dejé de mentir. La verdad no estaba bien vista en ninguna parte, pero en Portugal se penaba.

Amaranto es una ciudad enorme, más grande aún que Lisboa, parecida a París, pero con otro acento. Allí confundí –como había hecho en Francia– las reglas del entorno con las propias: embrujado y próximo a lo más eximio de Amaranto (mujeres frívolas en su mayoría, aunque todas me avergonzaron cuando las juzgué), tomé sin querer el hábito de ser franco, que, por supuesto, pagué.

Mi primera verdad me granjeó un simple apercibimiento. La segunda, una multa que pagó una viuda muy amable. La tercera verdad me arrojó de cabeza a los sótanos del Porão, que había perdido su condición de prisión en 1914 y en 1923 la recobraba. Luisa Pereira, a quien imaginaba complacida allá en Guarda, seguro que lloraba también.

Las cárceles de Portugal son las peores del mundo, las más oscuras, las más implacables. Portugal había aceptado sin ambages que el encierro no tiene más propósito que la venganza: la justicia odia al recluso y desquita así a la nación.

Los portugueses aman la piedra, que, según se mire, brota del suelo. No aceptan construcciones endebles, ni el estuco ni el ladrillo, sólo el granito viejo, mejor sin desbastar: con la piedra el preso entiende que no es sino una araña de patas finas, un insecto que aguanta como puede, pegado a ella, el paso de la vida.

Más cosas de las cárceles portuguesas:

Portugal no cree en la igualdad de sexos. En el crimen, por ejemplo, apuesta por el hombre, al que encarga casi todos los robos y muertes: es opinión general que el hombre perpetra mejor los actos violentos, mientras a la mujer corresponde la instigación y la sugerencia, que requieren más entendimiento. Se tolera la violencia femenina sólo si es contra los hijos, que son apéndices y, por tanto, suyos. Así se las gastan allí. El estamento judicial es masculino, sólo los varones pueden condenar, como sólo las damas culpan (no hay fiscales varones en Portugal). La Asamblea es mixta y equilibrada. En el ejecutivo, en cambio, sólo hay mujeres: la eficiencia femenina es la que la república aprecia. Las mujeres portuguesas son frías, más puras, tienen mejor memoria, no se entusiasman con el ultraje, restituyen el equilibrio con su luz, pues en ellas reside la ley natural. Sólo encontré en mi estancia carceleras.

Pasé seis meses olvidado en los subterráneos del Porão, en una celda tan estrecha que sólo si me ponía en pie conseguía estirarme un poco. Comía una vez al día, apenas un mendrugo con agua turbia, a veces unas lentejas en un plato sucio: no había forma de distinguir el moho de la herrumbre ni la herrumbre del moho (que no se distinguía de las lentejas). Todo lo que no acababa pegado a la escudilla, flotaba.

No había retrete, sólo un agujero estrecho que no evacuaba del todo. Acababa hecho un ovillo en el suelo húmedo con las heces pegadas a la piel. Una vez a la semana una funcionaria me daba un manguerazo y me dejaba temblando.

Nadie mostraba piedad allí, ni animadversión tampoco. Nadie disfrutaba allí de la tortura, que se dispensaba con gran profesionalidad; no había espacio para lo arbitrario (con el margen lógico del desahogo). Me hacían la vida difícil y me dejaban a solas, pero no había ensañamiento.

A veces me entregaban un recorte de arpillera con el que secarme un poco, o para taparme del frío. El Porão te informaba de tu importancia; sólo desde la convicción más responsable podía el criminal reincidir; el progreso moral −que no era la meta de nadie− quedaba en manos de cada cual.

Un día me despertaron con zarandeos. Un hombre de traje impecable me reprendía: «Eres tú, ¿verdad? ¿Crees que puedes esconderte?». (Un varón en aquel lugar era un lunar enojoso. Dos celadoras lo observaban). «¿Eres tú?», insistía el hombre, seguramente un alto funcionario, o eso parecía. «Sé que lo eres. ¿Lo eres? ¿Eres tú?».

El hombre acabó por convencerse de que no era nadie, pero le llevó dos horas. «Si no lo eres, es por muy poco. Casi».

Casi.

Cuando se fue, parecía decepcionado. Una de las mujeres lo tomó por los hombros y lo devolvió a la celda. (Era, por lo visto, un preso más). Al cabo de unos minutos, la mujer regresó doblando con cuidado el traje del preso, que acababa de quitarle. Nunca llegué a entender de qué iba aquello.

A veces me echaban encima un balde de agua helada y me hacían fregar el suelo de rodillas, con un harapo. El sumidero —atascado— apenas era de ayuda. Me escurrían luego la tela sobre el rostro. (Esos días no me daban de beber). A veces, si tenía mucha sed, lamía el suelo. A veces me traían un vaso de cristal grueso, azul o verde, rebosante de agua fresca, tallado con pirámides diminutas, portugués de arriba abajo. No me atrevía a beber de él, por si acaso. Nunca supe si hice bien.

Otro día, una de las celadoras me arrebató la ropa, la tiró al suelo y se sentó en un taburete frente a mí, mientras yo me encogía en un rincón. Primero me observó de arriba abajo, como se observa a un ratón. Luego abrió un cuaderno de piel y anotó en él algo, a lápiz. Luego, sin cambiar el rostro, se acercó de nuevo y me acarició la cabeza (sólo un acto colosal de voluntad evitó que la abrazara; yo estaba ya de rodillas, desnudo junto a la ropa arrugada, a punto de saltar). Por fin la mujer se llevó la ropa, que nunca me devolvió. Empezaba a hacer, por suerte, más calor.

El sistema carcelario era en Portugal perfecto: superada la hipocresía de la condena —muchas veces injusta—, no había más hipocresía que salvar. Acabé durmiendo como un niño, roncaba incluso: un alma que claudica emite sonidos nuevos.

Cuando acabé la condena, mi corazón no albergaba ya resentimiento, salí de la cárcel mejor que entré. Habían pasado seis meses que podrían haber sido diez años, todo por una bruja que, al hacerme mal, me hizo bien: hay miedos que no he vuelto a tener.

Portugal se hizo un hueco en mi afecto: abandoné de una vez la idea de regresar a España. Ahora entendía mejor la angustia y su pureza, la forma de las cosas.

España podía esperar.

6

Fuera de la prisión me esperaba mi padre, no sé cómo averiguó que estaba allí. Tampoco se lo pregunté. Apenas manteníamos el contacto desde hacía diez años, salvo por alguna carta de trámite para ponerme al corriente de la vida familiar, cada vez más dispersa, o cuando marché a África y me hizo llegar algún dinero por insistencia de mi hermana Elenita (Andresa se había ido ya de casa). Mi padre me atravesó, de todos modos, con un vacío que mataba toda curiosidad.

A mi padre lo sostenía un bastón de caoba oscura con puño de plata. El viejo –pues era un viejo antes de tiempo– sólo miraba, ni siquiera sé si a mí; no había forma de saber si estaba alegre o triste, parecía una de esas fotos que antes se hacían a los recién muertos, tan suntuosos y graves. El viento le entraba en el cuerpo y lo atravesaba sin resistencia.

«¿Papá?», le dije más por confirmarlo que como saludo. (Yo mismo, si a eso vamos, era un esqueleto andante, la ropa que me habían devuelto parecía ahora la de un gigante). Le puse la mano en el hombro y las venas se me marcaron en los antebrazos como túneles largos, mientras él se vencía de un lado. Éramos un cuadro.

Fue él quien primero lloró. Empezó a temblar muy quedo, como a sacudidas leves. Lo imaginé de joven con su amigo el cónsul, brindando en la mercería hasta acabar en el suelo, antes de convertirse en aquel eco transparente.

Un criado conducía el coche de mi padre, que remontaba ahora los olivares en dirección a España.

Al rebasar el cartel que anunciaba la frontera, mi padre hizo detenerse al chófer y se dirigió a mí con el pensamiento: «Sé, Jaime, que no puedes volver a España». Yo estaba perplejo, no sabía que mi padre fuera telépata, en Salamanca apenas había sido capaz de impulsar una motocicleta. «Sé que no debes volver, no mientras haya guerra allí. Pero antes debes ver algo…». ¿Era aquel uno de esos delirios que la fiebre propicia a veces? No sabía cómo tomármelo. «¿Lo ves ya?», me preguntó él (siempre con la mente). Yo no veía nada de nada, y así se lo pensé, pero mi padre parecía aguardar respuesta. «No veo nada, papá», insistí, pensando más alto esta vez. Apreté un poco las sienes: «¡No veo nada!». Mi padre no se inmutaba. Aposté por la vieja escuela (aunque llevaba muchos meses mudo):

−No veo nada, papá −dije con la boca. La voz me salió rota y rara.

Mi padre asintió despacio, con mirada traslúcida. «Pronto lo verás, tranquilo. Nos acercaremos otro poco». Le dio un golpecito al chófer con el bastón y el coche se puso en marcha, atravesando de nuevo los olivos y dejando detrás una nube cobriza.

Cuando ya se veía la aduana, el coche volvió a detenerse. «A ver ahora», me pensó mi padre. Y se puso a llorar de nuevo, sin motivo visible, sin mucho aparato, como si le pasara con frecuencia.

Esperé y esperé. Esperé. Esperé y esperé y esperé. Hasta que, cruzando la frontera sin que nadie se lo impidiera, fue formándose el perfil de un fantasma que ganaba en forma y cohesión a cada paso, hasta hacerse completamente nítido.

Lo había visto alguna vez antes, estaba seguro, aunque no sabía cuándo. Me sonaba de Salamanca. Recordaba aquel bombín. Los tirantes de latiguillo. Hubo un tiempo en que me fijaba mucho en la ropa. El traje de tres piezas, los zapatos ingleses que, recién materializados, empezaban a disolverse de nuevo, como si perdieran, de repente, sintonía con España.

El fantasma hizo un esfuerzo por mantenerse coherente y me pidió con un gesto que bajara el cristal.

Se acodó en la puerta.

Se asomó un poco.

«Buenas tardes, Fanjul», me dijo. «¿Me recuerdas?». (Se refería a mí, no a mi padre, de ahí el tuteo). Le contesté que un poco, que más o menos. «Hablamos una vez, Fanjul, junto al convento de las Claras. Tú venías del colegio». Ahora sí que me acordaba. Recordaba el tejido de tweed del traje, tan sufrido y elegante, que me había chocado entonces (no había tweed en Salamanca). «Es normal que no te acuerdes, Fanjul, no hablamos de nada importante; te pregunté la hora. Eras un niño». Veinte para las siete, le había dicho yo, lo recordé de repente, y él se sacó el reloj, que era un poco traslúcido, y lo puso en hora. Los recuerdos volvieron a mí como cuando los invoca un aroma. Recordaba también su chaleco, tan austero y bonito. El fantasma parecía complacido. «Vengo a decirte una cosa. Tu padre está casi muerto». Mi padre miraba por la ventana, atravesándonos, perdido en los olivares. «Tu padre sabe muchas cosas, pero no sabe que las sabe. Está vacío, tu padre, y las cosas, claro, le llegan». Mi padre giró la cabeza hacia el puesto de la aduana. Se agarraba sin fuerza al bastón. A veces sonreía un poco; un reflejo automático. Parecía estar en otro tiempo. «Yo soy lo que debes ver, Fanjul, a mí se refería tu padre; a mí, Fanjul. Tengo que decirte tres cosas». El fantasma se encogió de hombros: «Me las han encargado; a mí, plin». Me agotaba la falta de fluidez, pero no sabía cómo evitarla. Le dije, apremiándolo:

—Una…

Él asintió. Levantó el índice. «No puedes, Fanjul, volver a España. Los de Alicante son muy brutos, no atienden a razones. Los de Alicante están ahora en todas partes, también en Salamanca. Algunos se hacen pasar por cacereños, pero en cuanto se descuida uno… ¡Zasca!». Dio un golpe fuerte en la puerta. Pegué un brinco. «Está la cosa muy difícil, Fanjul…». Asentí como si entendiera. «Dos», siguió el fantasma sin esperar por mí, desplegando ahora también el dedo medio. «Tienes que ir, Fanjul, a Inglaterra, pero no ahora. Más adelante. Cuando tú veas, Fanjul. Estas cosas tú las notas, estas cosas se te dan bien. Ya lo verás tú mismo». Frunció el ceño, estiró el pulgar: «Tres…». Mi padre acariciaba el puño del bastón, recorría con el dedo sus relieves de plata como si dibujara con él un laberinto. Sus ojos se hacían pequeños, le cayó una lagrimita que, a la altura de la nariz, se quedó en el susto. «Debes casarte, Fanjul, pero a la segunda, no lo olvides. La segunda vez que te quieras casar, te casas. No antes». El fantasma se encendía y apagaba como si hubiera interferencias, como si la sintonía fuera y viniera. «Eso no lo notarás, Fanjul, mucho ojo con eso, tú no notas según qué; tú eres muy listo para unas cosas y muy tonto para otras. Como todos. No hace falta que lo anotes, Fanjul. Toma esto». Yo no estaba anotando nada. El fantasma me pasó un papel que resistió muy bien el cambio de plano. Lo doblé y lo guardé sin mirarlo. «Y cuatro». Eran cuatro, después de todo. «Cuatro», repitió él, extendiendo los cinco dedos y doblando luego el pulgar. «Que dice tu madre que suerte, que a ver qué haces; que te andes con ojo, te dice; que tú sabrás, que tú mismo». ¿Mi madre? ¿Se preocupaba por mí mi madre? ¿Me mostraba su cariño, después de todo? Se lo pregunté al fantasma y mi padre levantó una ceja, atento de repente. «Yo de eso no sé, Fanjul», contestó el fantasma, «ni de eso ni de casi nada, pero tenía que haber venido ella y me ha mandado a mí en su lugar, así que tú mismo». Se encogió de hombros de nuevo. «Andando he venido, Fanjul. Por un duro». El fantasma miró entonces en dirección a España, apoyado aún en la puerta. «Un duro vale más al otro lado». No aclaró si se refería al más allá o a España. Luego se dio un impulsito con los codos y emprendió el camino de regreso. A Ciudad Rodrigo primero. Y de ahí a Salamanca. Hasta pasado mañana no llegaba.

El fantasma me dejó pensando un rato. El aire volvía a correr y me secaba el sudor de la frente, primero muy suavecito, luego con más fuerza. Regresaban también los sonidos. El mundo se reanimaba.

Le anuncié a mi padre que me iba —qué débil se le veía—. Me dio su conformidad y le hizo un gesto al chófer para que arrancara de nuevo.

Me bajé del coche y me despedí de mi padre con la mano, pero él no se giró siquiera. El coche se convirtió en una nube que se detuvo enseguida en la frontera, ante la Guarda Republicana (los españoles estaban a sus cosas). Luego siguió circulando sin más incidentes.

El mundo siempre gira, es uno quien se detiene. Me quedé como un tonto allí mismo, mirando el horizonte, que también en España rebosaba de olivos.

Conté los colores del paisaje, escuché los trinos de los pájaros. Separé el rumor del coche, ya lejano, del de las hojas de los olivos. Aislé el golpeteo fugaz de los conejos, que buscaban refugio en los arbustos. Las lagartijas. Los alacranes. Hasta las hormigas podía oír, tiqui, tiqui, caminando aquí y allá sobre las piedras.

Me despedí de España (tan lejos, tan cerca, etcétera), le di la espalda y eché a andar. Alrededor cantaban, ahítas, las chicharras.

SEGUNDA PARTE
DE LA
SEGUNDA PARTE

1

¿Adónde ir ahora? Y, sobre todo: ¿por qué? ¿Cómo romper la soledad de tanto tiempo, cómo decidirlo? ¿Para qué? ¿Qué estaba pasando en el mundo, del que me había alejado tanto? ¿Qué hacer?

En mi juventud leía. Con el tiempo he ido comprendiendo que el hombre íntegro está, en esencia, desinformado. No aplaudo por completo el desinterés, que nace del solipsismo, pero menos aún el hambre de saber, que en nada se parece al de conocimiento y surge de un egoísmo aún mayor, el de sentirse más grande que aquellos por los que uno se preocupa. La información –organismo vivo– se infiltra en la mente y la llena de estrépito. La arruina. ¿Qué queda de lo que una vez, cuando tiernos y sandios, nos preocupó tanto, de cuando alzábamos la voz subidos a una banqueta, henchidos de verdad humana? La información no nos abre al mundo, es la pared que nos separa de él, la que nos impide verlo. La información es una lluvia sin forma que se adapta al ritmo de las cosas como el aire se adapta a los pulmones: millones de microorganismos aturdidos y exaltados.

Fruncimos la mirada y el cerebro nerviosea de datos que nos colonizan hasta conformar una opinión. Tomamos por nuestras las larvas que más bullen, las que más alborotan por la noche. Inspiramos y tosemos las mismas revelaciones que contaminarán a otros, por los mismos sumideros. ¿Qué pensamos que pensamos? ¿Qué creemos que creemos? ¿Cuánto de nuestro pensamiento es nuestro? ¿Es posible tomar decisiones que sirvan a nuestro propósito y no al del animal −idéntico a nosotros− que acabará por reemplazarnos? Quizá un héroe de sí mismo podría fabricar alguna verdad con su silencio. Pasado el tiempo. No yo, claro; yo estoy lleno de aguaceros.

Ningún hombre es una isla, dijo John Donne. Y luego Hemingway. (Así funciona la memoria, se destapa porque sí, rescata cualquier dato superfluo y empieza a rezumar líquido). Ningún hombre es una isla. Bajo el agua todo es tierra.

También en São Bento.

Elegí São Bento como rumbo igual que decido tantas cosas. Por escritura automática. Que elimina toda duda.

Cuando me apetece o quiero algo −no es lo mismo−, a menudo tomo el lápiz y dejo que la mano viaje. Podría usar el bolígrafo, pero, si la cosa se sale de madre, el lápiz hace menos destrozo; así he escrito varias cartas, así he hecho la lista de la compra (he llegado a comer pernos), así compuse una vez un poema en un carguero. Así llegué a São Bento y a tantos otros lugares. Así volví…

Como no es posible no pensar, toca ignorar lo que se piensa. Ayuda sujetar el lápiz con la diestra si se es zurdo, con la zurda si se es diestro; aferrarlo con el puño igual que un estilete. (Ayuda en general hacer las cosas de otra manera). Lo siguiente es esperar.

Después hay que distinguir entre espasmos y calambres, los espasmos anuncian un mensaje, los calambres, más calambres. Con la primera contracción, se deja la mano muerta, hasta que el movimiento nace y los picos más abruptos se rebajan y se hacen sinuosos. Hay que acariciar el lápiz, lograr que se calme. A veces se apuñala la mesa sin querer y se desgarra el papel, se sujeta entonces la muñeca. Luego el trazo se hace fluido, el lápiz se pega a la hoja y pueden recibirse las más complejas instrucciones; a menudo, de un solo trazo.

Luego se va uno a São Bento. O adonde sea.

2

São Bento es la única isla de las Azores en la que se habla inglés, e inglés solamente. Acabé allí después de mucho caminar y de nadar un poco, sin saber una sola palabra de aquella lengua; nunca me han gustado los retos, pero intento aceptarlos como vienen, sabedor de que la vida los procura en cualquier caso.

Resultan confusas las razones por las que el portugués quedó relegado a lengua muerta en São Bento. Parece que fue allí, y no en Inglaterra, donde se sembraron las primeras semillas del inglés, por una apuesta campesina, en el siglo x.

El joven António Braga, labrador de piel oscura lleno de sueños, se hartó del ninguneo al que lo sometía el conde Raimundo cuando Portugal –Galicia incluida– era sólo un condado. Raimundo era para António el equivalente a un rey, por eso le escribía una carta al mes, con todo respeto, a veces dos, que nunca enviaba por no importunarlo (enterraba las misivas en el huerto después de quemarlas y rezaba por la incorporación de las cenizas a la sangre del planeta, y con ello a la de su rey). Sus mensajes eran de ánimo, los escribía a la sombra de los volcanes confiando en la preclaridad del conde, que ya sabría –pensaba– cómo recibirlo, un poco por intuición, un poco con la cabeza, un poco con el corazón, o como les llegue a los condes el afecto. Y así mes tras mes. Año tras año. Etcétera. Como no recibiera respuesta, acabó por enfadarse con el conde, a quien hasta la víspera había amado sin inconvenientes.

El joven António Braga tenía anhelos de hombre y furia de mujer, así que, despechado, decidió crear un idioma nuevo que el conde no pudiera conocer, para que supiera qué era hablarle al aire. El joven António Braga no era un ser racional, de ahí su fortaleza.

Son muchas las leyendas que explican cómo el rencor de António derivó en apuesta y la apuesta en lengua, parece que algo tuvo que ver el alcalde de Patrocinio, quien, muy seguro de sí, le retó a seguir adelante y puso para ello en juego unas tierras que tenía: sus tierras a cambio de hacer oficial el invento.

António era muchas cosas, pero no un hombre instruido, crear una gramática a golpe de instinto fue para él un gran esfuerzo. Sorprende que la isla toda asumiera un cambio así –que la ley no forzaba–, pero en Azores la palabra es ley y una apuesta es una apuesta. Si se pierde, se paga.

Como fue el alcalde quien perdió, la lengua nueva se impuso.

El pueblo se adaptó sin quejas: cambiar de idioma no era un sacrificio mayor que el de cambiar el propio huerto por el del vecino más cercano, a lo que hacía años había obligado el comendador después de excederse un punto con el licor de morello. Los vecinos se aguantaron entonces como se aguantaban ahora. (Los de São Bento aguantan).

Más nebuloso resulta el modo en que el inglés –así llamado con gran olfato desde el principio– saltó a Inglaterra, embarrado el territorio como estaba con un fárrago de dialectos.

Cuentan que un predicador, harto de pangermanismo, vio bueno untar de inglés la Britania para acabar con la gramática anglofrisia, que tanto daño había hecho a la expansión del mensaje de Cristo. El predicador pidió permiso a António para importar su lengua y la hizo saltar después de isla en isla. Cantó al pueblo sus ventajas, verbigracia la donosura con que una pizca de romance la adornaría, pues el latín –que es la lengua de Dios– hasta los adverbios mejora.

Anglos, sajones, jutos, frisios, aceptaron las virtudes del inglés de São Bento, más flexible en su sintaxis que el germánico occidental (que acabó, aun así, por influirlo).

La gramática incluía cinco casos gramaticales: nominativo, acusativo, genitivo, dativo e instrumental. Y tres géneros que venían bien para muchas cosas: masculino, femenino y neutro. Después se añadieron tres números: singular, dual, plural. El griego sumó sus mejoras, más poéticas que gramaticales, más ideológicas que fonéticas. Sajones y normandos acabaron por danzar alrededor del nuevo tronco, que enseguida les pareció propio.

Desde entonces se considera que no hay inglés más puro que el de São Bento, y hasta el mismísimo Shakespeare vivió allí un año con el único propósito de ayudar a ensancharlo.

Cuando llegué a la isla, los benteses desconfiaron de mí, como hacen siempre los naturales, pero acabaron por aceptarme. Luego se les olvidó que había llegado.

Mi francés no ayudaba mucho, pero algo sí. Empecé a dar clases de inglés (*I am*, *you are*, etcétera) y pude empezar a comprar cosas sin señalarlas: pan, aceite, col, semillas de amapola. A veces compraba arroz.

También compraba carne, pero la había de tantos tipos —con tantos cortes y variedades, con tantas texturas y aromas— que esa sí la señalaba. Pescado sólo había uno, un atún muy bueno y fresco al que todos llamaban *fish*. A veces tenían chicharro, pero era tan pocas veces que también lo llamaban *fish*. Preparaban caldeiradas exquisitas parecidas a la bullabesa, con toda clase de pescados, atunes todos. Así:

Primero lavaban bien el *fish*, le quitaban las pieles y las tripas. Con las tripas hacían figuritas para los niños. Cortaban el *fish* en pedazos y lo aderezaban con sal. Lavaban luego unas almejas con agua fría, recogidas a puñados en la roca, y las dejaban en un cuenco, cubiertas con agua de mar, hasta que acababan por abrirse y soltaban la arena. Lavaban la arena aparte, que servía de exfoliante. Después cortaban un poco de cebolla. Tomates. Pimiento en rodajas. Pelaban unas patatas (*potatoes*), que lavaban bien; con otro cuchillo, las cortaban, también en rodajas. En una cazuela colocaban el pescado, la cebolla, los tomates, los pimientos, las patatas, unos ajos, un poco de laurel (de Isla Terceira) y un poco de perejil. En capas alternas. Añadían, por fin, las almejas, que ya no se quejaban de nada (empezaban, como es natural, gritando). Lo regaban todo con vino blanco y echaban un poco de agua fresca de manantial. Añadían después aceite de oliva y pimienta. Luego lo escurrían todo. Lo sacudían bien. Lo volcaban sobre la mesa (tal cual, sin usar platos). Y se comían el *fish* casi crudo, agachándose, o con las manos. Lo que no era *fish* se lo daban a los monos, que nadie sabía qué pintaban en São Bento.

Luego se ponían a bailar, como embrujados de fervor, se montaban unas bacanales tremendísimas que empezaban con alaridos y acababan en cantos sacros (la gente se golpeaba y formaba un barullo muy compacto). A veces las mujeres levitaban, incluso las más ancianas; era responsabilidad de los hombres tirar de ellas hacia abajo para no perder a ninguna. Si una mujer, por soltera o simple falta de atención, acababa en las nubes, se mandaba a otra a por ella con una cuerda bien larga atada al tobillo. Cuando la cuerda no daba más de sí, se le daba a la mujer una escopeta.

Las caldeiradas eran actos afectuosos en los que no era raro que los más pequeños acabaran con otra familia; si tal cosa sucedía, el niño debía ser alimentado por los nuevos parientes hasta la siguiente caldeirada, cuando era devuelto a sus padres sin más explicaciones. (Si el niño estaba más a gusto con la familia nueva, no había nada que hacer, el niño se quedaba).

Así eran las reglas de São Bento, así ha sido siempre, desde hace más de mil años. Y así será hasta que los volcanes despierten y devuelvan a São Bento al fondo del océano.

3

Nueve islas componían entonces las Azores: Nascimento, Isla Prata, Isla Terceira, Pequeno Canto, Babilônia, Sexta-feira, Anão, Passageiro y São Bento. (Isla Terceira y São Bento eran las más conocidas; Pequeno Canto era, por motivos inexplicables, la más visitada). Las ocho primeras islas eran exactamente iguales, tanto en extensión como en forma: siempre un círculo perfecto. En cada una de ellas –incluida São Bento– vivía el mismo número de habitantes, ni uno más ni uno menos; si un habitante moría en una de ellas, más valía que naciera otro pronto: tenían un mes natural para restablecer el equilibrio. Antiguamente se había permitido el intercambio entre islas para evitar las ejecuciones, pero tanta manga ancha acabó por hacer mella en el carácter, así que el temor al sacrificio sincronizó de nuevo la política natal. En eso y otras tantas cosas Azores era ejemplar.

Varias cosas convertían en única a São Bento. En primer lugar, su forma caprichosa, con tendencia al círculo, pero más mordisqueada, con sus salidas y entradas. Era también un poco más grande que las otras. Los *concelhos* se llamaban allí *councils*. Los inviernos eran más crudos que en otras islas. El cielo estaba a más altura. Había más de novecientas especies de helechos. Llovía de una forma indescriptible que, por tanto, no describiré. El esclavismo estaba permitido. No había hayas ni juníperos. Tenían su propia luna. Había monos, decía antes. Giraba sobre sí misma (como todas, pero un poco más despacio).

En tales condiciones, lo del inglés era lo de menos.

São Bento tenía tres volcanes, el central era majestuoso, Titulus Crucis, así llamado desde antiguo. Era imponente y el más viejo de los tres (en realidad, de todas las Azores). Su altura alcanzaba los cinco mil metros y variaba según las erupciones, que solían ser pequeñas, pero que algo hacían; cubría una superficie de mil metros cuadrados y su circunferencia basal pasaba de los cien kilómetros, que a veces recorrían los niños caminando, sobre todo en el verano, por pura diversión. En el pasado fue un volcán muy destructivo, pero ya sólo atacaba si lo atacaban. Su interior llegó a acoger las fraguas de Sinón, un dios local, ya desaparecido, muy bien relacionado con gigantes y cíclopes. Cuando el volcán se removía, causaba terremotos y erupciones de humo y lava que contribuían mucho a su reputación de aguafiestas. Miles de betenses vivían en sus faldas, la tierra era muy fértil y sus huertos, viñedos y lodazales se extendían como una manta sobre las laderas de la montaña. El volcán estaba muy bien, la verdad.

Los otros dos volcanes recibían los nombres de Dimas y Gestas. Dimas era mucho más joven que Gestas, el más joven, de hecho, de la Macaronesia, que a su vez incluía –además de las Azores– Canarias, Cabo Verde, Madeira e Islas Salvajes. Las Canarias se habían independizado de la Macaronesia por desavenencias tontas que acabaron por enquistarse: la pianista del hotel Santa Catalina de Las Palmas tocaba cada noche un piano que había templado, por lo visto, el mismísimo Diablo. Como la desafinación era en la Macaronesia agravio, Gran Canaria –acorralada por la fuerza de los hechos– acabó por pedir refugio en el Pacífico, expulsada sin remedio, y arrastró consigo al resto de las Canarias, que no habían hecho nada malo; todo por no despedir a la pianista. En fin.

Gestas tiene también su historia:

El 2 de abril de 1623, el campesino Inácio Peixoto labraba la tierra en las cercanías de Sotavento. El suelo empezó a temblar. Se abrió la tierra y manó un vapor espeso que produjo un ruido de otro mundo y lanzó un millón de piedras al cielo. Peixoto avisó a gritos a los demás habitantes de Sotavento (que algo habían notado).

El volcán se mantuvo activo durante doce años y once días; la mayor parte del destrozo se produjo durante la primera semana, que es cuanto le llevó a la lava recorrer dieciséis kilómetros en línea recta. Dio tiempo a desalojar a casi todos los vecinos, pero el volcán sepultó dos aldeas enteras de las que hasta el nombre se ha perdido: la primera desapareció del todo (estaba donde está ahora el cráter) y de la segunda sólo queda la punta del campanario, que aún asoma de la lava fría y provoca más de un traspié.

La casa donde viví en São Bento estaba en la tercera falda, una vieja mansión colonial que me alquilaron a muy buen precio porque estaba enduendada y sin pintar. Los esclavos —por lo general muy formados— no le tenían miedo, pero los antiguos habitantes, casi todos colonos ricos, sí.

Los esclavos constituían el ochenta por ciento de la población de São Bento y cobraban muy buenos sueldos, trabajaban seis horas como mucho y nunca en viernes, sábado o domingo. Ni en jueves. Estaban asegurados y dormían cada noche en casa. Eran malos trabajadores y protestaban si no les apetecía hacer algo, o incluso si les apetecía. Con ellos había que andarse con ojo, porque eran muchos y no era nada raro encontrárselos en cualquier rincón propinando una paliza a sus amos, por descuido o por otras razones. (Entonces, los amos les subían el sueldo y los esclavos aprendían la lección de inmediato).

Al contrario que los esclavos, yo sí creía en fantasmas, aunque allí tampoco fuera capaz de verlos; veía, sin embargo, sus consecuencias.

En ocasiones vi flotar objetos que se posaban luego en el suelo con suavidad, o con violencia, según. Una vez dediqué la mañana a perseguir una pluma estilográfica que anticipaba, como una mosca, mis movimientos. (Vi otra pluma golpearse contra el cristal una vez y otra, una vez y otra, como si quisiera atravesar la ventana a cabezazos; la palmeé en pleno vuelo y, ¡zas!, cayó al suelo; la encerré en un cajón, aún aturdida; no he vuelto a usarla desde entonces).

Otras veces los fantasmas se sentaban en la cama mientras dormía, me despertaban sin venir a qué y me tocaba dedicar media noche a contemplar la depresión que se formaba en la colcha.

Con todo, me era más fácil tratar con ellos que con los esclavos (que —al césar lo que es del césar— me dieron buenos consejos cuando pinté la casa yo mismo).

Qué pocas cosas de provecho hice en aquella isla, qué tranquilo estuve, a cuántas mujeres conocí, qué joven era. Qué poco valoré aquella dicha. Un anciano, cuando es tonto, presenta muchas ventajas sobre el tonto joven: la falta de energía, por ejemplo, que le impide equivocarse más de la cuenta. La falta de interés, luego. Por fin, la muerte, sombra constante a la que acaba por perderle el respeto. Hoy contemplo aquel sopor como la culminación de un sueño.

Las mujeres de la isla, guiadas por el mismo aburrimiento que me hacía a mí recibirlas, se me ofrecieron muchas veces, también las esclavas, más mandonas. Pero los climas húmedos estimulan la lujuria tanto como la incapacitan: el sudor funciona si es consecuencia, como causa lo entorpece todo, le quita el interés. Así que cambié el amor por otros regocijos, como el del tiro al plato o el coleccionismo de botellas. O el de la siesta. O el de las excursiones largas. O el de la cocina, mi placer preferido aquellos días, que me permitía pensar cuando quería hacerlo y dejar de hacerlo si no.

Con la cocina ensayé mil disparates. Le echaba, por ejemplo, azúcar a cualquier cosa, como un consumado repostero; estropeaba cualquier guiso; me gustaba corromper lo más fresco y perfecto.

Inventé una técnica para almibarar el *fish* que tuvo conscuencias de fondo, pues envió a muchos esclavos directos al baño y les reveló a los demás su vulnerabilidad. Me lo agradeció mucha gente.

Con el tiempo, los hombres libres, hartos de la mala vida, se rebelaron contra el esclavismo: les impusieron a los esclavos un sistema de derechos casi idéntico al francés que los acorraló por fin.

En 1954 la esclavitud quedó abolida para siempre y los ciudadanos de la isla recuperaron −en parte gracias al azúcar− su libertad.

4

Cândido Grijó, el alcalde de Patrocinio, era un hombre de estatura corta y vientre pletórico. Como los botones de la camisa no le abrochaban del todo, se dejaba siempre uno abierto, a veces el de arriba, a veces el de abajo (a la altura del ombligo). Me amenazó nada más llegar: «Ándese con ojo», me advirtió, más por si acaso que con verdadero recelo. Como no supiera dotar de contenido al mensaje, enseguida nos hicimos amigos. Su carácter era en general cordial, pero tenía once hijos y los once le pesaban. El duodécimo se le había muerto, cortando una racha imponente, y sólo uno (el séptimo) le había salido medio normal. El resto eran unos criminales, decía. Y unos pedigüeños.

Armando era hijo de Cândido. El hijo bueno. Fue quien me enseñó a cocinar. Tenía muy buena mano para las salsas y estaba casado con Aurora, una azoriana muy guapa de Sexta-feira, mucho más guapa que él, que era ciega y, quizá por ello, muy exigente: cada vez que le tocaba a su marido la cara, se llevaba una decepción. Armando no se ofendía, estaba muy enamorado de ella, decía que tenía todo el derecho a estar frustrada, que bastante le había quitado la vida ya, que ojalá fuera más guapo para complacer sus dedos. Que, si un día juntaba dinero, se iría a Lisboa a operarse de la cara. «Para eso me opero yo la vista», decía ella. «Eso sí que no», replicaba él. «Guapa y con vista. No vuelvo a verte el pelo».

Virginio Vingada era un betense de diez generaciones que había pasado la juventud en Guarda. Allí conoció también a la bruja Luisa. A veces me hablaba de ella y me daba un codacito en el costado; me desagradaba mucho. Virginio regentaba la segunda botica más grande de Patrocinio, que había heredado de su madre, doña Ligia do Carmo. Virginio era, por tanto, un niño de mamá; a sus cincuenta y cinco años ni sabía volar ni quería intentarlo. Cuando me tocaba ir a la farmacia, prefería hablar con la madre, de carácter más sugerente. Doña Ligia era una anciana resuelta y fascinante con una pierna ortopédica que a veces se rascaba.

Nelo Vaz era un patricio que me ayudó a lidiar con los esclavos. Había nacido en Brasil. «Allí el sirviente conoce su sitio», me decía. «La costumbre sirve». Soñaba con regresar a casa, pero había dejado allí muchas deudas y eso le frenaba. A veces me enseñaba a ponerles trampas a los esclavos: a lazo o con cepo (más a lazo). Organizaba batidas para amigos ricos y los cazaba de noche, tenía una sangre fría que no he vuelto a ver en nadie. Un día desapareció sin más. Se decía que los esclavos lo habían matado, que lo habían enterrado en el bosque después de trocearlo con mucho método. Se decía que su fortuna había quedado escondida en alguna parte de la casa, que su espíritu aullaba en las noches húmedas y se enredaba en las ramas de los cedros. Para mí que cogió el dinero y regresó a Brasil.

Anita Wilson era una mujer de armas tomar. Era la esposa del gobernador provincial y a veces se diría que la dueña de la isla. Hasta los esclavos la rehuían. Tenía sesenta y un años y voz de trueno. Cuando preguntaba, afirmaba. Tenía también buen corazón, con las excepciones naturales (no soportaba, por ejemplo, que la injusticia no le favoreciera ni aguantaba más defectos que los propios). Quiso imponerme un idilio que no vi claro, y así se lo hice saber. Logré hacer pasar mi renuncia por un problema de horarios y su orgullo quedó incólume.

El padre Sampaio era el cura de la parroquia de Gestas, un hombre joven que hablaba más bajo de lo que tocaba. En las homilías no se le entendía y los feligreses, sin darse cuenta, acababan todos de pie, acercándose al púlpito poco a poco. Sampaio era un hombre enfermizo que despertaba el instinto maternal de las mujeres (las costumbres de la isla eran, ya se ha visto, relajadas, así que Sampaio llegaba a misa tarde y con buena cara). Jugábamos al ajedrez en su casa; si perdía, se convertía en un hombre furibundo. A veces gritaba: «¡Muerte al rey!». Pocas veces le gané. Le gustaba ponerse de pie en la silla y dirigir desde allí su ejército.

José Augusto de Cercado era el juez de paz, había sido nombrado por sorteo; no tenía los conocimientos de un letrado, así que, por miedo a ser injusto, buscaba la conciliación a toda costa. (Cuando aprendió que las componendas desagradan igualmente a todos, quiso buscar ganador siempre, lo que creó problemas nuevos). Cuando alguien se marchaba triste, José Augusto dudaba y a menudo montaba un juicio nuevo. Unos pleitos se resolvían en una mañana, otros se alargaban durante meses. Al final pedía la opinión de los litigantes, que normalmente colaboraban, hartos de todo. Desde entonces empezó a dormir mejor.

Tavares Cabrita era el usurero de la isla, un judío antisemita que no tenía inclinación para el abuso, pero que algo tenía que hacer (le había sido asignado el puesto y sólo su bondad –de la que, atormentado por las contradicciones, se lamentaba– le evitaba entregarse al expolio). Tavares habría querido ser tenor; tenía un sentido del ritmo que la ópera no aprovechaba del todo, y entonaba muy bien. A veces tomaba dos monedas de oro recién confiscadas y las hacía repicar sobre la mesa, cantando: «Tará, tará; tirí, laralá; tirí». Otras veces salía al balcón, hinchaba el pecho y lanzaba al aire un alarido en forma de barra de pan que alargaba en tenaz vibrato hasta conseguir el aplauso de los monos. La voz de Tavares Cabrita procedía del mismo cielo y allí volvía, colmando la isla de belleza importada: Verdi, Donizetti, Mascagni. Siempre italianos. Ningún judío.

Edite fue la primera mujer con la que casi me caso. La quise mucho. No era tan guapa como otras, pero lo era mucho más que yo, así que a callar. No había nadie más sensible que Edite en toda la isla. Era maestra de escuela, igual que mi hermana Andresa; enseñaba muy bien, con mucha dulzura. Tenía un inglés perfecto con el que me ayudaba a pulir el mío. Me amaba mucho, con ese fatalismo que tienen las isleñas, que saben que se quedarán allí por siempre y tú no. (Ni por un momento fue capaz de imaginarnos juntos, igual por desesperanza, igual porque era optimista). Tenía una cintura de campanilla con la que giraba y giraba al ritmo de la isla. Cuando me dejó por otro, me quedé, la verdad, muy chafado.

5

En São Bento pasé seis (y pico) de los ocho años que le llevó a España vencer a Alicante, de 1936 a 1942. De septiembre a febrero. A veces contemplaba el atardecer, que pasaba en un lado del mar o en el otro, según me situara yo o girara la isla. Otras veces oía contar a los betenses lo que sabían de la guerra de España. Decían que morían a miles. Cantaban gloriosas gestas. Muchos escogían bando (la mayoría iba con Alicante, por ignorancia o esnobismo). Luego se aburrían y cambiaban de tema.

Los de Alicante, según supe, habían hecho estragos también en Salamanca, me lo contó por carta Elenita, que entonces estaba en Villafranca del Bierzo, casada con un cirujano, y que se leía todas las semanas las crónicas de Gibraltar. Había sido horrible, decía.

Los de Alicante llegaron a Salamanca por mar, pero por el camino largo, envolviendo dos continentes. En lugar de rodear por debajo España —que tenía bloqueado el Estrecho con niños nadadores— circunnavegaron el mundo por el este.

A Chipre llegaron bastante bien; luego se encontraron con que allí todo era tierra. No daban crédito. Los de más iniciativa cogieron unas palas y empezaron a cavar. (Así se hizo el canal de Suez, por eso en Egipto quieren tanto a los de Alicante; de ahí les viene).

Los de Alicante salieron al mar Rojo pensando en rodear África, pero el capitán no se fiaba de nadie y prefirió dirigirse al Oriente. Hacia la India. Malasia. Filipinas. Japón.

La tripulación iba conociendo gente; ampliaba horizontes, ganaba en cultura. A veces uno de Alicante se bajaba del barco y se casaba con alguna muchacha linda.

Rodear Rusia fue más difícil; como en Alicante no hace frío, nadie recordó llevar ropa de invierno, tuvieron que untarse la piel con aceite de oliva. Luego se pararon en Groenlandia, a decidir: ¿rodeaban también América o bajaban ya a España? Muchos habían muerto en el camino, de escorbuto o por asomarse mucho. Fueron tres años terribles. Los oficiales votaron por que el barco se deslizara al sur; mar abajo; todo recto. El barco cayó por su propio peso.

En Salamanca nadie los esperaba. No pudo evitarse la masacre. El barco atracó en la muralla romana y unos siete alicantinos (los únicos que habían sobrevivido al viaje) salieron de él armados hasta los dientes. Como los salmantinos no se enteraban, los saludaban, tan normales: «¿Qué, de fuera?». Lo pagaron con la vida. Para cuando se corrió la voz, habían muerto diez mil: ocho mil de Salamanca y unos dos mil bañistas. De Alicante sólo cayó uno, los demás se retiraron al barco con la fresca de la tarde; regresaron al mar sin contratiempos. Cuatro se quedaron en Portugal (los más jóvenes) y dos (el capitán y otro) regresaron a Alicante.

Fue un milagro que dos personas solas fueran capaces de llevar el barco a casa. Se decía que habían tenido suerte con las corrientes. Que el viento soplaba muy bien. Que cada mañana salían a la hora buena.

En el puerto de Alicante —al pie del castillo de Santa Bárbara— nadie se acordaba ya de que se hubieran ido, así lo recogen las crónicas. Los marinos, en cuanto pisaron tierra, buscaron a sus mujeres, que se habían casado con otros (casi siempre para bien); sus hijos los miraban con recelo. Fue duro para todos. Uno de los marinos se pegó un tiro en la boca. Lo dejó todo perdido. Su mujer, con el trapo en la mano, no paraba de quejarse. También los niños frotaban. En cuanto al otro marino, que era el capitán, acabó de alcalde.

Desde donde mejor se veía la guerra era desde Gibraltar, que los ingleses seguían reclamando sin suerte. El Peñón espantaba las nubes y así se entendía mejor todo, por eso las crónicas de Gibraltar son las que mejor cuentan la guerra: las negociaciones, los desembarcos, las batallas, las esperas. Y por eso pusieron allí el telescopio más grande de Europa, con lentes alemanas y un trípode muy estable que donó el vecino más rico de La Línea.

Las cartas llegaban a São Bento con cuentagotas; tardé mucho en saber de todos. Por fin Elena me contó que los de Alicante habían pasado también por casa, pero que, como papá no estaba, sólo habían matado a una criada, para no hacer el camino en balde. Cuando mi padre llegó a casa por la noche, ni se enteró, por lo visto: la criada limpiaba muy bien, pero mi padre notaba los cambios por la comida (sólo con ella revivía un poco).

La guerra de España fue horrible, como la de Osiris y Seth, una guerra fratricida, larga y cruel que a veces afectaba a gente que no era ni de la familia.

6

Llevaba varios meses pergeñando la idea de irme a Inglaterra, quizá por influencia del fantasma elegante, que así lo había decretado en la frontera, quizá por tanta pronunciación exquisita en aquella isla gramaticalmente exacta, quizá porque me gustaban los discos de Beam Hale y Stanley Lupino que me prestaba el hijo del alcalde. Estaba cansado de São Bento, lo que implicaba que São Bento se cansaba de mí y me echaba. Así que compré un pasaje en barco hasta Southampton. De allí salté a Londres de un brinco.

Londres me satisfizo mucho. Hice amigos enseguida. Los ingleses detestan al extranjero que pronuncia mal su lengua, pero mi acento de São Bento era tan bueno que incluso les acomplejaba y frenaba su arrogancia natural. Aquello nos benefició a todos.

Llegué en plena guerra...

Durante cuarenta años supe huir del siglo. No asistí a un solo acontecimiento que de verdad importara. Hasta que llegué a Albión. Aunque la Segunda Gran Guerra se notó en Londres menos que en otros sitios, se notó y mucho: las cartillas de racionamiento, las colas, las sirenas... Nada me alteraba el ánimo, todo eran minucias en una aventura que había emprendido con buen ánimo; las Azores me habían impuesto un biorritmo lento, su clima y temperamento me habían bajado las pulsaciones hasta hacerlas casi imperceptibles (yo mismo lo era, a mi manera, como era inmune a mi propio desmayo). Años de postración provechosa quedaban por fin expuestos. Ya no era un niño, sino un hombre asombrado que inauguraba la cuarentena.

La luz pesada de Londres me parecía extraordinaria, los olores, el ruido. Hasta los bombardeos me parecían extraordinarios. Aprecié enseguida el carácter inglés, reprimido y circunspecto. Empezó a gustarme el té. La costumbre local de guardarse los sentimientos se compadecía admirablemente conmigo, que nunca he visto en la represión ningún defecto. Esa forma de decir sin decir era para mí pura elocuencia.

La lengua no me abrió todas las puertas; siempre he sabido desenvolverme en cualquier ambiente, pero prefiero, por inclinación, las clases altas, que en Inglaterra me estaban vedadas, y con razón. (El esnob inglés lo es porque debe, no por capricho; no admite intrusiones; cuida de su supervivencia). Fui amigo de artistas y burgueses, de comerciantes, pensadores, deportistas. Pero no de nobles, no en Inglaterra; los vi de cerca y de lejos, me invitaron a veces a sus fiestas, pero nunca me acogieron. Lo entendí.

A los seis meses, resignado a mi condición vulgar y establecido por fin en un apartamento del centro, me sentía un londinense más, a tiempo de vivir el Segundo Gran Incendio.

El Blitz era un espectáculo diario: decenas de bombas alemanas caían en torno a mí cada noche. Me sentía en el centro del mundo, todo me rodeaba y nada podía alcanzarme. Mi apartamento —que daba a Berkeley Square— acabó asediado por los cráteres de Fitzmaurice Place y Lansdowne Row. En el mismo centro de la plaza cayó una bomba, y dos más en la esquina sudeste que cortaba la calle Berkeley. Pero nunca me privé de nada, ni siquiera de la siesta. Cuando empezaron a caer los proyectiles en la catedral de San Pablo, Churchill dijo por radio con su voz de ogro que había que protegerla a cualquier precio. Decenas de voluntarios patrullamos las naves de la catedral con bolsas de arena y bombas de agua para apagar las llamas. Aunque la catedral se salvó, muchos edificios se perdieron. Pero cuando el reverendo Oakley, tesorero de San Pablo, dijo que la catedral era un símbolo de resistencia al fascismo, dejé de ayudar de inmediato: ni sabía que los alemanes cojearan de ese pie ni tenía, personalmente, nada en contra del fascismo, que apreciaba por su preocupación por la gimnasia; disfrutaba apagando fuegos, no cuestionando su origen. El reverendo Oakley les había quitado la gracia a unas noches inolvidables.

Me encantaba vivir entre cascotes, Londres todo era una ruina. Que sobreviviera a aquellos días fue un milagro.

Procuraba no encariñarme con ningún edificio, dormía a pierna suelta y disfrutaba del toque de queda, que tanto había añorado. Tan pronto como sonaban las sirenas, me daba la vuelta en la cama, bien arropado, como en Espuria. Nunca buscaba refugio. A veces salía a pasear, a disfrutar de las calles vacías, de una belleza majestuosa: el cielo se iluminaba en naranja y púrpura, los edificios reventaban en torno a mí, o a veces a lo lejos, y yo giraba muy despacio, mirando feliz el cielo. Cuando de nuevo sonaban las sirenas y la gente abandonaba los sótanos y los túneles del metro, yo ya estaba en casa, ovillado de nuevo bajo la manta. ¿Habrá alguien en el mundo que ame más que yo un toque de queda?

En uno de los ataques, una bomba cayó junto a la iglesia del Temple. No explotó, pero el peso hizo que el firme cediera y se desplomara sobre un refugio subterráneo. Mató a ochenta personas. Otra bomba cayó en el Botánico y activó por sorpresa la floresta: las ramas de las plantas más exóticas adquirieron voluntad y rompieron los cristales, retorciendo la estructura metálica; se alzaron hasta el cielo e hicieron explotar los globos de barrera, que hacían plop y pum, como en una fiesta de cumpleaños. Un conductor de autobús apareció vivo en un cráter a los dos días, encerrado en su cabina.

El teniente Hart y Sapper Revie trataron de desactivar un enorme proyectil que había caído junto a San Bartolomé y amenazaba los recios muros normandos. Acabaron por trasladarlo a un descampado y allí lo reventaron a patadas, inmolándose sobre la marcha, sin dudarlo. Los cascotes golpearon mi edificio, pero dejaron intacta la ventana del cuarto, a la que estaba asomado en pijama para contemplar los estallidos.

Cuarenta mil civiles murieron en ocho meses. Ninguno a quien yo conociera.

7

Mi mejor amigo se llamaba George, nunca le pregunté el apellido. Era extremadamente generoso con todos y también conmigo, siempre me hablaba de su mujer, Justine, de quien aseguraba que tenía piel de seda. (En realidad, me hablaba de ella todo el rato). Me decía que me pasara por casa a verla, cuando él no estuviera. (Yo lo evitaba, escamado). En lo demás —y quizá también en eso— George era un hombre encantador y un amigo atento.

George tenía una tienda de antigüedades que, de forma milagrosa, permanecía intacta entre tanto cráter. «Todo va a ser antiguo a partir de ahora», decía. Y se reía. En su tienda, que abría de lunes a sábado, se vendían muebles de lo más diverso: alacenas, escabeles, escritorios, lámparas. Todo cubierto por una pátina de polvo que George extendía cuidadosamente cada mañana. «Con las explosiones el polvo se cae y tengo que reponerlo», explicaba. No daba abasto.

Dábamos largas caminatas entre los escombros, también por las avenidas más despejadas. A veces George recogía del suelo un candelabro semienterrado, o un pie de lámpara, y los bruñía con la manga. También hacíamos cola juntos para conseguir mantequilla, y luego me invitaba a casa. (Si estaba su mujer, no iba).

George no sentía simpatía por Hitler, pero admiraba a los alemanes, a los que consideraba mejores que los ingleses en casi todos los aspectos. Decía que Inglaterra perdería la guerra, que eso podíamos darlo por descontado, que era cuestión de tiempo. Que en puntualidad estábamos muy parejos, pero que en sacrificio los alemanes nos ganaban. «Nosotros aguantamos más, pero ellos aguantan mejor; nosotros contenemos la protesta, pero ellos ni queja tienen». Comparaba a los músicos británicos con los de ellos: «Nosotros los tenemos buenos, pero ellos, mejores, y eso sin contar a los austríacos, que son medio alemanes. Nos ganan, Fanjul». Lo mismo decía de los pintores, de los deportistas, de los cantantes. Con las letras ya era otra cosa: el idioma de São Bento había alcanzado cimas que hasta al alemán se le escapaban. George respetaba mucho a Schiller y un poco a Goethe, pero ninguno alcanzaba —decía— a John Dryden, que a mí me parecía un ladrillo, pero que él encontraba superior a Shakespeare. «En todo lo demás, nos ganan».

George veía en Hitler a un melancólico, le pareció un gran acierto que lo sustituyera Wegener, aunque fuera por baja médica. Pero tampoco Wegener le convencía del todo. Le encontraba virtudes como tirano, pero decía que apretaba poco para lo mucho que abarcaba, que la señora Wegener estaría de acuerdo, que no sabía qué hacían juntos si a Wegener se le veía miserable y a ella un ángel de rostro bondadoso que merecía mucho más, que no era mujer para un solo hombre, que él mismo, de ser su esposo, sabría hacerla feliz. Que qué opinaba yo. Que si lo acompañaba a ver a Justine.

Yo tosía y cambiaba de tema, y él ponía cara de afligido. Aunque enseguida se le pasaba.

En aquellos días no estaba claro si Wegener era bueno o malo, ni siquiera en Inglaterra, tras cuatro años de guerra. Los ingleses apreciaban su pasado como artista, recordaban la primera vez que visitó Londres, en los años veinte, cuando aún se dedicaba al trapecio (que es a lo que, de otro modo, se dedicaría luego). Las crónicas hablaban de cabriolas nunca vistas, de saltos pavorosos, cuando la red era una indulgencia que los artistas verdaderos rechazaban. Entonces se le conocía como *El Gran Achim*, siempre a las órdenes de Cornblum, el más célebre empresario desde Barnum & Bailey; nada en su arte delataba su futura animadversión por los judíos.

Wegener era en realidad un creador poliédrico y un pensador de gran hondura, una especie de nuevo Leonardo: escribía, pintaba, declamaba, componía. Saltaba. Todo lo hacía bien. Era además un imitador pasable y un estimable científico. Entre las obras de Wegener destacan: *Tratado para una geometría nueva*, los dos volúmenes de *Historia del átomo desde antes del átomo hasta 1929* y *Del infierno y otros lugares calientes* (un ensayo epistemológico, revolucionario en su tiempo, que se vendió muy bien). Inventó un método de regadío que hizo más próspera la Baja Sajonia y un sistema de defensa que usaba la luz solar para cegar al enemigo. Dejó sin acabar un manual para niños que quisieran prosperar por medio del victimismo.

Nadie sabe a ciencia cierta cómo Wegener se metió en política, parece que fue durante su etapa de actor de teatro; y poco a poco; sin querer, casi. Empezó trufando los parlamentos de pequeñas morcillas que definían sus propias ideas, arrinconando más y más las de los autores, hasta que los espectadores acababan cautivados por su particular doctrina, que le atribuían a Shakespeare. Su pensamiento invadía los textos de Molière y, aunque los carteles a veces cambiaban y el nombre del autor se hacía cada vez más pequeño, los seguidores permanecían; la gira era la misma (no se anulaban fechas); fue una transformación silenciosa que nadie supo ver a tiempo; cuando comenzó la guerra, Wegener era ya una estrella y pudo conquistar Europa, incluida España, sin pegar un tiro. Murió en un búnker de Berlín junto a su esposa, dando saltitos en el sitio para que le bajara el veneno.

George me propuso montar un negocio con él. Quería vender la tienda de antigüedades y comprar mi taller de bicicletas. Su idea era fundir los dos negocios y empezar a vender bicicletas viejas. Un vecino (a quien George quería presentarle a su mujer) se encargaría de robarlas nuevas, George las envejecería y yo las arreglaría de nuevo. Luego él les echaría suciedad por encima. ¿Qué podía salir mal? George era un orador competente: después de una hora a su lado, todo argumento parecía adquirir sentido.

El negocio estrechó nuestra amistad, vendíamos las bicicletas a buen precio y la atención al público —de la que se ocupaba George— era excelente. Yo reparaba los pinchazos, cambiaba las cámaras, enderezaba los cuadros, limaba los estragos de la metralla. George lo espolvoreaba todo con ceniza. Su mujer, que era muy instruida, llevaba la contabilidad, pero desde casa. En eso insistí mucho.

Cada vez teníamos más dinero y menos preocupaciones. Debido a la escasez general, todo nos iba bien.

A menudo caían bombas en el barrio, pero nunca en la tienda (el Blitz me mostró siempre el mismo respeto).

De noche nos reuníamos con amigos en el pub y entonábamos canciones que nos llenaban los corazones de nostalgia; hasta yo acabé por añorar las verdes campiñas y a las mujeres irlandesas. Cuando George bebía de más, balbuceaba deseos confusos que seguía sin tenerle en cuenta. Si no podía andar, lo llevaba a casa como podía y lo dejaba apoyado en la puerta; luego llamaba al timbre y, en cuanto se encendía la luz, salía de allí por piernas.

Los domingos los pasaba a solas. Deambulaba por el campo. Reflexionaba. No imaginaba para mí un futuro mejor, tal era el ascendiente que sobre mí dejó mi madre, me conformaba con mi amistad presente, con la penuria, con las explosiones diarias. Me quedaba mirando las colinas lejanas, o el cielo encapotado, que a veces invadía las colinas. Intentaba sacar de mí la España que aún llevaba dentro.

Cuando tenía suerte, llovía. Me desabotonaba entonces el abrigo y me dejaba empapar entero; a veces me tumbaba en el suelo. No me resfriaba nunca. Llegaba a casa temblando y me preparaba un té. Y me mecía en la silla. Más vigoroso que nunca.

8

El 30 de diciembre de 1944, la alianza que habían formado Inglaterra, Noruega y México (estos últimos, muy centrados en evitar que los japoneses invadieran Acapulco) ganaba inesperadamente la guerra. Wegener buscaba sitio para el trapecio en el Valhalla y Alemania quedaba hecha unos zorros. Los holandeses ocupaban el hueco que había dejado el Tercer Reich y conquistaban en su nombre el mundo (Holanda llamaba a la puerta y decía que venía de parte de Wegener).

Justo cuando la reina Victoria iba a rendir armas también, el buen George, que nunca se daba por derrotado, se ofreció, siguiendo una intuición, a comparar a los artistas de Holanda con los del Reino Unido. Y... ¡la paliza era sonada!

George tiró de algunos hilos, logró contactar con el alto mando; contó lo que había descubierto, la moral subió en el acto. En cuanto la reina fue puesta al corriente, pidió sembrar Holanda de pasquines desmoralizadores. Rubens y Van Eyck no pudieron con tanta aptitud en disciplinas tan variadas.

Los holandeses aceptaron la derrota y, con el rabo entre las piernas, se recogieron de nuevo en sus fronteras. Los fuegos artificiales de Londres se veían desde La Haya.

Eso por un lado...

Por otro, conocí por fin a Justine, la mujer de George.

Yo acababa de cumplir cuarenta y dos, Justine era mucho más joven. Como una parte de mí temía (como ya sabía, en realidad), me enamoré de ella de inmediato. También ella de mí, y eso fue mucho peor. Aquello se nos fue de las manos.

Fue amor a primera vista, si bien Justine me conocía por fotos que su marido le había ido enseñando. George había imaginado un futuro tumultuoso, olvidaba que Justine era celosa y yo muy mirado: ella lo dejó plantado y yo la seguí, por no romper la armonía. Todo sucedió muy rápido.

George se entregó a la consunción. Le regalé mi parte del negocio. (Así es la culpa). Después, en virtud de un raro instinto, le pedí a Justine que nos marcháramos a Cambridge.

Nos casamos nada más bajar del tren. Al salir de la estación, le preguntamos a un señor por el vicario.

1944 puso fin a muchas cosas.

Justine tenía una belleza etérea que yo, amante devoto, podía contemplar durante horas. Vivíamos a las afueras de Cambridge, en una casa de dos pisos, como todo el mundo. En el piso de abajo estaban la sala de estar y la cocina; arriba, dos habitaciones medianas y un baño. Nunca hablábamos de descendencia, pero nos entregábamos a cuanto se recomienda para tenerla; ni en Salamanca me iba a la cama tan pronto.

Cambridge me gustó enseguida, llena como estaba de estudiantes, en eso me recordaba a Salamanca. Iba pedaleando a todas partes.

Pedí trabajo en un taller de reparación de bicicletas, que en Cambridge abundaban, comíamos emparedados de pepino en Parker's Piece, una explanada de hierba de veinticinco acres en mitad de la ciudad. (Allí nacieron las reglas del fútbol, que no han cambiado mucho desde entonces, salvo que ahora no puede usarse la mano). Justine y yo tirábamos la bicicleta en la hierba y almorzábamos mirando a los paseantes. Justine consiguió trabajo de maestra; la mayoría de los docentes había muerto durante la guerra y sobraban las vacantes.

Mucho se ha dicho y escrito sobre las virtudes de la educación inglesa, pero pocos han usado la vara como Justine. Justine —que guardaba mucho dentro— reducía a tiras finas las nalgas de los muchachos. Se valía del viejo truco de manchar de tiza la vara y usar la primera marca como guía; a partir del tercer varazo los gritos de los alumnos se oían al otro lado del Cam. Justine era una educadora excelente, no había estudiante, listo o tonto, que a partir del segundo golpe confundiera un adjetivo con un adverbio.

A veces recibíamos cartas de George con las letras medio borradas por las lágrimas. Justine me pedía que las leyera en voz alta.

George nos deseaba lo mejor. Nos decía que nos echaba de menos. Nos preguntaba que cómo estábamos. Que si éramos felices. Que si teníamos un sofá de sobra. Justine nunca le respondía, había acabado harta de él, se había endurecido, por así decirlo, no sentía por él pena ni compasión ni nostalgia; cansada de extravagancias, quería sentirse de alguien por completo. Estaba, a su manera, decepcionada. Yo sentía lástima por George, pero no tanta como para hacer algo al respecto.

Una mañana de primavera, después de visitar con Justine el museo Fitzwilliam (que a ella le entusiasmaba), un hombre nos abordó en la entrada de la calle Trumpington. Vestía de riguroso negro, con un traje con chaleco de tafetán y leontina de plata que muy bien podía haber sacado del baúl de un teatro; no era un fantasma, aunque recordaba a uno, quizá por su mirada hueca. No me asusté, nunca me asusto a la primera, vivo lo que tenga que vivir y ya me asusto luego. Justine, sí, un poco, o al menos le entró frío. El hombre se acercó y me dijo en castellano: «Me manda la bruja Luisa». (Justine se cubrió los hombros con el chal). «¿Entiende español ella?», me preguntó luego el falso espectro. Negué con la cabeza. «Mejor. No hay que olvidar que…».

Tomé a Justine de la mano y me alejé de allí; dejé al hombre en el sitio; ni de cerrar la boca tuvo tiempo. Le traduje a Justine lo que había oído y ella me afeó la reacción: «Tenías que haberle dejado hablar, ¿no ves que igual era importante?». Para mí la cosa estaba clara: el tiempo de la bruja había pasado.

Ya en casa, Justine me sentó en el sofá con gran prosopopeya, me pidió que recorriera para ella mis meses con Luisa. Primero puso expresión de enfado, de intriga luego. Al final se recolocaba un poco en el sofá, sinuosa, y exigía detalles. Acabó por ponerse efusiva, no sé por qué, y a los cinco minutos hacíamos el amor en el suelo.

Me hizo hablarle de todas mis novias, una por una, de las amantes que había y me habían tenido. De las prostitutas de París. Luego me tapó la cara con la mano y se puso a inventar nombres. Justine, que en el amor era de las calladas, encontró palabras que ni George habría aprobado y me hacía cosas con las manos que sólo había visto en las granjas. Sus palabras me llenaron el cerebro de caricias que me turbaban: hizo pasar a la bruja a nuestra revoltura, no la sacó de allí hasta dejarme perplejo sobre la alfombra. Después se aferró a mi torso y se quedó dormida en él, con la sonrisa más dulce del mundo. Quedé abrumado. Muy conmovido.

Lo que George no había logrado lo lograba el recadero de una portuguesa invisible con sabe Dios qué propósito, nunca cupo tanta gente en tan poco espacio. Podía sentir en la habitación el aire del Duero, su perfume de agua y rosas. Acompasé mi respiración a la de Justine. Aunque no entendía nada, me sentía suyo.

Me dormí como quien se deja tragar por un vacío negro, enamorado, confuso. No hay hombre en el mundo que sepa qué guarda una mujer en la cabeza.

9

Justine iba ahora al Fitzwilliam a diario. Miraba sin parpadear las monedas del Gran Mogol, el busto romano de Antínoo, los óleos de Tiziano y Canaletto. Aunque no sabía leer música, se quedaba horas mirando las partituras que había emborronado Haendel hacía tres siglos. (Si la acompañaba yo, me pedía que se las tarareara; si iba sola, se perdía entre los sarcófagos de la dinastía Tanis y ya tarareaba ella).

Buscaba —aunque no me lo decía— tropezarse con el hombre aquel, preguntarle qué quiso decirme. Yo sabía que no se encontrarían, que la bruja ya había cumplido su propósito.

Otras veces paseábamos por los claustros del King's College, piedra y musgo (tan salmantinos), dejábamos las bicicletas a la entrada y, como insignes matemáticos, dedicábamos horas a circundar el patio.

«Tienes que dejar el taller, Jaime», me dijo Justine un día. «Tú vales más que eso». No entendí mucho —ni entiendo aún— qué relación guardan ocupación y valía, pero le hice caso. Estaba, además, harto de bicicletas.

No supe encajar mi madurez sobrevenida, sentía que la vida iba, por primera vez, más rápido que yo. Me sumía en cavilaciones que a mí mismo me sorprendían. Caminaba con las manos a la espalda, como aquel Unamuno que había impresionado a mi padre. Me preocupaba por el bien de Justine. A veces me sentaba en un banco y suspiraba.

Vivíamos sin ahogos y sin holgura, en parte de su sueldo, en parte de lo que yo robaba, fruta, mayormente: le señalaba al tendero cualquier cosa y me metía una manzana en el bolsillo, o unas naranjas. Luego salía corriendo. Era una ocupación indigna para un hombre de mi edad, y eso me humillaba. Nadie me perseguía nunca (para evitarse la vergüenza). A veces regresaba a la tienda y lo dejaba todo en el cajón, avergonzado.

Nunca me he sentido mal por que una mujer me mantuviera, pero en aquel tiempo reflexionaba más; ahora que no estaba solo, ¿hacía lo suficiente? Tampoco es que me dedicara a sestear.

Caminaba mucho —como he hecho siempre—, miraba alrededor en busca de prodigios, me paraba en los accidentes de coche o daba consejos a los niños sobre sus guerras diminutas. Me dedicaba a Justine, que sólo reclamaba de mí que no la hiriera, aunque nunca me sentí a su altura. Aprendí a robar flores, para tenerla contenta. Empecé a pasar más tiempo en casa.

Tuvimos un hijo, Martín. Después, una niña, Anna. (A Martín Justine lo llamaba Martin, a la inglesa, y yo le quitaba una ene a Anna, que era Ana para mí. Todos contentos). Pero lo de Anna fue luego, después de dejar Cambridge.

Martín era un niño callado y curioso. Nunca lloraba. No lloraba si tenía hambre, no lloraba si tenía sed, no lloraba si tenía sueño, no lloraba si estaba triste. No lloraba. Le pinchaba con un alfilerito y nada; fumaba cerca de él o irrumpía de golpe en su cuarto y nada; Martín no lloraba. El primer año dormimos del tirón, aquel niño era un bendito; a veces Justine se levantaba por la noche, por si el niño se había ahogado; lo despertaba agitándolo, le gritaba. Por fin nos hicimos a la idea: el niño no iba a llorar.

La maternidad no cambió a Justine. Quería mucho al pequeño, lo atendía, se preocupaba por él, le daba todo su amor —el mismo que mi madre se había ahorrado conmigo—, pero a mí me quería como siempre, o yo no notaba la diferencia.

A veces se quedaba mirando a una chica guapa y me decía: «Me gusta para ti». (Me había acostumbrado a sus cosas, pero aun así me provocaba calambres).

El pequeño Martín lo observaba todo con mirada inteligente, no ponía ojos de búho, los achinaba de un modo especial, como si maquinara algo. Su primera palabra fue *why?*, la segunda, *vale*. Pronto habló inglés y español con igual fluidez.

Martín era muy pulcro, ordenaba los juguetes en perpendiculares exactas, separaba la comida por colores, contaba los cuadros de la pared, las nubes, las canicas, los botones. A los dos años ya leía. Con tres escribió su primera crítica (sobre una función escolar que no le satisfizo). Devoraba cuanto cayera en sus manos: cuadernos, catálogos, revistas, prospectos. Cuando empezó a reclamar libros, comprendimos que el sueldo de Justine no iba a bastar, y mucho menos mi fruta. Así que me puse en marcha.

En la calle Mill había un local cristiano al que la gente iba a que le leyeran la mano (como suena) —no sé cómo me enteré, por una amiga de Justine, me parece—; era una asociación benéfica que tenía una sala grande con mesas pequeñas, juegos de mesa y cuencos con castañas. Y un tocadiscos. Allí acudían las señoras y las personas extraviadas, también indios de la India, muy educados, que miraban alrededor con respeto. Y viudos dignos. Y estudiantes. A todos los atendían los jóvenes de allí, unos anglicanos muy amables que no hacían preguntas.

Una mujer mayor, al fondo del todo, le leía la mano a quien lo necesitara. La mujer iba allí a diario y nunca se lo reprobaban, cobraba un chelín por lectura y dejaba un poco en el cepillo. No hacía daño a nadie.

Le pedí que me contara mi pasado, lo adivinó de pe a pa, de Salamanca a Cambridge, Conchita incluida. (Me guardé mucho de preguntarle por el futuro). Me enseñó a leer cualquier mano en cinco lecciones, a cinco chelines la lección, veinticinco chelines en total, que recuperaría enseguida. Una ganga.

Esto aprendí:

La mano izquierda es pasiva, recoge los rasgos hereditarios, el carácter con el que llegamos al mundo; la derecha es activa y en ella se manifiesta la voluntad, lo que podemos hacer. Una mano complementa la otra, ambas deben leerse a la vez, nunca una sola. La línea más importante es la de la vida, porque representa la vida: si es larga, la vida es larga, si es corta, hay que empezar a cuidarse; si el arco excede el monte de Venus, presagia sensualidad, si no, no. Y así todo.

Empecé a interpretar las palmas en una parroquia cercana, cristiana también, para no competir con mi mentora (fue lo primero que acordamos). Una de las escasas parroquias católicas de la ciudad, una extravagancia.

Entré en el salón de juegos y puse cara de pena, que me duró unos días. Luego hice algunos favores que nadie me había pedido, como purgar los radiadores o arreglar el tejado.

Por fin busqué una mesa con buena luz y, sin pedir permiso, empecé a leerles la mano a jubilados y ancianas, sobre todo. Un cantante lírico que por las tardes trabajaba para el MI5 me preguntó si viviría mucho; tenía treinta y dos años y su línea de la vida no llegaba a los cuarenta. Con un cuchillo afilado se la alargué entre alaridos. (Según supe, vivió mucho). Enseguida corrió la voz.

10

De la primavera al otoño hice lecturas de mano con las que apenas gané nada: besos de señora, algunos chelines, nada que me permitiera sonreír de más al llegar a casa. Recorrí mil palmas con sus quinientas vidas, felices, desgraciadas, cortas, largas, vacías, plenas, a veces envidiables, a veces nada. Contribuía a la economía de la casa, nunca lo suficiente, aunque Justine jamás me reprochó nada. Aprendía sobre el anhelo de creer, eso era todo. Me formaba. Necesitaba ir más lejos...

Un día compré un tarot de Marsella en una tienda al norte de Arbury, una baraja usada que me valía muy bien, y la arrojé sobre la mesa delante de Martín (mi esposa corregía exámenes). Desplegué las setenta y ocho cartas ante su mirada seria. Había oído hablar, claro, de los arcanos mayores y menores, pero no sabía distinguirlos, así que los distribuí a voleo.

Así:

Si los personajes estaban de pie, eran para mí mayores. Si estaban sentados o aburridos, menores. A caballo, mayores. Objetos sin personaje, menores. Los separé en dos montones. Si alguna carta se parecía más de la cuenta a las de la baraja española, la ignoraba. No podía dar significado a todo, así que me centraba en las primeras figuras de cada montón. El Loco era para mí bueno; decidí que si salía era porque alguien iba a decir algo ocurrente. La Justicia era buena también (salvo si uno había hecho algo malo, entonces, no). Como tendía a la literalidad, el Colgado era, para mí, malo: malas noticias. El

Ermitaño, también, pero porque se daba importancia. El Emperador era bueno. La Emperatriz, mejor. La Sacerdotisa me encantaba, lucía bella y sabia, pero la puse en cuarentena, de momento. Al Mago lo condené enseguida. Los Enamorados eran buenos (Justine no paraba de mirarme y no quería problemas); el Diablo, malo.

Ahora venía lo difícil…

La Torre era mala para mí (el rayo que la alcanzaba no me gustaba un pelo), la Estrella y la Fuerza, buenas. Con la Luna decidí que improvisaría, según apetito y contexto; y con el Sol; y con la Rueda de la Fortuna; y con la Templanza. El Carro lo di por bueno. La Muerte simbolizaba la muerte, la llevé al fondo del montón. Y aparté definitivamente los oros, las copas, los bastos, las espadas.

Miré fijamente a Martín:

«Hola, hijo mío. ¿Qué tal todo?». Martín me miraba sin exponerse. «¿Qué quieres saber, Martín? ¿Qué te leo? ¿La salud, el amor, la suerte?». Yo barajaba las cartas y Martín pensaba.

«El amor», dijo por fin, con un instinto asombroso para un niño de tres años.

Comencé a posar los naipes en la mesa; él ni siquiera parpadeaba. «Verás, Martín… Ya verás…». Al volver la primera carta, apareció el Ermitaño. «Te enamorarás cuando seas viejo, hijo. Cuando seas muy muy viejo. Cuando seas un anciano encorvado con un fanal en la mano. Eso es bueno y eso es malo». Martín no cambiaba de cara. «Es bueno», continué (acababa de salirme la Fuerza), «porque no malgastarás… energía. Y eso es bueno». Tomé la siguiente carta. «Y es malo, porque todo…». La volteé. «Todo, Martín, todo… es… incierto». La Rueda de la Fortuna. «Y entonces, Martín, hijo mío…». Martín me miraba y me miraba. «Y entonces, Martín, yo qué sé…».

Porque no sabía nada.

Necesitaba encontrar y dar respuestas. Información concreta. Complacer, al fin y al cabo.

Revolví de nuevo el mazo y lo intenté de nuevo. «El amor, ¿verdad, Martín? Verás, hijo mío, verás…». La primera carta que salió fue la del Emperador, la cosa iba mejorando. Inspiré profundamente. «El amor, Martín, te irá muy bien. Irás muy holgado. Las mujeres, hijo mío, caerán a tus pies. Rendidas». Su boca dibujó una curvita. Saqué el Mago. «Y harás magia, Martín», le dije. «Magia con las… palabras. Y… con tu porte gallardo. Ya te vendrá el porte». Martín ni asentía ni negaba. «Con esa sonrisa, Martín, tan bonita que te nace». Yo iba cogiendo carrerilla. Martín, sensible al halago, estaba encantado. «Y luego, Martín, hijo mío…». Llevé la mano al montón. «Y luego, Martín, y luego… Y luego…». Saqué la carta de la Muerte. «¡Zasca, Martín! ¡Y luego zasca!».

Mal. Mal. Mal. ¿Cómo que zasca? Si salía la Muerte, algo había que decir, pero otra cosa: que algo acababa y nacía, que una etapa se cerraba, que se avecinaba un cambio. Lo que fuera, menos zasca. Acababa de perder un cliente potencial (que, en este caso, acababa de irse a leer al cuarto).

Justine –bendita Justine– se acercó entonces a ayudarme. Se sentó frente a mí con paciencia, bien pegadita a la mesa. Recogió con calma los cartones. Los barajó despacio. Me los tendió sonriente. Corté en dos el montón que me daba, se lo devolví. Le pedí que eligiera carta. Señaló, sin tocarla, la de arriba (como si todo estuviera bien, como si nada importara).

«¿Qué quieres saber?», le dije. «¿Algo sobre la salud?». «Todo sobre nuestro amor», me dijo con bondad indescriptible. Su sonrisa iluminaba el cielo. Volteé la primera carta. Salió la Fuerza otra vez. «Nuestro amor», dije despacio, «es más fuerte que un gran… perro. Que un gran perro grande y amarillo, vamos a decir que dorado. O un león». Igual que miraba la carta, la carta me miraba a mí. Justine no se impacientaba. «Uno de esos perros grandes que parecen, sí, leones y protegen los castillos, y sólo obedecen al rey. Y a la reina». Justine eligió de nuevo: el Mago apareció otra vez, como si no hubiera más cartas. «Cuidaremos nuestro amor…», improvisé lo mejor que pude, «igual que cuida de sus cosas el boticario». Yo clavaba la mirada en los detalles de la carta, casi sudando. «Como cuida de sus sustancias preciadas el boticario. De sus polvos, de sus plantas». (Los dibujos no eran tan prolijos). «Pondremos, Justine…». Yo escrutaba y escrutaba el dibujo hasta gastarlo. «Pondremos nuestros sentimientos a la vista de todos, como en una estantería. O boca arriba, sobre la mesa. Pam». Justine sólo sonreía, buena. «Seremos, Justine, sinceros. Muy sinceros. Con el otro». Analizaba cada pormenor, aunque no había tantos. Buscaba, simplemente, que Justine estuviera contenta. «Y luego, mi amor, ya, si acaso…». (Si acaso, ¿qué? ¿Qué quieres decir?). «Y luego ya…». (¿Qué?). «Y ya luego, Justine, si eso…». (Basta de pensar, habla). «Y ya luego, mi vida, en todo caso…». (¿Qué? ¿Qué? ¿Qué?). «Tocaré, Justine, la flauta». (¿La flauta? No pienses. Habla). «O mezclaré nuestro amor…». (Mejor. Vas bien. No te pares). «… Con una barrita, clin, clan, una barrita metálica, bien mezcladito todo». (Te estás perdiendo, Jaime, no te pierdas. Sólo habla). «Y yo, mi vida, mi luz…, llevaré un gran sombrero. Muy grande, Justine, bien grande. Para protegerte de la lluvia. A ti. Y tú…». (Y ella, ¿qué?). Levanté el último naipe. La Justicia. Qué decir…

Justine me miraba con dulzura. Apagué del todo la cabeza. Renuncié a pensar.

«Nuestro amor, Justine, es justo; justo y exacto. Responde a la ley de Dios». No sabía ni qué decía. «Responde a la ley de Dios; si alguien quiere separarnos, un ángel tocará la trompeta y el cielo se abrirá para nosotros, como se abrió para Moisés el mar Rojo. Y lo engullirá inclemente, igual que a nosotros…». (¿¡Qué?!). «Nuestro amor es anterior al mundo, Justine, y sólo el fin del mundo acabará con él. Y, aun entonces, ya veremos». (¿¡Ya veremos?!). «Y emite rayos, Justine, rayos en forma de pico». (¡No pienses!). Volví a soltar el timón. «Y tres mujeres desnudas…». Cerré los ojos, los apreté con fuerza, traté de vaciar la mente, mantenerme abierto al mundo… Pero no llegaba nada. Sólo sudaba y sudaba. «Y tres mujeres desnudas…». Justine me sujetó las manos.

«Y tres mujeres desnudas…». Inspiré profundamente. «Y tres mujeres desnudas…». «¡Me darás!», gritó Justine, con una sonrisa encantadora que no supe interpretar de inmediato. Su rostro estaba inundado de luz. «Ha sido precioso, mi amor», me dijo. «Vas a hacerlo muy bien».

Mis inicios de tarotista fueron, pues, titubeantes. Tuve algunos éxitos y algunos fracasos, que me sirvieron de mucho; mejoraba sobre la marcha. Dejé de analizar los dibujos y me dediqué a sentirlos. Luego estudiaba las reacciones de cada cliente, sus movimientos inadvertidos; dejaba que hablaran por mí, que completaran mis frases. Recogí un acervo subrepticio de deseos y frustraciones, un catálogo al que acudir sin pensar siquiera. Aprendí a dividir a la gente en no más de siete grupos, a reconocer patrones, pequeños sonidos, muecas. Aprendí a mirar, simplemente. Las mujeres daban más información, los hombres eran tan legibles que no necesitaban darla; la edad establecía diferencias, pero menos de las que podría pensarse; la clase social era relevante, pero menos de lo que habría creído. Asocié fisionomía y carácter sin distinguir lo que sabía de lo que percibía (no sabía si filtraba o decantaba). El propio tacto del naipe comenzó a servirme; olvidaba entonces los dibujos, salvo detalles vagos que daban textura a mis respuestas: un color, un destello, la posición de una mano, un adorno, eran cuanto necesitaba para avanzar entre la maleza, cada figura tenía su temperamento, una personalidad propia que variaba según el día, según la hora, según el clima, según la estación del año, según el trato, según el hambre.

Acabé por hacer las lecturas sumido en una especie de trance; los clientes más asiduos –damas, casi siempre– se sentaban frente a mí y yo les echaba un vistazo que no notaban, me vaciaba de distracciones y desplegaba entonces las cartas, me abría al millar de percepciones que, sin darme cuenta, reconocía, enlazando de forma automática objetivos y brotes. El susurro de los arcanos, siempre insuficiente, se completaba con un parpadeo, con un apartarse el pelo, con una mirada ansiosa, un morderse el labio, una sonrisa recatada, un cruzarse de brazos, un apretar los muslos. Despertaba por fin del ensueño y me encontraba con una criatura agradecida.

La cartera de asiduos crecía, como crecía su adicción, y con ella la mía. Conocí a secretarias, a catedráticos, a jardineros, a limpiadoras, a institutrices, a amas de casa, a científicos y monjas, a comerciantes y enfermeras, a militares, a filántropos, a asesinas, todos rebosantes de motivos para ser quienes eran. A todos les revelé un futuro que era igual a su presente. A todos les cobré cuanto pude (a unos más, a otros menos). A todos complací como supe.

Me convertí en una celebridad en Cambridge, comencé a acudir a fiestas y reuniones a las que con mejor pedigrí jamás me habrían invitado, disfruté de la alegría con que Justine se arreglaba, de cada uno de sus vestidos nuevos, de cada joya que se compraba (igual que Justine disfrutó de la fe ciega que ahora se me profesaba). El dinero dejó de ser un problema para convertirse en otro, más llevadero, y nuestra casa adosada dio paso a una residencia en la parte alta de la ciudad, con tres pisos, seis dormitorios, un despacho con grandes ventanales, un gabinete para las lecturas, tres cuartos de baño, una cocinera propia, dos criadas.

Y todo por decirle a la gente lo que ya sabía…

Justine, más diestra con la vara que nunca (que a veces se traía a casa) no quiso dejar las clases. Martín lo contemplaba todo con esos ojos grandes de dominar el mundo.

Fue entonces cuando Gurdjieff visitó Cambridge. Cuando la marquesa de Dacre nos invitó a la recepción que había preparado para el armenio en su palacete de King's Hedges. Cuando pasó lo que tenía que pasar. Cuando Gurdjieff habló de más y yo me quedé tan frío. Y él tan ancho.

11

Aunque nunca me deshice por completo de la seriedad de la infancia, renuncié del todo a ser feliz a los cuarenta y cinco años. Lo recuerdo como si fuera hoy. Los cumplí el 18 de octubre de 1947, el día en que conocí a Gurdjieff. Martín tenía ya tres años largos; mi esposa, veintinueve; y la que sería nuestra segunda hija, Anna, Anita, empezaba a practicar sus primeras acrobacias en el vientre de su madre. Teníamos, según cualquiera, cuanto pudiera pedirse, y eso mismo me hacía desconfiar: aceptaba la felicidad a regañadientes como consecuencia transitoria de alguna decisión, no como meta; como objetivo es banal. La felicidad es el sonido del bólido que ya ha pasado, un ruido aparatoso que lo es porque llega tarde y porque despierta recelo en los demás. Me fue muy bien en Cambridge, pero puse tanto cuidado como pude en no sonreír de más.

Gurdjieff bajó la escalera principal de la mansión Dacre vestido como un pordiosero ante dos centenares de ojos bien abiertos, flanqueado por las velas danzantes y las enormes flores blancas que adornaban la balaustrada, mesándose su gran mostacho gris de embajador caucásico, que es lo que era. Sin ser alto, lo parecía. Su cráneo liso y perfecto relucía a la luz de las arañas. Parecía divertirle vestir de pobre en aquel ambiente, aunque la ropa no le hacía perder su porte. Asceta, sabio, escritor, compositor de extrañas músicas…

Cuando besó a la marquesa, no olvidó apretarle las nalgas con fuerza.

Justine también quedó deslumbrada de inmediato; no en lo carnal, que yo supiera, pero su fascinación era visible, una atracción seria y prudente. Comprendí que Gurdjieff habría podido acostarse con ella en aquel momento si así lo hubiera dispuesto, o con cualquier otra, contra su voluntad incluso, o mudándola un grado. Yo mismo no estaba preparado para aquel torrente magnético: Gurdjieff movía un brazo y el aire de la sala cambiaba de sitio, giraba la muñeca y oscilaban las lámparas, temblaban los jarrones. Mostraba pleno control sobre su cuerpo, no movía un músculo de más, combinaba la gracilidad de un bailarín con el ímpetu de un oso.

Saludó a quien le pareció bien, eludió a quien quiso, ignoró a la mayoría. A veces besaba los labios de alguna dama, que caía al suelo en el acto. (Una vez lo intentó con un hombre, que quiso golpearle el rostro sólo para ver cómo su mano se detenía inexplicablemente antes de alcanzarlo). En sólo unos minutos, Gurdjieff había alterado la temperatura del lugar, tornado en procaces las conversaciones más castas y puesto a vibrar el palacio en una frecuencia que Cambridge no había conocido.

Se acercó a mí al dar las doce en punto, ni un minuto más ni uno menos. Fue directo adonde estábamos sin mirar aún a Justine.

«Voy a contarle un secreto», me dijo al oído. «Llevo tres años muerto, no se lo diga a nadie». Yo negué con la cabeza. (Me sentí enseguida tonto). Luego se acercó a Justine y le susurró algo también, a lo que ella asintió igual que yo, pero más seria y calmada. «Un hombre extraño», me comentó Justine luego, cuando Gurdjieff se perdía en el jardín, provocando todo tipo de reacciones. «¿Qué te ha dicho?», le pregunté. «Que no eras tú», respondió ella, mientras bebía un sorbo de champán. «Pero casi».

Parecía pensativa.

«No me gustaría pasar mucho tiempo con ese hombre», concluyó después. «Pero tú deberías hacerlo. A ti te conviene».

Luego se acercó a consolar a la marquesa, que llevaba un rato gimoteando junto a la escalinata: dos semanas de esfuerzo agotador cuidando cada detalle y ahora nadie le hacía caso. Y menos que nadie, Gurdjieff.

Dos días más tarde, Gurdjieff se plantaba en la puerta de casa sin avisar siquiera, a las ocho en punto de la mañana. Le ofrecí, por cortesía, que pasara a desayunar, pero él se negó con un gesto suave. Llevaba guantes de cuero, un sombrero que le protegía la calva, su mágico bigote prusiano. «Acompáñeme», me dijo. Justine me dio su conformidad con un gesto.

Cuando lo alcancé (el armenio se alejaba a buen paso, un paso inusual en un muerto), se puso a hablarme sin mirarme.

—Ha tardado, Fanjul —dijo.

—El tiempo de coger el abrigo.

—No me refería a eso. Hace un día precioso.

Un playerito blanco, más perdido aún que yo, pasó volando ante nosotros.

Gurdjieff eligió una cuesta pronunciada. No bajó el ritmo, si acaso lo aumentó.

—Llevo tres años muerto. ¿Se lo había dicho?

—Me lo dijo en la fiesta.

—Pues se lo digo otra vez. ¿Cree usted que es una imagen retórica? ¿Que es una forma de hablar? ¿Cree que me refiero a otra cosa? ¿Cree que es una metáfora? ¿Que no estoy muerto?

—¿Qué quiere de mí, Gurdjieff?

—Llevo tres años muerto, Fanjul. Uno, dos y tres. Muerto del todo. Morí el 29 de octubre de 1944, puede buscarlo, si quiere. Antes de que lo cambien. Hace tres años.

—¿Qué quiere de mí, Gurdjieff?

—La pregunta es: ¿Qué quiere usted?

—Llevar el abrigo a casa. Y quedarme allí con él.

Gurdjieff me dedicó una sonrisa que podría interpretarse de muchos modos.

—Pregúnteme lo que quiera —dijo apretando más el paso. Su inglés era casi cómico. Como de espía de cine.

Respiré hondo…

—¿Por qué está aquí, Gurdjieff? Aquí, conmigo.

—No siempre se puede elegir.

—No le he llamado —le dije—. Puede ir donde prefiera.

—Yo ya no prefiero nada. Hago lo que hay que hacer.

Gurdjieff volvió a mirar en todas direcciones. Escogió una.

—¿Adónde me lleva, Gurdjieff?

—Aún no lo sé.

Gurdjieff se detuvo en seco. Volvió a mirar alrededor. Esta vez se decidió por una callejuela estrecha, que enfiló con convicción.

Le seguí como pude. Resoplando.

—Aún no lo sé… —murmuró de nuevo, sin voz apenas.

—No le entiendo.

Esta vez me miró a los ojos.

—No, no me entiende, Fanjul. Ni va a hacerlo. No entiende nada. Debería dejar de intentarlo.

Gurdjieff golpeó el suelo con el tacón y dejó que el sonido rebotara contra las paredes de piedra. Luego prosiguió la marcha, detrás del eco.

—Estoy aquí por su mujer —dijo sin mirar a los lados.

—¿Por Justine? ¿Le ha llamado ella?

—¿Se da usted cuenta, Fanjul, de lo especial que es?

—Sí —contesté de inmediato, molesto por su pregunta.

—Claro que no se da cuenta. No sabe quién es Justine.

—Claro que lo sé. Sí.

—¡Ni ella, Jaime! Ni ella sabe lo especial que es.

Gurdjieff me llamaba Jaime por primera vez.

—¿A qué se refiere? —le dije.

—Su mujer, Jaime, mueve planetas. Crea mundos, los hace posibles. Enciende las estrellas. Y se ha entregado en cuerpo y alma a usted.

—Lo sé.

—No. No lo sabe.

—¡Lo sé! —protesté.

—¡No lo sabe! ¡Nadie lo sabe! Por eso se lo cuento. ¿Sabe, Jaime, lo que significa Justine? Su nombre, digo.

—No —admití—. ¿Qué significa?

—Nadie lo sabe. Y yo tampoco.

Se detuvo y esta vez golpeó las manos entre sí, dejando que el cuero resonara hueco en la mañana. Exhaló una bocanada de aire.

Decidí cambiar de estrategia:

—¿Qué le dijo a Justine en la fiesta?

Gurdjieff volvió a apresurarse.

—No se preocupe por eso.

—No se preocupe usted. ¿Qué le dijo?

—Lo sabe, Jaime. Justine se lo contó. Mala idea.

—¿Mala idea?

—Ahora se hará preguntas. Preguntas que no sabrá responder.

—Hágalo usted.

—No serviría de nada.

—Inténtelo

—No.

Gurdjieff se detuvo por última vez, esta vez frente al Fitzwilliam, que había emergido de la nada como por arte de magia. Gurdjieff frunció el ceño. Me miró con curiosidad genuina.

—¿Cómo sabe que soy Gurdjieff?

Aquello me pilló por sorpresa.

—No lo sé.

—Y, sin embargo, lo sabe, ¿no es cierto? —Gurdjieff sacudía la cabeza—. Ha oído hablar de mí, mal y bien. Me ha visto mover el tiempo. Ha visto cómo Justine, que no se fija nunca en nadie, se fijaba en mí. ¿Qué más sabe? Sabe qué le dije a Justine, lo sabe, y sabe qué supone, aunque no lo sepa. Sabe que usted «no es él», lo sabe, ¿verdad? —me guiñó el ojo—, «pero casi». Aunque no sepa quién debería ser. ¿Se pierde? Claro que se pierde. Se pierde porque no es usted. Pero casi, Jaime. Casi. ¿Sabe qué significa eso?

No esperó a que contestara.

—Sabe que ni de lejos es lo que debería ser. Sabe que tiene aptitudes que desprecia. Sabe que no es como los demás, pero que carece del hambre de prosperar. Lo sabe y no sabe nada. Su indiferencia nos insulta a todos y eso es lo que lo hace único. Le da igual. Siempre le ha dado igual, ¿no es cierto, Jaime? Ha sido tocado por un dedo que no toca a nadie. Nunca. Y que le ha tocado a usted. Y usted, que no sabe nada, sabe, sin embargo, eso. Desde el primer día. Sabe que nadie ve el mundo como usted lo ve.

»¿Sabe a qué ha dedicado su vida, Jaime? A nada. A perder el tiempo, Jaime. Ni siquiera niega su naturaleza para intentar, simplemente, no verla: la asume. Asume su condición con indolencia. No le importa. Es tan irresponsable que descree de toda misión. No ha querido avanzar, pero tampoco ha tenido la dignidad de naufragar y detenerse; simplemente le ha dado igual. Le da igual todo, Jaime, o eso cree. Y, francamente, ya no sabemos qué hacer con usted.

¿«Sabemos»?

—Estamos desesperados, Jaime. Le hemos enviado señales, le hemos dado toda clase de oportunidades. No sabemos qué ha visto en usted Justine, que podría estar con cualquiera y ha decidido depender de un idiota, ser feliz sólo si usted lo es. ¿Entiende qué es la dependencia, Jaime? ¿Entiende la clase de entrega que hace falta para depender de alguien? ¿Para decidir hacerlo? ¿Entiende algo, Jaime?

Yo no entendía nada.

—Claro que no, Jaime, no lo entiende. Ni entiende ni quiere entender. Y eso, Jaime, es lo que lo hace a usted tan valioso. ¿Se da cuenta? ¿Se pierde?

Me perdía.

—Por eso y por ningún otro motivo estoy aquí, Jaime. Con usted. Porque nadie es como usted, Jaime. Usted no es un valiente ni un cobarde, no es egoísta ni es generoso. Usted, que no es tonto, no es listo. ¡No es nada! Le ha dado la espalda a su estrella y le da exactamente igual. No ha vacilado ni un instante. Ha esquivado cuanta oportunidad ha recibido de progresar. ¡Pero no se ha quedado quieto! Ni siquiera hace eso, Jaime. ¡Detenerse! Ha encontrado su camino borrando intencionadamente cada huella que podría haber seguido y cada rastro con que podrían haberlo seguido a usted. Ha renunciado a ser dueño de su vida y no ha querido guiar a nadie ni que lo guíe nadie. Es usted único, Jaime, y cómico: ahí está, mirándome como un bobo, como un conejo mira los faros del camión que va a pasarle por encima, sin desconcierto siquiera, pura ignorancia, deseando sólo que pare de hablar. Así que, ¿sabe qué, Jaime? ¿Sabe qué vamos a hacer?

Yo qué iba a saber.

–No. No lo sabe. ¿Cómo va a saberlo? Yo mismo, Jaime, no lo sé. Porque ahora y sólo ahora, viendo cómo me mira, sé que no hay nada que hacer. Nadie podrá hacer nunca nada por usted. Nunca. Ni yo ni nadie. Nada que no pueda hacer Justine, sólo ella; y Justine no está pudiendo, Jaime. Ella le quiere. Es feliz. Pero ¿sabe qué, Jaime? Aunque ella no le quisiera, usted sería exactamente igual. Así. Como quiere ser. Lo que quiere ser. Porque usted es incapaz de cambiar por nadie. Usted no lo sabe, claro, cree que también la ama a ella, pero usted, Jaime, no ama. Sólo se ama a usted. Y ni siquiera tanto. Está usted tan dormido que no acepta que le digan nada ni le dice nada a nadie. Ni por ayudar, siquiera. Piensa que si Justine está a su lado es porque ella así lo ha decidido y nada tiene, pues, que reprocharse. Idiota. ¡Idiota! Cree que el modo en que usted la quiere es una bandera en su vida, un jalón. ¡Y es verdad! Está en lo cierto. ¡¿Y qué?! Ella se merece más, ¿no lo entiende? Mucho más. Y usted no. Usted, que ha desperdiciado tanto, no se merece nada.

»Salvo que usted no pide nada, ¿verdad, Jaime? Y es, por tanto, su propio dueño, después de todo. Se pertenece de un modo que ni yo, Jaime, que lo he visto todo, había visto. De un modo que desconocía. Que no habíamos visto, Jaime. Y eso, Jaime (lo entiendo ahora), es exactamente lo que Justine ve en usted. Así que no hay manera de ayudarle, Jaime.

No yo. No ahora. Ni nunca. Ni nunca, seguramente. ¿Lo comprende?

Yo no entendía ni quería entender nada, aquel hombre me abrumaba, me daba dolor de cabeza. Me hacía pensar, me hacía desear salir corriendo. No entendía qué quería. Entendía que hacía frío. Entendía que echaba de menos a Justine, mucho, muchísimo, de repente. Y un poco a Martín. Entendía que no había desayunado. Que tenía una lectura de cartas difícil para esa misma tarde. Que en el Lyceum echaban una película con Norma Shearer y Clark Gable con un monólogo muy largo que —decían— estaba muy bien.

Comprendía las cosas importantes. Que me encantaba dormir bajo el edredón de plumas junto a Justine, saber que el jardín olería a hierba recién cortada cuando llegara, que siempre podría contar con un café recién hecho o una taza de té. Empezaba a comprender también —pues muchas cosas son posibles al tiempo— que me daban igual las plumas, la hierba, la cama, Norma Shearer, el desayuno, la ropa. El café. Que me daba igual yo mismo, que no podía resultarme más indiferente, y que, si alguien de verdad no me importaba, ese era, precisamente, Gurdjieff, el oscuro, el griego negro, el tigre de Turkestán, el príncipe Ozay, «Tataj», el milagro, Bon-Bon, *monsieur le professeur*, el maestro de danzas, George Ivánovich Gurdjieff.

Y así se lo hice saber.

Le dije que agradecía su desvelo, el esfuerzo que hubiera hecho para materializarse ante mí o para hacer lo que hubiera tenido que hacer. Le estreché la mano —bien corpórea—, le deseé lo mejor. Y Gurdjieff, que ahora sonreía, comenzó a desvanecerse ante mis ojos mientras alzaba el sombrero y agachaba la cabeza con educación.

Quedó sólo el bigote, allí suspendido. Luego, nada.

Fue entonces cuando supe que era él, que se trataba, después de todo, de Gurdjieff. Que no era un embaucador.

Fue entonces cuando decidí también —en ese momento y no en otro— que en lo sucesivo intentaría estar tan contento como pudiera, pero renunciaría, si estaba en mi mano, a ser feliz.

12

Un niño mira hacia arriba y ve a su padre, gigante ecuánime, que le cambia el pañal y también lo mira a él, moviéndose a cámara lenta: no necesita saltar ni agitarse para explotar su motricidad flotante, el padre simplemente habla y refuerza cuanto dice con gestos de astronauta que amasan el aire, o con un alzamiento de cejas, o con una sonrisa que tarda una vida en formarse. El niño no entiende nada, para él su padre es un coloso que emite vocales anchas como un paisaje sin árboles, o a veces cerradas, puntiagudas como una advertencia, o a veces sinuosas y sopladas y, por tanto, relajantes. Como algo que sea relajante. El niño está en su mundo.

El padre −cuerda que vibra, caja de resonancia al tiempo− pone su mejor compromiso evolutivo en hacer del bebé un bonsái, cuando lo único que el bebé quiere es descargar la vejiga. Así que el padre suelta el bote de polvos justo a tiempo y hace parapeto con la mano. Y cierra a la vez un ojo, siempre a cámara lenta. El niño lanza su pis al espacio y el padre se vuelve como puede, por si puede salvar el ojo; y emite un grito silente que, en cuanto las aguas se remansan, se convierte en sermón. Articulado. Pedagógico. Preciso. Que nadie recibe.

Vivir es contradecirse. Equivocarse sin saberlo y saberlo luego. Mudar de piel, de estatura, de peinado, de criterio. Funciona en el plazo largo y en el vuelo corto, no hay forma de anticipar qué viene ni de entender qué pasa, cualquier intento de análisis es como cerrar una maleta sentándose en ella, cualquier pretensión de imparcialidad se frustra con la urgencia. La tentación no es mentir: es concluir. Una pavesa inflamada cruza la estancia frente al ventanuco abierto, ¿hace acaso falta más para confirmar el incendio? Para colgar al pirómano. Para convertir en héroe al bombero. Cae otra esquirla y ya son dos las marcas en el suelo, dos puntos para inventarse una recta que, al prolongarse, promete una meta segura en algún lugar del futuro. Sólo que cae otra esquirla. Fuera del patrón soñado. La recta ya no vale. Toca reimaginar el cuento.

Mirar alrededor es asombrarse, poner el asombro en cuarentena y asumir la imperfección de los sentidos. Aprender es creer algo y describirlo, dar una lección, mirar de arriba abajo al ignorante, recibir información nueva, dejar de creer, dar una lección al respecto, mostrarse vehemente, equivocarse de nuevo, dar otra lección, perder la vehemencia, sorprenderse, dar una lección pequeña, optar por esperar, ser más prudente, reservarse la lección de la prudencia, formarse, dudar, ser paciente, empezar una lección sobre la paciencia y cortarla a tiempo, dejar, por fin, de dar lecciones… Crecemos al hacernos más pequeños, al aplazar el juicio, al abrir la mirada de tanto concentrarla. Equivocarse es lo justo, sólo la lección sobra.

Un niño mira hacia arriba y ve a su padre gigante, ecuánime, que también lo mira a él. Moviéndose a cámara lenta.

Hasta que el niño escoge mirar más lejos…

El mundo, que se movía con lógica de árbol, empieza a acelerarse entonces, a escurrírsele entre los dedos. Un cometa cruza el cielo cada setenta y seis años. Un glaciar se deshace en el mar justo ahora. Un concejal dimite. Un amor descarrila. Una vaca muere. Nada importa y todo importa, nada tiene solución y todo la tiene; nada acaba. El niño, que ya no mira a su padre como antes, se ha caído de la silla tanto y tan bien que puede permitirse errores nuevos. Lo mucho o poco que aprenda lo hará con la tibia, contra sus propios muebles. Nada habrá procesado de homilías y evidencias, nada de avisos, nada de indignación agitada, de admoniciones. Ninguna lección puede darse que no sea la del ejemplo.

De lo estudiado queda lo descifrado. De lo vivido, lo entendido. Del murmurar del padre, cuanto hizo. Cuanto no dijo.

13

Gurdjieff se me apareció otra vez. En la cabeza. A veces me acordaba de aquel caballero teósofo y rubio que en Bruselas me pidió que lo siguiera (al armenio, no a él); recordé muy bien su rostro cuando Gurdjieff intervino por última vez en mi vida valiéndose de su cuerpo simbólico.

Justine, Martín y yo comíamos en un restaurante del centro. El maître me reconoció (el tarot era ya más popular en Cambridge que los bailes de salón) y avisó de inmediato al chef, que nos invitó a pasar a la cocina. Nunca he entendido por qué es un privilegio entrar en las tripas de nada, pero Justine estaba encantada, se deshacía en elogios con cada salsa que olía, con cada trufa o plato con que el lugar le llenaba los ojos. Se dejaba cortejar por aquel hombre, como hacen a veces las damas.

Martín, curioso, se asomaba también a los pucheros, con peor equilibrio que su madre, hasta que, ¡zas! Arrimó el brazo a una olla, y el metal, ¡chsss!, le marcó la piel como si fuera ganado.

¡Qué manera de chillar!

Roja como pulpa de pomelo, la piel de Martín latía, se le abombaba como si alguien hubiera pisado una manguera. Aun así, el crío no lloraba.

Justine sujetó a Martín del brazo, lo llevó a toda prisa bajo el grifo.

«¡Detente!», le grité con voz prestada.

Justine se detuvo.

No era yo, era Gurdjieff, que se había hecho dueño de mí (esas cosas pasan). Sentí un vigor desconocido; se despertó en mí una erección que, lejos de ser contingente, se diría parte esencial de aquel galimatías.

Le arrebaté el niño a Justine y le puse el brazo directamente sobre el fuego, como si quisiera asarlo. Lo sujeté con fuerza.

«¡¡Jaime!!», se espantó Justine (con motivos bien fundados). También el cocinero aullaba, orgulloso de su herencia italiana.

Ajeno tanto al caos general como a mi real voluntad, mantuve el bracito de Martín sobre la llama, aguantando como pude los embates de Justine, que intentaba derribarme como quien intenta abrir una puerta atascada. Cuando Gurdjieff quedó satisfecho, me soltó el cuerpo de golpe, y yo solté de golpe a Martín.

Caí contra un mueble, emancipado de nuevo; el pequeño quedó a solas con su brazo, que contemplaba pasmado. Justine no daba crédito.

La piel de Martín estaba como nueva. Un poco encarnada, si acaso, pero en lo esencial indemne.

Justine se nos comió a besos a los dos, al niño y a mí, no pidió explicaciones. Dijo adiós al personal del restaurante, cogió al niño de la mano y nos fuimos a casa.

Algo se le metió en la cabeza…

Esa misma tarde mandaba empaquetar nuestras pertenencias y ponía la casa en venta. Le comunicó al servicio que nos marchábamos, que cambiábamos de ciudad. Les dijo que podía acompañarnos quien quisiera.

La cocinera declinó la oferta (una tragedia). Las dos doncellas aceptaron (otra).

Justine me dijo que sabía lo que se hacía, que no debía preocuparme. Decía que nos aguardaba un futuro luminoso, que a veces hay que hacer caso a los impulsos, que para eso están. Que se sentía optimista. Decía que Cambridge nos había dado ya cuanto podía, que no pusiera esa cara, que ya lo entendería todo cuando llegara el momento.

Así que dejamos Cambridge, en carruaje, por empeño de Justine, en lugar de en tren o en automóvil, con la única intuición segura de marchar al norte.

Las doncellas atendían a nuestra espalda el equipaje más valioso y otros tres coches de carga nos seguían. Parecíamos la Sagrada Familia —y servicio— camino de Egipto.

14

Faltaba poco para la primavera y el tiempo mejoraba rápidamente. «Al norte», decía Justine cada vez que un cochero le preguntaba por el destino. «Al norte, ¿dónde?», insistía el cochero. Justine se encogía de hombros.

Llovió, hizo sol, se levantó viento. Hubo mañanas nubladas, tardes radiantes. A veces nos cruzábamos con algún automóvil orgulloso que hacía sonar su claxon de oca.

Por fin llegamos a Blumerbee, en el condado de Falshire, un lugar más frondoso aún que Escocia, al pie de la Laguna Verde, a la que los ancianos del lugar llamaban Grēne Mere. Justine no supo explicar por qué habíamos parado allí, pero se acariciaba el vientre: «A Anna le gusta», decía. Y Ana confirmaba la impresión de su madre desde la placenta y en voz alta.

Anna Fanjul —siempre Anita—, hija de Justine y de este escribidor, hermana de Martín —para su madre, Martin—, nació el 13 de marzo de 1948, nada más llegar a Blumerbee, sin apenas darnos tiempo a bajar del carro, en la taberna del pueblo, el Fleece Inn, que también era pensión, estanco y farmacia. Fue un parto limpio, Anna ayudó muchísimo, no sólo se colocaba inmejorablemente, también daba instrucciones a la comadrona. En menos de una hora se había aseado, aprobado el vestuario y dormido una siesta rápida. (Con el tiempo se haría menos mandona, o mandaría de otra manera).

Una semana más tarde, Justine elegía hogar definitivo para todos, un *cottage* de lo más resultón pintado de azul, con techo de paja, a la salida del pueblo, mientras Martín, a quien le daban igual las casas y recelaba de la atención que le había robado su nueva hermana, decidía enfermar bruscamente: cayó en una postración melancólica que le provocó heridas en la frente y cruces supurantes en las palmas de las manos. (En Blumerbee eran todos anglicanos, así que los estigmas se recibieron con agrado).

Aquello excitó una guerra fratricida.

Para combatir las largas colas que lograba formar Martín, Anna empezó a expresarse en lenguas muertas: chascaba la lengua, curvaba la espalda, emitía consonantes alveolares, todo muy técnico. Si Martín lograba aplausos haciendo botar la cama, Anna flotaba directamente sobre la colcha y se los robaba. Los vítores iban y venían, fueron días exaltados que acabaron en tablas. Nos dimos a conocer por la vía rápida.

Dejé de usar la baraja, innecesaria en aquel pueblo que aceptaba por igual lo sagrado y lo profano; me bastaba con acercar las manos y mirar bien a cada cual. Aprendí mucho de mi estancia en Blumerbee.

15

Justine no se inquietaba por el dinero y tampoco yo; si a mí me importaba lo justo, lo mismo a ella. La venta de la casa de Cambridge −que se hizo bien y sin prisas− evitó, además, cualquier incertidumbre.

Los niños empezaron a ir al colegio. Martín, para impartir clases; Anna, para tener algo que hacer al apearse de la cuna.

Justine se dedicó a organizar la casa: llevó los dormitorios al piso inferior y la sala de estar arriba. «Para ver qué tal», decía. Mandó hacer el baño fuera, en una caseta, para que no nos acomodáramos. Cuando era pequeña era así, decía.

En cuanto acabó de ordenar, quiso aprender a pintar paisajes al óleo, a beber un poco y a tirar con arco, todo en la parte de atrás del *cottage*. Si le gustaba mucho un cuadro, pintaba otro encima; decía que en la memoria es donde mejor se conservan las cosas. (Si no le gustaba, lo atravesaba con una flecha y lo cosía al árbol para siempre, para que se pudriera allí).

Por mi lado, empecé a llevar una sartén encima.

Acarrear una sartén no es un sí o un no, las circunstancias lo determinan todo; es un depende que denota, como mínimo, previsión. Justine no me juzgaba, pero los demás sí, aunque siempre me he sentido complacido con las miradas reprobatorias, que me han dado a la vez la seguridad de enfrentarlas.

A veces me paseaba por el pueblo.

Me sentaba, por ejemplo, en una mesa del Fleece y, agitando la sartén, pedía una pinta. O la dejaba en el mostrador para que me la llenaran con los emparedados que le gustaban a Justine, y se los llevaba en ella. Si iba a misa, cargaba con la sartén en lugar del misal. Si acudía a una puesta de sol (en el lago, por ejemplo), lo mismo. A veces, cuando iba de visita o me acercaba a la biblioteca pública o me sentaba en un banco o iba a por el pan, me la olvidaba y sentía la urgencia ineludible de regresar a por ella, fuera la hora que fuera. Durante varias semanas le dediqué mi atención completa, con sus ventajas y peros, que de todo hubo. Como los peros son más claros, repasaré las ventajas:

Llevar una sartén encima exige un inmediato recuerdo de sí (por ser un objeto incómodo impide el sueño); el peso, el sonido contra el aire, la reverberación al golpear cualquier objeto, son pruebas incontestables de la propia existencia.

Permite freír huevos.

Y esas son las ventajas.

Pero, como la percepción de uno desaparece con el hábito, al poco dejé la sartén y empecé a llevar una pala.

Una pala es más pesada, hay que cambiarla de mano y procura una estampa imponente, así que las burlas de la sartén se convirteron, con la pala, en alarma, lo que le convenía más a mi fama. Los niños, por ejemplo, dejaron de discutírmelo todo.

Un día, en mitad del páramo, me sorprendió una nevada densa. Para regresar a casa debía cruzar un vado que la nieve había hecho impracticable, así que comencé a cavar; no habría podido salir de otra forma. La pala me sacó del aprieto, pero su utilidad —ahora objetiva— lo había arruinado todo. No quise volver a llevarla.

Nada me admiró más de Blumerbee que la Laguna Verde. Era con diferencia el lugar más bello del condado, aunque los paisanos no la visitaran apenas (igual que los neoyorquinos no pisan el Empire State o los de Salamanca no miran arriba ni a los lados al cruzar la Plaza Mayor). No era fácil verme lejos del lago.

La laguna del Grēne Mere es una masa de agua oscura que, bajo ciertas condiciones, adquiere un tono verdoso que le favorece mucho, pero su color habitual es el del plomo. Da la impresión de no tener fondo. Dibuja un contorno irregular, ora rocoso, ora llano, exuberante siempre. Cerca del centro se alza un islote que no tiene nada de extraño, salvo la presencia de un único árbol, un árbol de lo más normal, con hojas normales.

A veces, en los meses de verano, los niños nadaban hasta él (la mayoría volvía). El resto del año sólo se acercaba por allí algún pastor en busca de setas, el vicario de Blumerbee, que vivía afligido por viejos remordimientos, o alguna pareja retozona. Los animales no bebían del lago por razones que detallaré luego. A menudo llovía, pero nunca sobre el Grēne Mere. Un misterio más.

Por bonito que fuera el Grēne Mere, su verdadera belleza reposaba en lo más profundo, como sucede con las personas. Un nadador poco atento veía en él sólo un estanque, y casi siempre tendría razón. Para alguien sensible, sin embargo, el lago era un mundo inexplicable.

Siete mujeres vivían en las profundidades, siete damas de cabellos largos y tules levísimos, como las estrellas de Hollywood. Sus cuerpos tenían un suave brillo esmeralda, igual que el mismo lago, y ondeaban bajo las telas con la delicadeza de un sueño.

Yo pasaba horas y horas bajo el agua, departiendo con ellas de los temas más diversos. Eran cultas y discretas; amables si nada les irritaba (si un incauto despertaba su ira, más le valía saber nadar bien).

Las siete mujeres, con sus siete temperamentos, se nutrían de cualquier cosa que se moviera, ave o mamífero. A veces se comían a algún forastero. La fauna del lugar estaba muy informada y, aunque sintiera sed, nunca bebía de allí, de modo que las ninfas salían a cazar de noche y regresaban al agua antes de la salida del sol, con alguna ardilla en la tripa.

Las Siete Damas (así las bautizó Justine cuando le hablé de

ellas) tenían poderes incomprensibles. Podían, por ejemplo, ver y hacer ver el pasado. Podían hacerte sentir lo mismo que sintieran ellas. Podían dar saltos sobre el agua de más de diez metros.

Aunque me tenían aprecio, no siempre acudían cuando las llamaba; a veces pasaba horas allí, flotando en la oscuridad ingrávida, esperándolas en vano; disfrutaba entonces del abismo y de la ausencia de estímulos. (El Grēne Mere es un pulso, no un lugar, el tiempo corre allí de otro modo). Cuando me cansaba, salía a la superficie, a menudo después de varios días.

Aquellas aguas me hicieron más callado. Con las Damas corrí toda clase de aventuras de las que nunca di cuenta a nadie, aventuras de las que no dejan rastro porque transcurren dentro del cerebro.

16

En casa, mientras contaba una a una las gotas de los cristales y los niños aullaban como fieras enjauladas, se me iba apareciendo –a mi pesar– el fantasma de la libertad perdida. Ya no tenía el empuje de antaño, pero aún conservaba el suficiente como para anhelar algunas cosas y ponerme, sin querer, un poco irracional a veces. Una parte de mí fantaseaba con recobrar la soledad de otro tiempo, pero la culpa y la edad desbaratan todo espejismo. No me sentía mal por mis hijos, que sabrían apañarse sin mí, me sentía mal por Justine, y por mí sin ella: sólo imaginármela lejos me consumía (aunque ella me amaba tanto que no me habría retenido).

Anhelar es casi siempre añorar, pasa cuando asoman los cincuenta. Decidí no alimentar mi levedad y aceptar, como todos, la verdad del tiempo. Que es la de la vida.

17

Como es arriba es abajo, como es abajo es arriba. Cada imagen tiene su reflejo. El alpinismo fue en Blumerbee mi segunda afición después de la inmersión acuática. (No hay en todo el Falshire montañas altas de verdad, ni siquiera en toda Inglaterra, pero a unos diez kilómetros al norte de Blumerbee se levanta un monte pelado, el Jambert Pike, que presenta algunas dificultades. Yo, al menos, las tuve).

Para que Justine pudiera descansar y disfrutar del silencio de la casa, le di al servicio el día libre y me llevé a los niños a la montaña. Fue en la primavera de 1951, no recuerdo el día exacto, el primero sin lluvia en dos semanas.

Anna tenía ya tres años, Martín no sé cuántos tendría, aparentaba unos doce, debían de ser seis o siete (razonaba como un viejo). Yo tenía cuarenta y nueve y, aunque aún me sentía en forma, los huesos iban marcando sus límites.

Al pie del pico les expliqué a ambos que no usaríamos piolets ni crampones ni arneses. Ni botas especiales. Que el atractivo de la escalada residía en la posibilidad de morirse. Martín miraba a su hermana y luego a la pared, a su hermana y a la pared, por turnos y haciendo cálculos. La niña me miraba a mí. «Es lo que hay», decían mis ojos.

Me pareció prudente ir por delante.

Con un alehop seguro salté a cuatro manos sobre la pared: me aferré bien a la roca y comencé a reptar en vertical con técnica de cucaracha. Al cabo de un minuto miré abajo, para comprobar que me seguían: Martín se había echado a la niña a la espalda e iniciaba su ascensión detrás de mí. Ni él ni su hermana se quejaron de nada.

Almorzamos a media ascensión, a eso de la una y media. En un repecho.

Martín, sentado al borde del saliente, nos contó sus planes. Quería empezar una carrera y acabarla el mismo año. Quería trabajar en una compañía petrolífera que le permitiera conocer Egipto y el África Oriental. Quería alistarse en el ejército, donde aprendería a pilotar y del que saldría valiente; eso le prepararía para la vida. Se casaría con una mujer fértil y sumisa y con el tiempo acabaría de primer ministro, si no más, con muchos hijos que desempeñarían para él los más útiles cometidos. Lo tenía todo pensado. Anna miraba el paisaje.

Al poco, continuamos subiendo.

La fiesta empezó cuando perdí el pie y quedé colgando de la fachada; con el balanceo golpeé sin querer a Martín, que acabó agarrado de una adelfa que estaba justo donde correspondía. Como con la humedad perdía agarre y la planta se le escurría, optó por descargar peso y deshizo el nudo de la bufanda con que llevaba sujeta a Anna, que saltó en el último segundo y halló asiento en la pared —por muy poco— con sus deditos de ventosa. Eso le sirvió a Martín para soltarse él de la adelfa, que se deshizo con el gesto, y, en medio de una nube de hojas, agarrarse de milagro a su hermana, quien, ahora segura, le pateaba la cara. Martín aguantó firme. Al final se apuntalaron bien los dos.

Continuamos la ascensión sin más interrupciones. Ellos, detrás; yo, delante. Para no tentar la suerte, procurábamos guardar entre nosotros una distancia prudente.

Al alcanzar la cima nos pusimos a mirar en direcciones diferentes. Reflexivos. Nadie decía nada. Aquella jornada sirvió para que nos conociéramos mejor todos.

Al llegar a casa, le conté a Justine lo que había pasado. Le dije que los niños habían demostrado iniciativa y que encontraba prudente mandarlos lejos, que no me fiaba de ellos ni ellos de mí, que la dejaba a ella al margen, luz de mi vida, etcétera. Le dije que era todo por su bien (por el bien de ellos), que recibirían una mejor educación así, lejos de Blumerbee.

Justine empezó a mirarme de un modo nuevo. No conocía esa mirada.

Nadie tiene hijos porque quiera, reconocerlo concede una clase particular de alivio.

No quería ver a Martín hasta que acabara la carrera (muy joven, probablemente); para entonces tendría su propia secta. A Anna la veía más —así lo planeé—, me recordaba a Elenita, tan callada y cuerda. También me recordaba a Justine, que se echó a llorar sin consuelo cuando los mandamos, envueltos en besos, a América. Los niños no iban al matadero, iban a un colegio muy recomendado. Con eso se consolaba Justine.

Durante años les escribió todos los días. Quería que fueran príncipes, diferentes a todos, dueños de sí mismos, un poco apesadumbrados si era menester, pero fuertes y gloriosos; pensaba que la autonomía prematura, si estaba bien guiada, podía hacerles bien.

Una semana después de que Martín y Anna se fueran, nos escribió George para decirnos que le gustaría hacernos una visita. No sabía que los niños se habían ido, pero agradeció poder vernos a solas. Venía a despedirse.

Cuando apareció, me quedé pálido. Parecía su propia sombra. Le arreglamos una habitación, pero prefirió dormir en el Fleece Inn.

No paraba de repetir lo feliz que le hacía vernos juntos. (Su voz temblaba como la de un viejo, la sonrisa era dulce). Justine seguía fría, no se había ablandado.

George nos contó que se marchaba a Italia. Que había conocido a una mujer veinte años mayor que él con la que iba a casarse, una milanesa de familia preeminente a quien había conocido en Londres, en casa de alguien. Nos dijo que Francesca —pues así se llamaba la italiana— le había espantado mil pájaros, que ahora se encontraba mucho mejor, que ya podía dormir casi seguido. Que no soñaba tanto como antes. Que ya no tenía el taller. Que la vida, para él, empezaba. Nos lo dijo medio tiritando, le costaba sujetar la taza.

Le di un abrazo muy fuerte y se aferró a mí como un náufrago a una tabla. Justine sólo le tendió la mano.

No volvimos a ver a George, murió al año siguiente cerca de Roma, en un accidente de tráfico. George fue importante para mí del modo en que lo son quienes no se dan ninguna importancia: hay personas que te tocan suavemente y, sin que te des cuenta, alteran para siempre la dirección de tu vida.

Justine no quería quedarse en Blumerbee. Necesitaba cambiar de aires, salir de aquella casa; ir, quizá, a París, para ver cómo había quedado después del traslado del 40; pero cedió —como siempre— a mis deseos necios. Yo prefería algún lugar exótico: Tailandia, la Martinica; por lo menos, México. Ella propuso Venezuela. Yo, el Canadá (un poco América, un poco Francia, las tierras vírgenes, la nieve). Justine quería tiendas cerca.

Resolvimos que Nueva York quedaba a medio camino de todo y desde allí podríamos visitar a los niños con más frecuencia.

Justine se encargó de despedir al servicio, que volvió a Cambridge rezongando, aunque con un buen finiquito y unas cartas de recomendación primorosas. Yo me fui al lago a despedirme de las Damas.

Una de ellas se echó a llorar, las otras seis la consolaban. Nunca imaginé que aquella ninfa albergara por mí más sentimiento que el de la compasión; me pareció más bonita que nunca, tonto fatuo. Una tormenta se formó al instante sobre las aguas del lago y, por vez primera, la lluvia cayó sobre él, una manta apretada y gris que deshizo a pellizcos la superficie. Cuanto más lloraba la Dama, más llovía, y cuanto más llovía, más rebosaba el Grēne Mere.

El lago anegó las tierras del páramo y empezó a remontar las lomas, nada podía remediar aquel desconsuelo. La laguna alcanzó los márgenes de Blumerbee e inundó los sembrados. Nunca volvió a recuperar del todo su contorno original.

Las cosechas del año siguiente fueron ricas y abundantes, las mejores que nadie recordaba. Dieron alimentos que vigorizaron a quien los comió, aunque muchos en Blumerbee acabaron impregnados de una inexplicable melancolía.

18

Nueva York era en 1952 la misma ciudad que ahora. Igual de alta, igual de estrecha. Tan ruidosa. Me recordaba a Madrid, o a como yo me la imaginaba desde Espuria; no hablo de su forma, hablo de su manera.

A Nueva York se llegaba por el aire, por el agua estaba prohibido; un avión aterrizaba con gran riesgo en la isla de Ellis, a dos kilómetros de Manhattan y, si no acertaba, caía al mar (allí los frenos importaban). Una vez que los viajeros firmaban el libro de visitas —situado en un pedestal en el centro de una enorme nave de ladrillo—, tenían que arreglárselas solos para llegar a Manhattan: o nadaban o volaban. O se quedaban. Y punto.

Ya en los viejos tiempos, los inmigrantes acababan abandonados a su suerte después de someterse a espulgamiento; la mayoría se quedaba junto a la orilla contemplando la barrera de rascacielos del sur de Manhattan, tan cerca, tan lejos. Quienes no sabían volar, buscaban a quien supiera para subirse a su espalda. Quienes intentaban cruzar a nado, a veces lo lograban, a veces no, por los remolinos. Pronto se montó un servicio oficioso de transporte que la ciudad, oficialmente, no aprobaba, pero tampoco combatía: dos docenas de muchachos voladores, la mayoría italianos, que tomaban a los inmigrantes por las axilas y los dejaban en Battery Park por un dólar o dos.

Ahora todo era diferente.

Los gobiernos de Nueva York y Nueva Jersey —estado al que Ellis pertenecía— habían instalado ventiladores gigantes a ambos lados de la bahía, para crear corriente. Al apearse del avión, al viajero le bastaba con abrir los brazos para seguir volando. (Llevar abrigo ayudaba; también paraguas). Los que no sabían volar bien se dejaban caer en el parque, al otro extremo de la corriente, se sacudían la hierba con un par de palmetazos y buscaban la parada de taxis más cercana. Los que sabían, remontaban el Lower Side aprovechando el primer impulso y ya aterrizaban en el centro. Estaba prohibido descender en las azoteas de los edificios, o en las zonas concurridas. La mayoría aterrizaba en Central Park.

Justine, condescendiente en general con las leyes de la física, las desafiaba a gusto. Yo me mostraba más prudente.

Atamos a los baúles unos pañuelos grandes y bien tejidos; Justine me agarró de la mano. Con el primer golpe de aire, remontó el vuelo y me llevó consigo. Ni siquiera dio un salto.

Primero nos arrastró la corriente, el aire nos hinchaba las ropas y nos elevaba sobre la bahía sin esfuerzo. Empezaba a anochecer, el cielo se teñía de un azul eléctrico. Una tolvanera procedente del suelo nos hizo dar una pequeña vuelta en el aire, ¡aúpa!, de la que nos rehicimos como pudimos. Antes de darnos cuenta, sobrevolábamos Battery Park.

Justine nos sacó del reflujo con un tirón suave, esquivando por poco el ventilador de llegada (parapetado por una red metálica que evitaba los despedazamientos de los años treinta), y siguió volando por sus propios medios. Me sujetaba con firmeza. El equipaje, obediente, nos seguía de cerca.

Remontamos la avenida Broadway, que empezaba a poblarse de luces. Cruzamos Houston, luego Union Square (donde Justine estuvo tentada de aterrizar, pero se contuvo). Enfilamos Park Avenue. Con un leve giro de cadera, tomamos la avenida Madison. Luego, la Séptima. Un poco retrasados por las gaviotas, nos posamos por fin en Central Park, al otro lado del estanque. Cerca del zoo.

La noche era bellísima. Las farolas brillaban con la elegancia de una pintura. Las luciérnagas comenzaban a encenderse entre la hierba.

Cuando los baúles tocaron el suelo, se abrieron sin remedio; el golpe espantó a los insectos. Justine y yo rodamos también sobre la hierba fresca. La ropa quedó desparramada muy cerca del lago, la recogimos como pudimos y nos largamos de allí, tomados de la mano. Riendo.

Nada hacía prever (o quizá sí) que Nueva York nos separaría.

19

Nueva York te llena de energía si tienes sueños; si no, te manda derecho a casa. Es la ciudad más cruel del mundo para quien no tiene dinero: te cambia, te expulsa, te recuerda que no eres joven, que si no vives en Park Avenue es porque algo habrás hecho, que allí se está para algo, para fracasar hay otros sitios.

También a mí me cambió.

En Manhattan no hay niños ni viejos, sólo guerreros, aunque aún quedaba algún anciano al sur, o lejos del parque, con tal de que fuera pobre. El Midtown era todo altura, velocidad y ruido, de un modo vibrante y agradable. El aire del metro se escapaba por las rejillas y llenaba la ciudad de columnas blancas que sostenían el cielo. Los grandes almacenes eran silenciosos, sólo en las tiendas pequeñas se gritaba. Había entonces más coches que en ninguna otra parte del planeta, lentos todos, rellenando los túneles. Los puentes evitaban que la isla se escapara por el Atlántico.

Todo en Nueva York sonaba entonces a pianista negro; la ciudad inventaba trinos y cadencias y se llenaba de energía, y contenía luego el pulso para hacerse elegante y misteriosa, y una escala ascendente y sin pedal transformaba la armonía de las calles en un instante, con esa falta de respeto que ocupa allí cada rincón.

El tiempo pasaba tan rápido que a veces podía oírse cómo adelantaba al tráfico en las avenidas.

A veces entraba la orquesta y los oficinistas retenían el paso y se ajustaban a las notas largas de los músicos engominados (muchos de ellos, recién regresados de la guerra). De noche, sonaba una trompeta, una sola para toda la ciudad, y la gente se enamoraba más, sobre todo en el verano, cuando florecían los adulterios y las familias eran más felices y se llevaban mejor.

Cuánto aman en Nueva York las mujeres a los maridos de otras, cómo se entregan los hombres a mujeres con las que no vivirán nunca y a las que necesitarán hasta la muerte.

El invierno neoyorquino es invisible y vivificante, lleno de luces. Los depósitos de agua se oxidan en las azoteas, luego se congelan y revientan, y el agua, tal es su naturaleza, se deshace y fuga con el deshielo e inunda las terrazas, adoptando su forma.

Sólo hacía calor en las parroquias y en los clubes de Harlem, y en las casas de los ricos, junto al parque, y en algunas librerías; el resto de la ciudad era un bloque de hielo en el que sólo sobrevivía quien supiera calentarse la nariz y estuviera dispuesto a comerse al otro, a la espera de un verano nuevo.

Por eso —decía— en Manhattan no hay viejos.

Vivimos una semana en un hotel, uno de esos hoteles sin nombre junto al Hudson, más bien al sur. Luego, con ayuda de un amigo de Cambridge, nos instalamos en Brooklyn.

La casa era preciosa, junto al Promenade, de ladrillo rojo y escalones de cemento, como las de los gobernadores. Aún teníamos dinero. Yo cruzaba a diario el puente para ir a Manhattan sólo por el gusto de hacerlo; Justine prefería el metro.

Vivíamos junto a un escritor que golpeaba las teclas día y noche, más de noche que de día, uno de esos casi periodistas que redactan crónicas y planean novelas y llevan gafas finas; afable, franco, un poco receloso; entusiasmado, como es la gente en América, aunque no haya nacido allí: desconfiada y abierta a la vez. Tenía un laúd ridículo que tocaba por las tardes, entre tecla y tecla. Era alemán, Günter Schnell, pero se había cambiado el nombre y ahora se llamaba Gus. Buscaba historias para un libro de cuentos. Le regalé la de mi viaje a África, a la que añadió un final feliz para venderla mejor a un periódico de tercera, de Filadelfia, creo. Gus escribía muy bien, pero dialogaba mal, por eso le costaba tanto publicar. Era un poco mariquita, se veía con un coreógrafo del off-Broadway que a mí me caía muy bien. Los jueves cenábamos todos juntos. Justine cocinaba cualquier cosa, a veces una pierna de cordero (que se le pasaba siempre). Luego nos comíamos las patatas, que sabían a cordero.

El tiempo iba más rápido y se acababa antes en aquellos días. No me sentó bien la mediana edad, ni, a sus treinta y tres recién cumplidos, le sentó bien a Justine (la mía, digo). Por culpa de mi ingratitud y de su clarividencia.

Nos mudamos a Manhattan, a Chelsea, a un apartamento muy aparente cerca de la Quinta, con portero en la puerta y patio pequeño, de los de jardín y fuente de piedra. Tenía un gran ventanal que daba a la Treinta y tres, todo paredes y nubes. Me gustaba aquel apartamento, con su mueble bar mundano, como los de las películas buenas, y su piano blanco, como los de las malas, que sonaba a lata.

En el edificio residían vecinos ilustres: un poeta californiano casi famoso, un director de orquesta, una actriz recién divorciada –por segunda vez– a los veintiocho, que organizaba fiestas inolvidables para olvidar que estaba muerta. Justine me pidió que la ayudara, que le hiciera el amor un día, por darle ánimos. No lo hice. Justine quería salvar el mundo, pero yo habría tardado semanas en recuperar el calor del cuerpo.

Justine buscaba trabajo con la boca pequeña; le costaba; no había forma de enseñar allí: en Nueva York todos enseñan, nadie quiere aprender nada, la gente es activa y práctica. (Tampoco yo podía hacer lecturas a quien creía saber ya qué le esperaba). El dinero salía, por lo tanto, y no entraba, y, aunque la situación no era aún preocupante, el ocio no ayuda nunca a quienes pasan mucho tiempo juntos.

Justine perdió parte de su concupiscencia y yo, que no sabía tomar la iniciativa, empecé a sestear también. Le compraba discos de ópera, que le gustaban mucho; Justine había adquirido el gusto de una amiga un poco esnob que tenía voz de cuchillo y le hablaba siempre de la Callas.

Y así iba pasando el tiempo.

Nada grave.

Cuando dos imanes se acercan, se descargan un poco.

Nada grave.

20

En aquellos días todo el mundo me parecía joven. Paseaba por la ciudad sin cansarme dos o tres veces al día; caminaba de Sugar Hill a lo que quedaba del mar, de arriba abajo y vuelta. Sin detenerme nunca. Cambiaba de acera, me·perdía a ritmo de tres por cuatro; a veces me iba al Village y esquivaba como podía a los poetas. Probaba los pasteles de las panaderías nuevas, que no eran tantas.

Todo era música.

Si un día remontaba la Segunda, bajaba por la Tercera, si otro día subía por la Sexta, bajaba por la Primera. (El East River y el Hudson huelen diferente, acabo de acordarme). Doblaba a derecha e izquierda, inventaba rutas nuevas, me colaba en los pasajes. Nadie me importunaba nunca, nada le importaba a nadie; les daba unas monedas a los mendigos y a los ladrones, si los veía venir de lejos, leía el periódico en el parquecito que hay frente a la biblioteca pública para no ocupar espacio dentro.

Pasaba mucho tiempo en Harlem, no en el hispano, en el negro, dentro de las iglesias, muchas veces de rodillas, hasta que me tocaba salir corriendo, por blanco. Rodeaba el parque para evitar la hierba, que en primavera se ponía de un verde insultante.

En Nueva York siempre te preguntan dos cosas: cuándo has llegado y cuándo te vas. Allí fumé durante un año porque me apeteció, tragándome todo el humo, como si fuera mi madre. Me compré un sombrero pequeño que a Justine le espantaba (y que, por tanto, se ponía ella).

Los dos nos sentábamos a veces en el sofá blanco, ella hacía como que era Doris Day; cerraba los ojos y se acordaba de los niños mientras yo miraba el reloj y sentía que el sofá hablaba mal de mí a mis espaldas.

Pobre Justine…

A veces me quedaba mirándola, perdido en recuerdos; ella pensaba también en sus cosas. Hasta los carboneros, con los que a veces me cruzaba de madrugada, me recordaban con su sola existencia quién era quién en aquel apartamento para ricos destinado a acoger a actores, o a la hija del alcalde, no a quienes, como yo, seguían cada mañana el olor del río.

Luego pasaron muchos meses. Y luego más. Y luego pasó más de un año. Y luego pasaron semanas, y luego más meses. Meses normales.

«Si supiera tejer, te haría una bofetada», me dijo Justine un día.

Me dijo que iba a escribir a los niños. Que quería que nos visitaran en Navidad. Que hacía mucho que no venían (aunque tampoco hacía tanto). No dije nada.

Los llamó esa misma noche, saltándose las normas del colegio. Anna le dijo que claro que vendría. Martín prefirió quedarse en el colegio.

21

A la niña la trajo a casa uno de los prefectos —así se las gastaban en aquel colegio—, a mediados de diciembre (Anna tenía aún seis años, que eran como diez de otra niña y uno de perro). Cuando llegó, Justine se volcó en ella, le dio mil abrazos, mil besos. Le agarraba la cara y no se la soltaba.

Justine le pedía que le contara cosas, que cómo había sido el viaje, que qué había hecho esa mañana. Le cocinaba platos ricos que aprendía de las revistas, le compraba ropa de abrigo y de la otra. La acostaba. Anna era una niña muy dulce que procuraba no dar problemas y no los daba.

«¿Por qué no paseas con la niña un poco?», me preguntó Justine, que nunca me pedía nada. «Nunca le haces caso cuando viene». Yo, en realidad, quería mucho a Anita, es sólo que no sabía qué decirle. A veces me sentía su abuelo.

¿Cómo hacer visible el afecto? La única misión de Anna parecía ser la de no molestarme: si yo no le hablaba a ella, ella no me hablaba a mí. A veces paseábamos juntos y por la tarde se la devolvía a su madre. Y paseaba un poco solo. La niña no se quejaba. Apenas hablábamos, sin que eso incomodara a nadie. Aquella niña era una piedra blanda.

Llegó el 28 de diciembre, acababa 1954. Todo iba bien, o eso creía. Los ojos de Justine decían lo contrario. Anna regresaba al colegio en diez días.

«¿Qué quieres hacer?», le pregunté a la niña. «¿Adónde quieres ir? ¿Qué te gusta?». Me costaba transmitirle mi ternura, que se me agarraba al estómago y me hacía daño. «Lo que te guste a ti», me respondió ella. «A mí no me gusta nada, hija», le dije. «Ni a mí», contestó riendo. Anna se reía mucho. Por agradarme.

Una vez, cuando era pequeña, cuando tenía dos años, tal vez menos, y no llegaba sola a la llave de la luz, se las apañó para desenroscar la bombilla sin tocarla con una orden del pensamiento, o un gesto espiral en el aire, o con las dos cosas. Todo por no molestar. (Como no sabía que era imposible, le salió a la primera). Ahora que había cumplido seis, seguía respetando nuestro tiempo.

«¿Quieres ir al museo de ciencias?», le pregunté. «¿Quieres ir tú?», contraatacó ella. Le puse el gorro y la tomé de la mano.

Anna me pidió ir directa donde los dinosaurios, que a mí también me gustan. «¿Por qué desaparecieron, papá?», me preguntó. (Casi nunca me llamaba papá). Sus ojos infantiles no parpadeaban. Se lo expliqué lo mejor que supe: «Porque sobraban, hija».

A veces paseábamos los tres, Justine, Anita y yo, y era Justine —y no Anna— la que se quedaba mirando las tiendas de mascotas, con la cara pegada al escaparate. Algo buscaba.

Yo amaba a mi mujer; la quería tanto como siempre (en la misma cantidad, digo); la quería muchísimo, pero algo había cambiado en mí que en nada tenía en cuenta mis propios deseos. Así es la vida de ridícula.

Todos somos mucha gente, todos llevamos a muchos dentro, personas con los mismos recuerdos que nosotros que nos van ganando terreno y al final nos sustituyen. En eso consiste la madurez. En no reconocerse.

Cuando Anna regresó al internado, la casa se quedó vacía de golpe.

Justine, que desconfiaba de los perros, se compró un cerdito, un cerdo rosado que a mí me parecía que no le pegaba nada, que andaba por la casa a pasos cortos y gruñía cuando le disgustaba algo.

¿En qué nos habíamos convertido?

Yo los miraba a los dos, a Justine y al cerdo, sin querer preguntarle nada a ninguno.

Justine se dedicó a educarlo. Le enseñó a hacer sus necesidades, a distinguir el bien del mal, a hacerse la cama por la mañana. Art —así lo bautizó Justine— ponía gran atención, rara vez había que repetirle nada.

«Los perros te roban la fuerza vital», decía Justine. «Se suben a la cama por la noche y se te arriman, se te pegan a la boca; también los gatos. Te aspiran el aliento y van quitándote lo que es tuyo, lo que te hace humano, para ser humanos ellos. Los cerdos, no».

Elegir es desechar, ir contra algo. Por descarte es como mejor se elige.

Cuanto más se ocupaba Justine de Art, mejor toleraba mis ausencias (para mí ausentarme era mejor que irme, menos comprometido: uno puede ausentarse cerca).

Justine me entendía a su manera. «No perteneces a nadie», me decía. «Ni le pertenecerás a nadie nunca». Y luego añadía: «Eso que te pierdes».

Justine se puso enferma, no sé por qué. A lo mejor porque se murió Art, sin avisar. Justine no le lloró, o por lo menos no lloró, pero se quedó desconcertada: se sentó despacio en una silla y ya no se movió de allí. Sólo por la noche, para ir al baño y luego a la cama.

No volvió a salir de casa.

El médico la miró de arriba abajo. No le encontró nada. «Será el cansancio», me susurró en el pasillo.

Será el cansancio…

Quise comprarle otra mascota, pero ella ya no quería nada. Se pasaba las tardes mirando por la ventana, muy lejos, como si la ciudad fuera transparente. A veces me miraba a mí.

Nunca suspiraba, no era de esas, me decía que había pensado un poco en George, que debería haber sido más comprensiva con él, haberle tratado mejor. Que todo sentimiento viene de algún sitio y ahora lo entendía. Me preocupaba…

Yo le llevaba el té al sofá, atento como nunca a sus necesidades. Le compraba revistas de moda, que ya no le gustaban. Le empecé a acariciar el pelo sin que me lo pidiera, o le hacía masajes en los pies, le contaba historias que pasaban en Francia. A veces andábamos de la mano por el pasillo, muy despacito, como si estuviéramos en Montmartre.

Aquello nos unió de nuevo.

Le pedí perdón por muchas cosas. Le conté mi vida entera antes de conocerla. Ella me escuchó sin apremiarme. Paciente, aunque mis silencios eran largos. Hablamos durante horas; hablamos al día siguiente, y al siguiente. Nos conocimos de verdad aquel verano, encerrados en casa. Tan tan juntos. A veces parecíamos tontos.

Un día me dedicó la sonrisa más dulce del mundo, la más triste, de esas que contienen un sol frío. Esa noche dormimos abrazados.

Viajamos a un planeta que era sólo nuestro.

Una estrella se detuvo en la ventana para que la estela que arrastraba, una alfombra de chispas de oro, se recogiera en un destello que se apagó muy despacio.

Justine se quedó dormida con la sonrisa en la cara. Yo me dormí también, pegado a ella. Se me cerraron los ojos en cuanto la sentí respirar despacio.

Vi a Martín en el entierro de Justine, llevaba dos años sin verlo. No hizo preguntas, tampoco yo habría tenido respuestas que darle. Martín llegó con el uniforme de la escuela de Nuevo Hampshire, igual que su hermana, que tampoco entendía mucho. Martín se quedó en la puerta; miraba el féretro desde allí. Las amigas de Justine no se atrevían a hablarle.

Martín no quiso quedarse a la incineración (a Justine le daba miedo que la enterraran), comió cualquier cosa y regresó al tren. Anna lloró un poquito, pero en voz baja, lo llevaba todo en la mirada. Me seguía a todas partes, esquivando como podía las piernas de las visitas. Se le notaba que quería darme la mano. «Pobrecito», me dijo luego, cuando nos quedamos solos. «Pobrecito papá. Pobrecito».

Justine se había apagado a los treinta y cinco. Por mi culpa.

Una bola negra creció en mí, un desgarro en forma de pregunta. Ni siquiera fui capaz de formularla.

La cabeza se me llenó de sangre; los ojos, la nariz, la frente. La marcha de Justine se me hacía insoportable. El estómago se me llenó también de sangre oscura. Por qué. Por qué, por qué, por qué, por qué.

Esa era la pregunta.

Gimoteé como un niño. Anna me acariciaba el pelo.

TERCERA PARTE

1

No podía quedarme en Nueva York, la muerte de Justine me convirtió en un boxeador sonado, deambulaba con la mirada vacía por ese apartamento que tanto me detestaba. Justine habría querido que los años de Manhattan hubieran sido los nuestros, los años buenos. Los años que cuentan. Pobre Justine...

Manhattan, que antes era el centro de la Tierra, había sufrido un declive imparable tras la guerra —perdió un millón de habitantes— y ahora se recuperaba de la peor manera. Aunque el sector industrial envejecía, allí estaban las Naciones Unidas, semihundidas en el río, y el mercado de arte rivalizaba con el de Londres: Nueva York se hacía por fin cosmopolita.

Los suburbios se expandían, llegaban los helados de mil sabores, las cien clases de yogures, se levantaban puentes nuevos. El cine se mudaba a Los Ángeles (dejaba la ciudad limpia).

Nueva York se convertía en una ciudad de repartidores y secretarias, de borrachos y palomas, de inmigrantes, de bocinas y charcos de nieve fundida, de gente dando voces. Sólo el miedo a los submarinos alemanes desafiaba el desdén de la ciudad: los alemanes no se daban por vencidos y emergían de vez en cuando para derribar la noria de Coney Island, a la que habían tomado por el pito del sereno.

Justine estaba convencida de que me haría famoso allí, de que en América encarnaría el fantasma del siglo, pero acabé pidiendo un visado para cualquier país en que se hablara francés, sin atreverme siquiera a regresar a París: porque no era mi París, porque no sabía lo que me encontraría y porque allí es adonde habría querido ir Justine después de Blumerbee, y eso me atravesaba el corazón y me hacía sentir mezquino y culpable.

Desembarqué en Camboya el 28 de noviembre de 1955, el día de mi santo. Muy cansado. Si hasta entonces había cumplido los años, ahora me caían encima.

Bajé del barco en un paraje dos veces arrasado: por los franceses la primera vez —hacía tres años—, que habían hecho pruebas nucleares en la provincia de Koh Kong y dejado lunar la costa (aún se encendían las cerillas solas); por una ola gigante la segunda —sólo una semana antes—: la ola había barrido el golfo y llenado los cerros de barcos.

Thansuokr, que es como se llamaba el lugar al que había llegado, un pueblo de pescadores cerca de Koh Kapi, parecía una maqueta de palillos pisada a conciencia; uno no sabía si el maremoto o Dios habían acabado de aquel modo con las casas y las palmeras; no quedaba nada en pie. Ni nadie. Las camionetas y carros se amontonaban como escoria, las viviendas se enfilaban hacia ninguna parte en obediente cola, las piernas de los cadáveres, entre el verde y el azul, asomaban aún de las barcazas volcadas.

Me aliviaba la contemplación de la pobreza, ver que el mundo era por fuera como me sentía yo. Me adapté a la desolación enseguida.

El patio interior de la escuela estaba anegado, decenas de bicicletas yacían en el fondo. De los templos apenas asomaban las cúpulas de piedra, tan enterradas en lodo que era fácil trepar por ellas.

Desde arriba, la visión era aún peor: hectáreas y hectáreas de madera podrida, barro, hierro doblado, cascotes, árboles arrancados, animales muertos (muchas veces indistinguibles de la gente). En Thansuokr se había sentado alguien.

Me obligué a instalarme allí. Le dije a la vida que adelante, que tomaba lo que me daba. No quería ni habría podido ver a nadie, renuncié de buen grado a ir a Nom Pen, la capital de Camboya, o a cruzar de allí a Tailandia. Thansuokr era lo que merecía.

Contemplaba el atardecer en busca del rayo verde (que nunca acudió). Rezaba, blasfemaba a veces, sin distinguir una cosa de la otra. Pescaba con las manos, devolvía lo pescado al mar. Podía pasar días enteros sin comer y los pasaba. Estiraba luego el brazo y alcanzaba un coco.

Enterré muchos cadáveres, me acostumbré al olor de quienes no supe arrebatar a los desechos. Viví ocupado en aquel lugar sin visitas.

Thansuokr («paraíso» en jemer) fue una brecha más en mi vida; una tregua, a su manera. Con el tiempo volví a recordar a Justine. A poder hacerlo, digo. Sin que se me desgarrara el alma.

Empecé a reabrir los ojos. Poco a poco. Nunca estuve en paz en Thansuokr, pero lo consideré mi casa y traté de ganarme su respeto. Resguardado del sol del manglar por las lonas que alcancé a recoger o escondido entre las ruinas, o debajo del sombrero campesino de algún muerto sin rostro, encontré, por lo menos, la paciencia, que no me devolvió el vigor, pero sí el aguante. Algo es algo.

2

En Camboya se me puso el pelo blanco. Empecé a ver mal de lejos. Allí conocí a un niño que vivía en una jaula de madera. El niño tenía seis años y su padre –que es quien lo encerró en ella– diecinueve. El pueblo camboyano es fértil y resuelto.

El niño se acercó a la playa un día al principio de la primavera. Caminaba descalzo sobre los listones partidos. Se rio nada más verme, con esa risa irritante que tienen los niños pobres.

Me pidió con un gesto que me agachara. Me dio uno de los bofetones mejor dados que me he llevado en la vida. Fue mi primera lección.

Volvió a hacer el mismo gesto, pero esta vez me guardé de moverme. Se puso de cuclillas, complacido, y arrancó de un tablón un clavo oxidado, que me hundió bien profundo en el pie. Fue mi segunda lección.

Volvió a pedirme que me agachara. Esta vez le metí una patada en los testículos que se los dejé tímidos, y le apliqué un calientaorejas que le habría avivado la cara a una sirena. Mantuvimos una conversación larga, mitad en francés, mitad por gestos. Fue cuando me enteré de lo de la jaula de madera.

El niño había tenido una infancia normal hasta que cumplió los cuatro, cuando se dio un golpe en la cabeza. Algo se le cayó encima, no entendí qué. Sus padres eran aún adolescentes. Al niño le cambió el temperamento.

Todo se hizo muy difícil para todos. Cuando el padre volvía del trabajo, tenía que salir a buscar al niño, que desaparecía por sistema cada día. Si tenía suerte, lo encontraba tratando de subirse a las casas de Pursat, a menudo sin ropa; si no, no sabía de él en días. El niño —que en otros sentidos pasaba por normal— se ponía violento con la gente y eso lo hacía un peligro público.

El padre gimió de pena cuando le hizo la jaula, entre martillazo y martillazo. La madre, que no se había casado para eso ni podía ver más lágrimas que las suyas, abandonó al padre por otro y se olvidó de llevarse al niño.

El niño me dijo que su padre había hecho muy bien en encerrarlo, que él habría hecho lo mismo, que qué iba a hacer si no, qué, cuando se dio el golpe, su padre era aún un crío, y su madre lo mismo, que hasta él podía entenderlo, que pobre padre: «Si no me encierra, lo mato», me dijo. «Poco me hizo». El niño era de los sinceros.

El padre se olvidó un día de cerrar la jaula y el niño se escapó. Eso había sido hacía dos meses. El niño había pasado semanas vagando por la selva, desde Pursat, hambriento y feliz, satisfecho por la impunidad recuperada. (Llegado a ese punto, intentó pegarme otra torta, que esquivé sin problemas). Había vencido —me dijo— mil peligros, se había hecho a sí mismo. En dos meses.

Cuando el sol empezaba a esconderse, el púrpura del firmamento sobresaltó al muchacho, que se levantó de un salto como si tuviera prisa. Se despidió y regresó al manglar en dos zancadas. Se perdió entre la maleza.

Me acordé del niño muchas veces, sobre todo en la temporada de lluvias, cuando vi que se había llevado las lonas.

3

Los vientos del monzón dividen el clima de Camboya en dos estaciones: la húmeda y la seca. La seca discurre entre noviembre y abril y se divide a su vez en dos: los primeros tres meses son suaves, las temperaturas no suben de los veinticinco grados ni bajan de los diecisiete; luego, de marzo a abril, el sol lo da todo. Entre mayo y octubre, cuando sopla el viento del sudoeste, llegan las lluvias, normalmente al atardecer. Las lluvias traen fuertes vientos y una humedad terrible que el calor sólo agrava.

El monzón camboyano puede cambiar a un hombre, el agua lo alcanza siempre, no importa dónde se esconda. El aire se hace denso y ardiente y la vida se manifiesta a una escala que no es la suya. En los meses del monzón suceden las cosas más increíbles.

Por ejemplo:

Una vez vi cómo el dios de aquella selva salía de su cueva, grande como un dinosaurio, y alzaba la cabeza hasta perderse entre las nubes; ni lo derribaba el viento ni lo importunaba el agua. No adoptaba una forma concreta (a veces tenía tres patas, a veces cuatro), era gris como una ballena y sus ojos, no menos de seis, se deslizaban, derritiéndose, hacia el cuello. Me escondí detrás de una maraña de raíces para que no me matara allí mismo. Fue cuando se me puso el pelo blanco.

Una vez, al parar la lluvia, salieron de debajo de la tierra unos seres diminutos que, salvo por el tamaño, en nada se diferenciaban de las personas normales. Medían diez centímetros o menos, llevaban el cuerpo pintado y se revolcaban en el barro. Sus voces eran agudas, fieras, más las de las mujeres. Les era indiferente mi presencia. Estuvieron un rato corriendo de aquí para allá, hasta que una anciana encontró un paso en el fangal y todos la siguieron. Se perdieron en la selva, gritando.

Una vez vi una planta con lengua, una flor con costillas, un bebé atrapado en ámbar, sobre una hoja, un cerebro florido que vivía en un brazo que vivía en una rama, un ciempiés de bigotes larguísimos, un saola (para mí, un antílope) con cabeza de vampiro y una zarza con los ojos abiertos.

Una vez un arcoíris se desplegó en un extremo de la jungla mientras otro, aún más grande, se formaba enfrente. A medida que los aguaceros remitían y el agua, empujada por la brisa, se reunía en masas de luz pulverizada, otros mil arcoíris nacían y morían por todas partes. Algunos eran gigantescos, otros eran diminutos y apenas duraban un segundo; algunos cruzaban los demás arcos formando arbotantes y bóvedas fastuosas. El aire se llenó de hexágonos rosas, amarillos, verdes, azulados, y una lluvia fina empezó a empapar la selva mientras el sol doraba las hojas duras.

Una vez, después de caminar diez días por una algaba de bambú, escuché cómo el viento de la mañana interpretaba con los tallos una sinfonía que hizo callar a los pájaros y reunió en pocos minutos al resto de los animales de la selva. Tigres, elefantes, tapires, monos, ciervos, gacelas, pájaros, serpientes, cocodrilos, yo mismo, todos escuchamos los sonidos, unos percutidos con delicadeza, casi huecos, otros soplados, o aspirados, o aplastados como una tarta de nata, o como un ratón. Cuando cesó el sonido, los animales se sumieron en una profunda tristeza.

Los meses del monzón fueron extraños y misteriosos, la humedad me enloqueció un poco. Como a todos.

4

Fue un milagro que me recuperara del dolor de la infección que me produjo el clavo que me clavó el niño a quien encerró su padre en la jaula de madera (y la rana cantando debajo del agua).

Al principio, el pie se me puso grande y palpitante como ·un segundo corazón, tanto que tuve que valerme de una rama para caminar. Probé toda clase de hierbas arrancadas al tuntún, en jugo o en emplasto; unas me hicieron bien y otras empeoraron las cosas; unas me aliviaron el dolor, otras me llenaron el pie de pus y me hicieron clarividente.

Al final, huyendo de un tigre −una larga historia−, el pie reventó sin más en mitad de la carrera, el tigre se marchó asqueado: me salvó la explosión caliente. El pie tardó dos semanas en crecer de nuevo. (Aquellas tierras eran un portento).

Crucé Camboya de sur a norte, de Koh Kong a Kompung Speu, de Kompung Speu a Kompung Chinang, de Kompung Chinang a Kompung Thom, de Kompung Thom a Preah Vihear; allí se me abrieron tres opciones: encaminarme a Tailandia, a Laos o a Mudra. Me decidí por la última, seguía empeñado en que alguien hablara francés, y, aunque los franceses acababan de abandonar Mudra, no imaginaba a los mudranos tan rencorosos como para no hacerse entender en una lengua que, al fin y al cabo, dominaban, y menos ahora, que hacían lo que podían por ser comunistas.

Estaba dispuesto a regresar a París (o, derruido el verdadero, al París nuevo); mucho había aprendido entre las ruinas de los jemeres, pero mi recelo natural me impedía permanecer lejos de un dios blanco: desconfío de cuanto no es cristiano.

No creo en nada, quede claro, pero no es igual no creer que ser ateo, y el cristianismo tiene valores que me gustan mucho, como la moderación en la venganza, su pintura (incomparable), el perdón (dentro de un orden), la noción de persona, el principio de subsidiariedad, Palestrina, el Románico, Bernini. Y luego está el paganismo, que me agota: los paganos se pasan el día mirando al cielo y empiezan a matar a todo el mundo en cuanto vienen mal dadas; los paganos se levantan tarde, se acuestan tarde, le dan al fuego una importancia exagerada y las mujeres o bien no valen nada o bien no hay quien les tosa. Sólo le reprocho al cristianismo su ofuscado amparo al menesteroso: apuesto por un Dios indiferente que mantenga el mundo girando sin ocuparse de nada.

Pasé en Nakhonruang –la capital de Mudra– dos semanas, sin nada más que el pasaporte y la memoria, valga la redundancia. Y una barba de náufrago. Y una cantimplora. Y tiritas. Lo demás se había quedado enredado en los manglares de Camboya.

Nunca había visto tantas bicicletas como en Nakhonruang, ni siquiera en Cambridge; nunca de tantos tamaños y de tantas formas, con cesta y sin ella, de cuernos, de dos plazas, monociclos. Incluso aquellas antiguas que no sé cómo se llaman, con neumáticos macizos y esa rueda grande delante.

Las cabras –que eran sagradas– vivían a la buena de Dios en la misma calle, la gente las veneraba hasta el hastío y se las comía solamente si las atropellaban (lo que ocurría con frecuencia).

Si en la selva no me importaba ver las cosas un poco desenfocadas, en la ciudad me daba más problemas, por los avisos y por los nombres de las calles, aunque tampoco es que supiera leer siamés.

Conseguí enviar un cable al banco para pedir dinero (dormía, mientras, en la acera, añorando a ratos la jungla, que quedaba a sólo dos manzanas). Volé luego a Bangkok, a la que muchos llamaban Krung Thep, donde me dieron de comer bien y me afeitaron.

Allí volví a dormir en una cama con sábanas, que me dejó la piel llena de llagas. Libré guerras con mosquitos del tamaño de un abejorro y con abejorros del tamaño de una rata. Recorrí los canales a nado. Quisieron venderme a una niña, que miraba a su padre con un desvalimiento que me rompió el corazón. Vi mujeres con penes flácidos y atormentados. Vi los cielos más bonitos del mundo.

Luego embarqué en un barquito que me llevó hasta el mar, siguiendo el Chao Phraya, directo a Francia.

Si Asia se ahoga en alguna parte, es allí, al sudeste de todo, enterrada en el légamo salvaje, donde los budistas rezan. Donde los arrozales. Donde los ojos de los sapos y los niños contienen todas las vidas futuras y en los nudos de los árboles viven espíritus calmos que se contentan con aquello que la vida les ofrece.

5

Pobre muriente,
que navega sin conciencia ni derrota,
hambriento de limbos y de nada,
siempre al frente
de cuanta pureza sueña haber tenido.
Pobre perdido,
que en su vagar aniquilado se contempla,
alerta al relámpago de padecer,
y está dormido.

Pobre tirano,
que no manda en su consuelo ni en su niebla,
hueca de espinos la mirada blanca,
estéril la simiente.
Pobre insolente,
que embelesa con la más confusa música,
mudo el eco de su reconocimiento,
solo y herido.

No soy hombre de letras, pero en el segundo día de regreso a Europa compuse estos renglones que querían evaporarse y que me resumían. Salieron de donde salen las cosas que se hacen una sola vez. Que no son de uno. En mi juventud había tonteado con la poesía, pero la entendía como música y no como experiencia. Los verdaderos poetas –que destilan la vida y la hacen nubes exquisitas– sacudían la cabeza divertidos, allá en Espuria. Media vida después, cumplía los años con las rodillas y miraba el horizonte desde el carguero que me devolvía al mundo.

Pasé mucho tiempo en cubierta, siempre en medio, molestando. Nadie me decía nada.

Me costaba recogerme en el camarote, que compartía con once marineros marroquíes y uno de Poyatos, muy simpático, con su pueblo siempre en la boca. Cuando los moros le preguntaban dónde estaba Poyatos, decía: «¿Sabes Masegosa, Lagunaseca y Santa María del Val? Pues el siguiente». Y se quedaba tan ancho. Me caía bien el de Poyatos, se llamaba Anselmo. Anselmo García Bellido. También me caían bien los moros.

Anselmo me hablaba mucho de su pueblo y de la Huerta de Marojales. De las Torcas de Lagunaseca, con sus extrañas formaciones calizas por las que se colaba el viento y salía partido en dos. Me hablaba de una novia que tenía, que se dejaba tocar por debajo de la falda para combatir las heladas, casi diarias en invierno. Me contó que allí se pasmaban las piedras. Anselmo era labrador, como todos los de Poyatos, menos el cartero. Me describía los olores del campo, que en la sierra de Cuenca son distintos y cambian según va acercándose uno a Toledo. Me contaba que en Poyatos vivían trescientas personas, cien más que en Masegosa. Que en el torreón había una fragua que aún servía. Que pescaban truchas a puñetazo limpio en el río Escabas, en el recodo donde se convierte en el Guadiela. Me habló de una calzada romana que habían cubierto de barro para que se callara. (Me dijo que, hacía años, cuando soplaba la brisa, se oía a los romanos marcar el paso, o dando voces a las mulas; me dijo que algunos días, al atardecer, se escuchaba el chocar de petos y el rodar de la madera sobre las piedras). Cuando echaron barro sobre el empedrado acabó el murmullo, luego aventaron semillas por encima, de extremo a extremo. Pronto se olvidará que allí hubo una calzada y Poyatos será como cualquier otro lugar.

Me dijo Anselmo que otro del pueblo, un gañán formal, se había quedado con su novia, y que por eso se había echado al mar, para olvidarlos, pero que nada, que no se le olvidaban, que pensaba volver y vengarse. El gañán tenía sus propias tierras, heredadas de su padre, y eso era lo que le gustaba a la novia de Anselmo, quien debajo de la falda tenía hueco de sobra. Anselmo me contó lo que iba a hacerles, los detalles eran tan floridos que apetecía mucho estar allí cuando pasara.

Anselmo García Bellido fue el primer amigo que hice después de Bangkok y el quinto o sexto en mi vida, aunque no el único en aquel carguero.

Aarón, un judío gigante, estuvo conmigo desde el principio. Se puso a mi lado al poco de partir, cuando yo miraba, atento, el infinito. Con su presencia me daba fuerzas. Nunca me dijo nada. Yo paseaba por cubierta y él conmigo; o me sentaba junto a los botes y él a mi lado, mudo, tallando unas figuritas a navaja que luego iba dejando por los rincones del barco, como pequeños ídolos (algunos los tiraba al mar). Luego nos quedábamos mirando el golfo de Bengala, que en la distancia parecía el sueño de otro, y Aarón no suspiraba, pero sus ojos sí.

Aarón había hecho algo malo en el pasado, se le notaba por el modo de lavarse las manos; llevaba mucho encima. Yo lo consolaba a veces, le pasaba la mano por el hombro y él emitía un gruñido como de oso. A veces se le mojaban los ojos y se limpiaba con la manga, y luego se sonaba fuerte, como un niño.

Aarón tenía una barba larga y negra, desflecada y limpia, su mirada era seria, nunca sonreía. Aarón era una presencia enorme, pero también benéfica —mi protector en aquel barco—, que me hizo recordar aquella vez en que me perdí, caminando solo, por los bosques de Vigny, cerca del París viejo, en mitad del campo… Cuando ya me había resignado a hacer noche a la intemperie, apareció un muchacho a caballo; no se acercó ni dijo nada, pero lo tomé por bienhechor y lo seguí ciegamente hasta la carretera. Eso mismo me inspiraba

Aarón, al que le había comido la lengua el gato, aunque hablara de otras formas. Se sabía cuándo estaba contento y cuándo no porque el mar, o bien se volvía de lapislázuli y los peces saltaban, o bien el cielo se oscurecía y las aguas se hacían espesas y los peces flotaban panza arriba, tal era su unión con los elementos.

Al amanecer me asomaba a la escotilla y miraba antes que nada las nubes, por saber cómo estaba mi amigo.

Anselmo —que en su mente seguía en Poyatos— ni conocía a Aarón ni lo había visto nunca. No reconocía su existencia. Aquello era un misterio. Me veía a mí y a él no, incluso cuando estábamos juntos. Tampoco sabía de quién le hablaban si alguien se lo describía (porque los marroquíes sí podían verlo). Todos lo aceptamos como un hecho de la vida.

A los quince días, durante una tormenta nocturna, Aarón se cayó al agua. Estábamos los dos mirando las nubes negras y un brazo de mar lo agarró por el pescuezo y se lo llevó de un tirón. Los rayos y los truenos llegaron al instante, salidos de su propio corazón, y encabritaron las aguas en el peor momento. Llamé a voces a todo el mundo, pero ya era tarde: Aarón se dejó ir, tieso para siempre como uno de sus ídolos de palo.

Se me quedó grabada su mirada tranquila.

No luchó contra las olas ni contra la lluvia. Ni contra el remolino oscuro que surgió del centro del mundo para dar forma a sus últimos pensamientos. Los ojos de Aarón me decían que todo estaba en orden. Que no pasaba nada.

La marinería llegó por fin a cubierta; todos empezaron a dar gritos. No por Aarón —a quien nadie echaba cuentas—, sino por el propio barco, que empezaba a escorarse sin remedio. Aquella chatarra se hundía como se hundía el judío; arrastrada, creo yo, por su corazón gigante, que amasaba en el mar un mensaje postrero.

El barco se fue a pique con media tripulación dentro, ni siquiera dio tiempo a tirar al agua una triste chalupa. Todo pasó muy deprisa. También Anselmo –que en Poyatos había aprendido mucho, pero no a nadar– murió delante de mí sin que ni él ni yo pudiéramos hacer nada al respecto. Cuando no es el día, no es el día.

Los marroquíes bracearon, patearon espantados las aguas negras. Me aferré como pude a uno de ellos, de nombre Omar, resuelto a no soltarme de su cuello hasta llegar juntos a Francia (cuando él quisiera, eso sí). Los dos tragamos mucha agua.

Fue un naufragio irreprochable que, por una larga cadena de eventos, acabó por aplazar mi viaje a Francia. Mi primer naufragio fue también el último, casi nadie naufraga dos veces, por lo menos en el mar. Con la primera ya se aprende mucho.

6

El mar está lleno de cosas que se mueven, cosas vivas. Uno mira la superficie y no sospecha nada, el mundo parece normal, pero luego llega la noche, el agua se enturbia y todo son intuiciones; por la noche se despiertan las criaturas más extrañas. Por eso hay que bañarse de día.

Sólo Omar y yo sobrevivimos al hundimiento, nadie más lo consiguió (y nosotros, de milagro). El mar era una lona batiente que se combaba y sacudía sin romperse nunca. La lluvia feroz añadía agua al agua, no se sabía dónde acababa el mar y dónde empezaba el cielo.

Me mantuve como pude en la grupa de Omar, atento a sus codazos. Era admirable cómo flotaba aquel muchacho. El agua nos zarandeaba sin clemencia y luego nos envolvía y tiraba de nosotros hacia el fondo. Yo le clavaba a Omar los tacones en la grupa y él impulsaba, en busca de aire, sus piernas jóvenes. Las gotas de lluvia caían alargadas y nos arañaban la piel como cuchillas. Él me gritaba, yo le gritaba, él contorsionaba el cuerpo para mantenerse a flote, yo aguantaba en su lomo como podía.

El ojo de la tormenta pasó sobre nosotros, las aguas se remansaron. Cesó la lluvia.

La tormenta era ahora un muro gris, una barrera circular gigante que nos rodeaba. Las estrellas lucían sobre nuestras cabezas. Omar me pedía clemencia con la mirada, pero nuestros destinos estaban atados y él lo sabía: los dos éramos uno en aquel piélago; si hubiera sido yo el joven, habría cargado con él sin dudarlo.

Omar me indicó por señas que quería deshacerse de la ropa, que le molestaba. Se lo prohibí: la noche iba a ser larga y también en el mar la ropa sirve. Le indiqué cómo usar los brazos para mantener la estabilidad, cómo limitar al mínimo el movimiento del cuerpo. Se trataba de flotar sin avanzar, de mantener la calma; se lo hice ver por señas. El mar se encargó del resto.

Omar empezó a hiperventilar, con los ojos bien abiertos, asustado al sentir que el borde de la tormenta se acercaba de nuevo. Volví a aferrarme a él con fuerza.

Un golpe de viento nos abofeteó y volamos sobre el mar como jirones de espuma. Caímos a más de cien metros rompiendo el agua, envueltos de nuevo en lluvia; él gritando con terror de dama, yo bien sujeto a su cuello. El ruido volvió a llenarlo todo.

Omar pataleaba sin control, ajeno a toda instrucción, le di un cabezazo en la nuca y lo inmovilicé abrazándolo, le dejé bien pegados los brazos al cuerpo. Lo devolví al fondo del mar para que se calmara; bajé con él. Los dos bien juntos.

Caímos en línea recta…

El ruido se quedó arriba, donde centelleaban los relámpagos. Abajo todo era calma. En algún lugar —en otro planeta— debía de estar la India —en otra vida—.

Omar cerró los ojos, entregado al mar. Se relajó de golpe. Lo miré, rodeado de burbujas. Él abrió un poco los ojos. Le asentí, sonriendo.

Bajo nuestros pies nadaban criaturas antiguas, seres con dos piernas y dos brazos, con cabeza de persona, de ojos pequeños y negros, con cabellos largos. Nos observaban con curiosidad, pero mantenían las distancias.

Cuando Omar iba por fin a aceptar la muerte, le clavé muy fuerte los tacones bajo las costillas, y él, como si recordara algo, se despabiló de golpe y empezó a culebrear a toda velocidad hacia la superficie, como a punto de batir un récord. Me recoloqué en su espalda como mejor supe para enfrentar con arrojo la tempestad inminente. Hicimos pedazos la superficie.

Los dos nos bebimos el aire.

La tormenta era la misma, pero Omar había cambiado. En lugar de luchar contra las aguas, se dejaba llevar ahora por ellas. Omar, por fin, fluía.

Las olas, grandes como catedrales, nos levantaban hasta el cielo y Omar descendía después, rodando por la ladera. Yo lo cabalgaba orgulloso. Los rayos golpeaban el agua junto a su rostro moro, que había madurado de golpe. El Omar que entró en la tormenta no era el mismo que salió de ella.

Amaneció y anocheció dos veces. Pasamos casi tres días en el agua, rodeados de delfines. Omar nadaba mejor cada día, nunca me solté de su cuello. Los dos teníamos sed, pero nos aguantábamos. Omar no estaba ya enfadado, ni tampoco agradecido; me tomaba, creo yo, por una de esas taras físicas que toca sobrellevar porque la vida es así. No todo se elige.

Esos días pude reflexionar, me sentía agotado de muchas maneras. Vi tierra a lo lejos dos veces, las dos se alejó de nuevo. El horizonte se estiró otra vez, más plano y recto que antes. Calma chicha. Pasó la noche. Y volvió a asomar la India, al otro lado, ahora una franja ancha y oscura.

El viento nos empujó hacia allá, la mancha oscura crecía, se desdoblaba en picos y paredes escarpadas, ganaba en detalle. Mi ánimo —que sólo aspiraba ya a pisar el suelo— crecía también con ella; hasta ayudé un poco a Omar, braceando como pude con el lado izquierdo.

Unos pescadores keralites pasaron junto a nosotros en una barca de pesca. Les gritamos, pero ellos nos saludaron con la mano y siguieron su camino. (El viento, de todos modos, nos empujaba a la playa de piedras, que separaba el mar de la selva).

Traté de afilar la mirada para estudiar el terreno. Sin prisas; ya nada era urgente, salvo encontrar agua dulce. Nadie me aguardaba en el París nuevo.

Cuando alcanzamos las costas de la India, Omar echó a correr sin mirar atrás. Se lo tragó el follaje. Lo entendí perfectamente. Nunca volví a verlo.

7

Los días se convirtieron en meses que se convirtieron en años de dar tumbos y de doblar esquinas.

En la India conocí a un santón que llevaba media vida con la mano sobre la cabeza, como los niños que se saben la lección y aguardan turno. Tenía las uñas largas y retorcidas como las raíces adventicias del ficus bajo el que vivía. El ficus había crecido, las raíces colgantes se habían redimido y formaban, siendo muchos árboles, uno solo. Una vez acampó un ejército entero bajo sus ramas. El tronco principal tenía un diámetro de doce metros; el ficus entero, un radio de cien. Era un árbol tan grande que desde el cielo se diría un bosque. Me llamó más la atención el árbol que el santón, que sólo sonreía como un mono sin seso. El árbol era un prodigio de raíces aéreas y leñosas que atrapaba a los pájaros y los hacía desaparecer durante semanas.

Recorrí media India de ficus en ficus, sin pisar el suelo, siempre hacia el oeste, escuchando leyendas.

En Pakistán hice juegos de manos que divertían a los niños. Aún quedaban supervivientes de la Edad del Bronce en el valle del Indo, jamás vi tanta gente junta; eran toscos e inmortales, muy centrados en lo suyo (hacer cuencos). Conocí a los neolíticos de Mejergar y a hindúes escapados de la India. Aprendí a diferenciar a los persas de los indogriegos. Hice migas con los musulmanes, que eran mayoría, y me llevé mal con los mongoles y con los sijes. Recién independizados, unos añoraban –sin haberlo conocido– el Imperio aqueménida y otros el Califato omeya, unos el Reino sij y yo el Imperio británico, más formal. Crucé las regiones montañosas evitando las cumbres más altas, cabalgué a pelo un marjor de cuernos salomónicos al que nadie se atrevió a detener en la frontera de Irán. Aprendí las reglas del críquet, que no había aprendido en Cambridge. Quise bucear el lago Attabad sin tomar aire, en el valle de Hunza, pero tuve que salir a respirar diez veces; ya no era quien fui. En la India y Pakistán me cansé mucho y muchas veces.

Irán me sorprendió, me lo había imaginado blanco y polvoriento, pero en aquellos días era un vergel; lo que no era césped era pasto, lo que no era pasto era directamente pradera, qué país tan bien cuidado. Los iraníes se levantaban temprano con sus guadañas y tijeras de podar, tenían la nación muy limpia, más alfombrada que Oviedo, y mejor recortada. En Irán se jugaba al polo, sobre todo las mujeres, que entonces lo tenían permitido todo. Conocí a la presidenta de Irán, una persa descreída que llevaba el hiyab con gran elegancia, ochenta y cinco años tenía, qué guapa era. Uno la imaginaba de joven y se caía de culo. Era pediatra y ginecóloga, pero no ejercía. Me firmó una carta de recomendación para evitarme problemas al cruzar Irak (que estaba hecho un solar, decía). Me acompañó a la frontera en persona, le preocupaba que me perdiera. Me ofreció quedarme a su lado como asesor y amante, aunque tenía amantes de sobra mucho más jóvenes que yo, más resistentes. Con mejor vista. Nada importa más en Irán que el amor y la poesía.

En Irak no vi a nadie, ni civil ni soldado. Todo eran piedras, viento y nada. El horizonte se perdía más allá del horizonte, uno podía oírse el corazón y hasta circular la sangre, costaba respirar allí sin alboroto. Me llevó dos semanas recorrer Irak de este a oeste. No vi un alma.

Jordania –llamada Madiya hasta la guerra del Gas– era un país exuberante, con la misma bandera, diría yo, que el resto del Oriente Medio: el mismo rojo, el mismo blanco, el mismo verde. El mismo negro. Tenía los edificios más altos de la región, unos sobre otros, y más coches de lujo que Savile Row. Los turbantes eran de las más delicadas fibras, las mujeres lucían sus telas multicolores, orgullosas como libélulas. Las ciudades eran resplandecientes y modernas; el desierto, como en todas partes, era cielo y tierra. Pasé tres noches en Petra –entonces se podía–, visitado por nabateos muertos, algunos de ellos, príncipes. (No los veía, pero podía olerlos). En Jordania apenas entendí una palabra de lo que me dijera nadie: llegaba a todas partes cuando ya se habían ido los ingleses. Los jordanos me permitieron cruzar el país solamente si no pisaba Israel (tuve que prometérselo). Los jordanos son un pueblo porfiado y un punto suspicaz, me quedé con ganas de conocer Monte Carmelo, donde dicen que la Virgen se aparece a cada rato. Los jordanos me mandaron al golfo de Áqaba, que estaba tan empapado de mar como el de Suez, para que lo cruzara a nado.

De Egipto hablaré más tarde. No puedo apretarlo en unas líneas. Egipto es importante.

Libia fue un sueño, dormido y despierto. La recorrí por la costa para sentir en la cara la brisa del Mediterráneo. Bardia, Tobruk, Derna, Bengasi, Sirte, Misurata. Trípoli. En Tobruk le compré una cámara a un pastor, una Lancaster de fuelle que, según me dijo, se había encontrado tirada en la ruta de las caravanas. Limpié muy bien la cámara, por dentro y por fuera; me puse a hacer fotos, aunque no tuviera carrete, no me importaba. Playas, acantilados, templos en ruinas, mezquitas, pozos. El cielo blanco. Todo lo encuadraba con la cámara y todo lo guardaba en el cerebro, donde revelaba cada imagen y la guardaba con mimo, en un archivo mental que aún conservo. Trípoli, qué gran ciudad, Tarabulus al-Garb, Trípoli de Occidente, qué jardines, qué mercados. Qué sonidos. Qué olores. Del dominio romano quedaba sólo un puñado de restos, algunas columnas dispersas, algunos capiteles. Los tripolitanos no tienen nostalgia, viven el momento, se habían hecho una ciudad con sobras. Bajo el arco de Marco Aurelio recibí las insinuaciones más procaces de un sacerdote de Rímini que llevaba treinta años a pan y agua y paseaba de la mano de hombres guapos, como hacían todos allí. En cuanto cambiaba el brazo de sitio, volaban las tortas. A Trípoli acudían los mejores en busca de oportunidades, la ciudad se llenó de extranjeros, gente de piel clara; el sector textil estaba en su apogeo y se podía importar de todo. Allí le puse carrete a la cámara.

Tomé un sinfín de imágenes, las he perdido todas. Con carrete no es lo mismo.

Túnez me obligó a dar un rodeo para permanecer junto al mar, no quería renunciar a la brisa. Podría haber cruzado el país en dos zancadas, pero se me metió en la cabeza conocer Bizerta, tan disputada y, al final, tan francesa, tan enfrentada al resto del mundo como al estrecho de Sicilia. La historia de Túnez es la de un revuelto de setas, por Bizerta habían pasado todos, los fenicios, los cartagineses, Roma, los bizantinos, los árabes. En el siglo XVI la ocupó España, que enseguida la perdió en una partida de cartas. Francia la convirtió en puerto próspero. En la Segunda Gran Guerra la ocuparon los alemanes y, por fin, los italianos, que se marcharon de allí por error, al interpretar mal un telegrama. (La ciudad se quedó sin gobierno un año, ni colegio había: «¡Viva!», gritaban los niños).

Soplaban, como en toda el África, vientos de independencia. Cuando se fueron los franceses, la economía cayó en picado. Los números se posaron en la arena dulcemente.

Argelia pasó de reino a república en un mes, en el 48. Le habían quitado la corona al rey Al Maktum, pero le dejaron seguir gobernando un rato. La región de los cuatro soles, el país más extenso de África. «Para el pueblo y por el pueblo», rezaba su lema. Argelia es un lugar enorme que me pasó, no sé por qué, inadvertido. Estuve a mis rumias y repasos. No supe ver lo que ofrecía.

Crucé la frontera de Marruecos el 6 de mayo de 1960. Allí esquivé los rincones que conocí en el 34, hacía más de un cuarto de siglo.

No fui a El Aaiún ni a Tarfaya, evité impecablemente el Sáhara, rodeé Melilla, busqué Alhucemas, Tetuán, el céfiro del mar de Alborán. Quería pisar arena nueva, pero las dunas eran las mismas y viajaban en constante movimiento: algunas saludaban. En el norte de África el desierto se repite a sí mismo cada diez años, la arena peregrina con el viento, se hincha y deshincha y vuelve a instalarse, cada década o así, en el mismo lugar que estaba, y de la misma manera. Los eruditos estudian el fenómeno, ahora se hacen mediciones, se recogen pruebas. Se toman fotografías para compararlo todo. Pero no hay marroquí, egipcio o tunecino que no lo sepa desde siempre.

8

¿Qué es llegar a un lugar sino dejarlo atrás? No hay como alcanzar un objetivo para convertirlo en simple escala.

En Marruecos me sentí algo indispuesto; desfondado después de dos años de caminata. Uno sabe que envejece cuando se le llenan de venas las manos.

Marruecos desconcierta y embriaga, tan cerca de Europa, tan en África. En el norte me detuve frente al mar, que llevaba meses contemplando; allí recuperé la quietud.

Me rasqué la barriga dos semanas bajo el verdor de R'milat. En el norte de Marruecos pensé más que nunca en España, en su civilización austera, tan acomplejada (para bien y para mal), tan diferente a la francesa, a la que mi espíritu, a mi pesar, tendía.

También Justine me unía a Francia, aunque ella nunca la hubiera pisado y yo sólo le obedeciera por la culpa que empuja a los vivos a servir a los suyos cuando susurran en el lecho final cualquier disparate. Así somos.

En cuanto puse en orden las ideas —que eran pocas y justas—, tomé un barco recién pintado en el puerto de Tánger, desde cuyos altísimos cabrestantes se ven las casitas blancas de Cádiz.

Me propuse llegar a Francia sin pisar España.

Pero queda lo de Egipto…

9

Lo de Egipto

Egipto no es un país, es un hormiguero pegado al Nilo (que es todo lo que cuenta allí: lo que no es Nilo es descampado). Estuve en Egipto medio año, el tiempo que me llevó dejar Jordania y alcanzar Libia.

Egipto me hizo más comprensivo y menos tolerante, la tolerancia es la virtud del soberbio. En pocos lugares como allí conviene tanto el silencio, como si el ruido fuera la forma que el país tiene de guardar secretos, igual que lo es la arena, que todo lo protege. Basta con callarse para que suceda algo. (Me pasé seis meses mirando alrededor y guardándomelo todo para dentro).

Almakán no tiene la fama que tienen El Cairo o Lúxor, pero tiene sesenta y seis pirámides –una de ellas más alta que la de Guiza– y ciento veinte templos. No hay forma de caminar por Almakán sin pisar un muerto.

Dice la historiografía que fue fundada en el Imperio Antiguo, hace cuatro mil años; la tradición le atribuye diez mil, pero son más, seguro. Se fundó antes de los faraones, cuando Egipto aún no se tomaba en serio a los visitantes de Sirio, que entonces aterrizaban de cualquier manera.

En Almakán se concentran más magos que en todo el resto de Egipto, sacerdotes conocedores de la verdadera Magia. Todos saben allí un poco de todo: todos leen las cartas (desde pequeños, no como yo), todos leen el aura, todos leen los posos del té y, en general, todos leen de todo con tal de que no haya que leerlo, pues la mayoría de la población es analfabeta.

Si las noches sirven a exhibiciones lumínicas, de día se visitan las galerías, para evitar la luz directa. De las columnas de los templos sobresalen bajorrelieves que prueban que en época de Meth II había ya máquinas de escribir, calculadoras y esas bolas de metal que pendulean en las oficinas y chocan unas contra otras, de dos en dos y de tres en tres.

Llegué a Almakán sin planes concretos.

Una tarde, cuando el sol caía como un techo de piedra, una chica del lugar me pidió que la acompañara. Yo me había dejado barba y parecía un caballero respetable, casi un inglés; pero se acercó igualmente. No era una niña enigmática, más bien una muchacha normal, de unos dieciséis años árabes, una muchacha cualquiera. Decidí seguirla.

Cruzamos la zona turística, llena de americanos, luego las chabolas de adobe y paja donde viven los más ricos para no dar envidia a los pobres. Salimos de Almakán a eso de las tres.

Recorridos seis kilómetros, la chica me señaló un agujero que se abría sin más en la tierra y que solamente podía verse desde muy cerca. Me asomé a él con cuidado. La niña se descolgó del cuello una piedra blanca y la golpeó un par de veces contra la suela, hasta que se iluminó por dentro. Se agachó y la acercó al borde del agujero.

La piedra iluminó una galería en caída que, a los diez o doce metros, desaparecía doblándose en ángulo recto. La muchacha me pasó el colgante, incluido el cordón de cuero del que pendía. Se limpió los mocos con la manga. Me señaló el túnel. Buscó la posición del sol y regresó a Almakán sin girarse, como si su misión estuviera cumplida.

Como yo no sabía qué hacer, me envolví el cordón en la mano.

E inicié el descenso…

Doblé un par de codos de roca y dejé atrás la luz del sol, sólo la piedra encendida me permitía avanzar sin tropiezo.

A veces la galería era recta como una tibia, a veces se plegaba sobre sí, a veces era horizontal. A veces descendía de nuevo. A veces se desdoblaba (siempre supe escoger el mejor lado), a veces una marca adornaba un sillar; pero las paredes estaban por lo general lisas, desnudas. Frescas. Reconfortaba aquel frío bajo la sartén egipcia, aunque con la humedad me dolieran los huesos.

Por fin llegué a un tramo larguísimo que sólo descendía y descendía, una cuesta pronunciada y, en apariencia, interminable. No doblaba a derecha ni izquierda, aunque a mí me pareció que dibujara una sutil curva, una combadura imperceptible que, quizá a los diez kilómetros o más, acabaría por completar un círculo. Se perdía en lo más profundo del subsuelo. Mi vista decaída no ayudaba y la luz de la piedra iba perdiendo fuerza.

Después de caminar durante horas, llegué a una cámara de sillares de granito, enormes, sin adornos, con una especie de armario pétreo al fondo unido a la pared: un sarcófago vertical, o tal parecía. Encontré adecuado ocuparlo de pie. Como una momia vieja.

Una ráfaga de aire apagó entonces la piedra y me sumió en la oscuridad completa. Perdí la conciencia al instante.

Al abrir los ojos no sentí ningún miedo, aunque todo era negrura. ¿Cuánto llevaría allí? ¿Cómo regresar arriba en medio de la tiniebla? ¿Palpando? Golpeé la piedra blanca contra la suela, pero ya no funcionaba. ¿Y las bifurcaciones, los desdoblamientos, los recodos continuos? ¿Cómo encontrar el camino? Podía elegir siempre el mismo flanco, como en los cuentos, pero ¿cuándo llegaría arriba? ¿En días? ¿Nunca?

Decidí tomármelo con calma.

Respiré profundamente. Crucé los brazos sobre el pecho. Me concentré en el silencio. Me sentía, una a una, las arrugas de la cara, como huellas vivas y profundas, y la piel flácida, un poco descolgada, que algunos confunden con la experiencia.

Cuando todo es oscuridad, cuando todo se detiene de verdad, apenas queda rastro de la propia vida. Quedan los latidos del corazón, queda la respiración, que se calma o agita, pero los sentidos se adormecen; finalmente, se apagan.

Entonces no queda nada.

Podía imaginarme en cualquier postura.

Comencé a flotar sin hacerlo. La cámara se convirtió en un lugar distinto —aunque no pudiera verlo—, más amplio. Primero en una basílica, luego en algo más temible. Sentía la envergadura de las bóvedas, el aire nuevo. No deseaba abrir los ojos, sabía —notaba— que las paredes tenían ahora una altura de cuarenta metros, quizá más. La longitud del fondo era incalculable.

El muro no era ya de granito, sino de piedra clara y pareja, cubierta de alabastro y luz. Me rodeaba una catedral sin altar ni columnas, una catedral perfecta. Una suave incandescencia entibiaba el aire. Cada molécula de aire vibraba en torno a mí.

Permanecí allí durante horas.

Nunca abrí los ojos. Sólo sentía.

Podía oír lo que sucedía a kilómetros, las voces de los falsos magos al engañar a los turistas, las pezuñas de los camellos de Almakán arañando la arena, el rumor de la brisa, los insectos comiéndose el grano de los mercados.

Una fuerza invisible se me coló por la nariz y alcanzó lo más profundo de los pulmones, y se distribuyó desde allí al resto del cuerpo. Luego subió por el cuello y me colmó la cabeza, y se esparció por el pecho y por el sexo y por las piernas, y me llenó los brazos. Aquella fuerza me inundaba.

Sentía la vida descomponerse en átomos, un flujo terso y eléctrico, luz y latido sólo. Lo veía y sentía todo: las minas de diamantes de Udachny, el dolor de las madres libanesas por sus hijos perdidos en las montañas, las canciones de batalla de los pueblos germanos antiguos, las nubes estrechas, detenidas durante horas encima del Vaticano.

Podía oír el rumor de las hojas de los árboles del Amazonas, los espasmos de los peces de los corales de la Micronesia, el clic de las estrellas al encenderse y apagarse.

Me diluí en el mismo cielo que describen los ascetas. Exploté con un estruendo. Al que siguió un zumbido finísimo.

Desperté, naturalmente, en mitad del desierto, aterido bajo la luna blanca. No sentía ya el calor de aquella sala enorme que había cabido tan bien en una pequeña…

A veces regreso a aquel lugar, cuando me canso de remar, cuando quiero detener el mundo. O a veces al despertarme, si me quedo muy quieto en la cama, boca arriba, mirando al techo, y dejo de respirar casi, muy cansado, y cierro los ojos y escucho cómo se detiene el cuerpo y, con él, los pensamientos.

Sé entonces que todo ha sucedido muchas veces, mucho antes de mi llegada al mundo, antes de que todo existiera, antes de que hubiera nada en absoluto. Y me siento irrelevante y manso: siento que sobro, invisible al fin. Que nada importará nunca, y yo menos que nada. Me siento imperturbable.

Vuelve la paz.

Cada vez me cuesta más regresar de allí…

CUARTA PARTE

1

Sufro parálisis del sueño desde la adolescencia, no sé por qué. Viví mi primer episodio con quince años. Fue más o menos así:

Dormitaba en mi cuarto en la casa de Salamanca, después de comer. Nunca duermo la siesta, pero ese día sí, podía estudiar o dormir, así que me decidí por lo segundo. Antes de nada (antes de todo): nunca hago siesta. Porque no. Mis padres la hacían y con ella imponían a la casa la ley del silencio. En invierno podía tolerarlo, en verano era humillante; pasaba horas enteras deambulando por el pasillo o sentado en la cocina; el tiempo avanzaba a rastras: escuchaba el tictac del reloj del salón, las campanadas de las tres, que anunciaban los cien años que aún faltaban para las cuatro; me miraba las puntas de los pies, quería morirme, acabar con aquello. Que un niño quiera morirse es un asunto serio.

Dormitaba en el cuarto, decía, mientras escuchaba cantar a la vecina de arriba, una cubana gorda con la que se había casado el señor Letona, capitán del arma de ingenieros. Mis padres estaban de viaje y una criada limpiaba los cubiertos del salón, se la escuchaba hurgar en la plata como se oían las canciones de la negra, historias empapadas de lluvia. Podía seguir los versos —inéditos para mí— desengaño a desengaño, canciones largas, dramáticas, así que no estaba dormido, que es lo que quería aclarar.

A lo lejos sonó la puerta de servicio, ¡pum! La criada se había ido de compras. Me había quedado solo. Mis hermanas estaban en el colegio, la cocinera tenía el día libre. Sólo quedaba yo, seguro. Segurísimo.

La puerta del cuarto quedó, como tantas veces, mal cerrada, así que, con la corriente, daba golpecitos: clan, clan…, clan, clan, clan…

Dos cosas pueden suceder en una cama para dar cuenta de lo inevitable, el clanclán de la puerta es una, la segunda es despertarse con la vejiga llena: por más que uno quiera retrasarlo, sabe que acabará por levantarse.

Me puse en pie, malhumorado, para acabar con el diálogo interno y cerrar la puerta de una vez.

Y, en cuanto apoyé la palma…

¡Sentí resistencia al otro lado!

Alguien estaba empujando.

No era posible, di un paso atrás. Muerto de miedo.

Una desconocida de unos sesenta años abrió la puerta con furia y se acercó a mí. Vestía un camisón blanco, como de otro siglo. No parpadeaba. Cuando le grité (por dentro), detuvo su avance. Su rostro parecía ajado por mil vidas, tenía el cabello desflecado y entrecano, ni muy corto ni muy largo, sus ojos me advertían de algo. Y entonces…

Y entonces, me desperté.

Seguía tumbado en la cama, donde siempre había estado. La puerta hacía clan, clan, la vecina acababa su bolero y empezaba otro. Aquel ensueño en duermevela me había dado un sobresalto del que mi respiración aún daba fe. Todo iba bien, por tanto.

Salvo que no podía moverme.

¿Por qué no podía moverme? Me encontraba bien, consciente, con plena capacidad auditiva, también táctil. Podía pensar, razonar (lo estaba haciendo), concluir que había soñado, que, en un estado crepuscular, me había pasado sin querer al otro lado del sueño.

Pero era incapaz de reaccionar.

Intenté ladear la cabeza, pero no podía. Ni un milímetro. Intenté mover un pie. No pude, no se movía. Mantenía el control del pensamiento, pero no del cuerpo, esa era la tortura: los músculos rechazaban las órdenes que el cerebro les enviaba.

Atrapado, empecé a asustarme. Luego, a angustiarme.

Y ¿si no volvía a moverme? Y ¿si me había quedado quieto para siempre? ¿Puede haber algo peor que mantener la conciencia en la carne inerte? Supe entonces —así lo sentí— que algo iba a suceder, que algo —no sabía qué— estaba a punto de llegar, que algo iba a pasar —a pasarme—. Enseguida.

El aire se hizo más pesado, empezó a cargarse de esa clase de corriente que hace posibles las cosas, que las hace inminentes. Me preparé para la aparición más terrible, alguien —algo— se acercaba. ¿La mujer del camisón? Algo peor. Una aparición invocada por el propio miedo…

Decidí concentrar la atención en una sola cosa. Una parte de mí. Apagar el resto. Olvidarme del torso. De las piernas. De la cabeza.

Reuní toda mi voluntad en un solo dedo. Un dedo de la mano derecha. El meñique. La última falange, nada más. La punta del dedo.

Apreté los dientes sin apretarlos —no podía—, apreté los ojos sin cerrarlos. Reuní cuanto empeño tenía y me apliqué en doblar al menos aquel meñique, al que trasladé todo mi empeño. Puse en él mi ser completo. Hasta que…

El dedo se movió un poco.

El dedo se movió un poco y luego…

Y luego, nada. Y luego…

Y luego, otro poco. Y luego…

Y luego recuperé de golpe el control del cuerpo.

Abrí de inmediato los ojos, que creía abiertos. Exploré, roto el hechizo, el cuarto, muy agitado.

El aire se hacía leve de nuevo. La negra cantaba y cantaba al otro lado del techo (aquella dama frondosa no se rendía). Extendí y contraje la mano, celebré la voluntad recuperada. Moví el cuello sin necesitarlo, abrí y cerré los ojos muchas veces, doblé las rodillas —que de nuevo gobernaba—. Recuperé el ritmo de los pulmones; sentí cómo el corazón se apaciguaba.

Y me levanté a cerrar la puerta. De verdad, ahora. Ahora, despierto.

Viví aquella parálisis más veces, con el tiempo fui acostumbrándome a ella.

Al principio me asustaba y me concentraba en mí mismo lo mejor que podía, siempre en el mismo dedo. Pero, como antes o después regresaba a la vida —aunque bañado en sudor—, fui perdiendo la aprensión.

Empecé entonces a probarme, a ensayar diferentes despertares, a anotar en un cuaderno con cuántos esfuerzos lograba volver (consideraba un esfuerzo cada empujón de voluntad), uno, dos, tres, cuatro esfuerzos. El récord fue de once. A veces regresaba con un solo esfuerzo.

No me pasaba siempre. Ni siquiera a menudo. Me pasaba cada tanto, cada varios meses. Luego, cada varios años. Luego dejó de pasarme. Luego volvió. Una línea invisible engarzaba en mi memoria los episodios y hacía irrelevantes los huecos, que sin embargo iban ensanchándose.

Otra cosa...

Durante un tiempo me dio por levantarme muy temprano, para salir a pasear (para ejercitar la voluntad, me decía entonces). Para nada. Le daba más valor a hacerlo cuanto menos me apeteciera. Lo tomé por costumbre al llegar a Espuria.

Me levantaba a las cinco y desafiaba el toque de queda, deambulaba por donde fuera hasta las siete, muchas veces cerca del río, o hacía extraños ejercicios que no eran gimnasia, pero que lo parecían. Cosas mías. Si había dormido bien, ponía en marcha el día. Si no, me acostaba de nuevo. A veces pasaban cosas, a veces no.

Con el tiempo empecé a darme cuenta de que atraía mejor la parálisis si me volvía a dormir justo al regresar de pasear, fuera de horas. Si así lo hacía, me despertaba de nuevo al cabo de un tiempo, bien quietecito, casi siempre a las diez en punto, desconozco la razón. Y vivía experiencias de carácter erótico que deduje que produciría un súcubo, un diablo femenino. O con forma de mujer. Que a mí ya me valía.

Determinado a demostrarlo, salí a caminar una vez más tras sólo dos horas de descanso. Me acosté de nuevo a las ocho, como tantas veces había hecho antes. Y esperé (dormido) a que se me sentara alguien en el pecho...

Retomé la conciencia a las diez en punto, con exactitud suiza. Traté de moverme (sin ansiedad).

La parálisis era precisa, muy formal, me forzaba a replegarme en lo más recóndito del cuerpo. Aguardé como un hombre de ciencia.

La reacción llegó de abajo arriba en forma de ardor placentero. Tensó las sábanas. El súcubo, a quien imaginaba de una belleza terrible (pero a saber), empezó a moverse sobre mí e hizo lo que sabía, rápido y bien. Latín sabía, el súcubo. Yo puse el resto.

Cuando me desinflé bajo la colcha, sentí que, con el estallido, algo se me iba. Que alguien me robaba algo. Aunque no me importara.

Viví lo mismo otras veces, conectando, como hacen los fantasmas, un plano con otro. Eso creo que pasaba. Un día el súcubo se marchó y me dejó en paz por mucho tiempo. Muchos años. No lo eché de menos.

Aún hoy me despierto quieto a veces, como si regresara un eco que alguien hubiera olvidado apagar del todo. Vuelve entonces el recuerdo de la mujer de blanco, con el rostro ajado y el camisón de otro siglo. Y el de aquel súcubo sinuoso que exprimió de mi juventud cuanto pudo.

2

Mi intención al abandonar Tánger era doblar Portugal por el cabo de San Vicente, bajarme en el Alentejo a comprar unos pasteles y no parar ya hasta El Havre. Fui el primer sorprendido cuando, a la altura de Punta Umbría, empezaron a sonar las bocinas del barco y todos abandonaron la cubierta.

Nada parecía fuera de lugar, a nadie se le veía preocupado, la gente entraba con armonía en el barco, no se abandonaban las conversaciones.

Yo miraba alrededor sin saber qué hacer. La gente me saludaba al desfilar desde la cubierta, unos hablaban en árabe, otros en francés, o en italiano. Yo contestaba asintiendo. Una voz enérgica salió entonces del puente para imponer al barco una nueva derrota.

La nave empezó a crujir. Las olas se alborotaron por el lado de estribor. Cuarenta y ocho mil toneladas de barco giraron pesadamente noventa grados al norte.

La nave enfiló entonces la costa como si buscara encallar, o estrellarse contra ella, y empezó a ganar profundidad. ¡Se hundía en línea recta! El barco parecía, en realidad, inmóvil, así funcionan los sentidos, era el viento el que bramaba y el mundo el que emergía, las oscuras aguas verdes se lanzaban contra la proa y se abrían a los lados, inundando la cubierta. El buque —y yo con él— se hundía como una flecha. En el último segundo logré cerrar a mi espalda la salida de cubierta, que fue embestida por el mar con gran violencia.

Los pasillos se encendieron en rojo. La megafonía fumigaba a Strauss padre por cada rincón del barco. Los camareros silbaban o se cimbreaban en los pasillos a ritmo de tres cuatro, portando con maestría bandejas cargadas de champán, o de tés exóticos. A veces se paraban a bailar con las camareras, rifeñas de largos cabellos que giraban sobre sí mismas con elegancia hipnótica.

El mar acabó de cubrir el casco y la embarcación puso proa bajo las aguas hacia los acantilados invertidos de Huelva. Yo, que tanto había vivido, no había visto nada así: el barco —de nombre *Miseno*— buscaba en la montaña su suerte siguiendo la primera succión, convertida ya en corriente; se colaba bajo la costa andaluza por un agujero.

Primero se hizo la oscuridad. Luego se encendieron las luces del interior del barco. Luego, las de fuera.

El túnel era grandioso y a la vez estrecho, tal era la envergadura del *Miseno*. Grandes lámparas de color ámbar, alineadas en la bóveda de veinte en veinte metros, marcaban la embocadura: ampollas incandescentes reforzadas por una jaula metálica que daban a la galería aspecto de mina.

Luego los fanales se acababan y era el propio barco el que alumbraba la roca con sus reflectores y luces de posición, que horadaban la negrura a los lados y en la popa. Las paredes de piedra desigual, a veces pulida por la mano del hombre, a veces salvaje e intimidante, marcaban a la nave el rumbo. El *Miseno* atravesaba la península como una ballena.

Tan pronto me acostumbré a la luz roja, se volvió blanca de nuevo. Strauss se convirtió en Granados y Granados en Ravel. Y Ravel en Mozart. Los pasillos se vaciaron: la gente se recluyó en los camarotes para descansar o acicalarse, o para acudir al restaurante, cuyo murmullo lejano no había llegado a desvanecerse del todo. Todos estaban tranquilos. Informados.

No hice amigos en aquel viaje, nadie busca a un hombre gastado. Usaba cualquier escotilla para observar el avanzar de la nave, tosía a menudo, una costumbre nueva que desde hacía algún tiempo me habían impuesto los pulmones. Luego me hundía en una de las hamacas —las había a cientos, también en los aseos y en la cocina— y dejaba pasar el tiempo, que allí sobraba. Me balanceaba en la red al ritmo de la corriente o deambulaba de aquí para allá, aunque me fatigara un poco: paseaba por los pasillos, abría cada puerta y accedía a cada pañol, grande o pequeño, entraba en cada taller, visitaba el puente de mando, donde a veces hacía sugerencias y a veces daba directamente indicaciones, sin consecuencias; me paseaba por la despensa, por las cámaras frigoríficas, por la capilla, por la enfermería. Entraba en los camarotes ocupados y, fingiendo que hacía inventario, comparaba su tamaño y comodidades, que apuntaba minuciosamente en un papel sin que nadie objetara nada. Descansaba en estancias prohibidas.

La sala de máquinas era gigantesca, alta y ancha como un estadio, uno no creería que ese pez pudiera albergar tal vientre. Generadores, calderas, compresores, bombas de lubricación. Tanques, condensadores, enfriadores, filtros automáticos, bombas de lastre y de trimado. Todo era de un tamaño exagerado, todo era ruido, todo resultaba espeluznante. Las calderas alborotaban el agua, que pasaba, sorteando el estrépito, a una cámara estrecha donde el vapor se expandía y empujaba un enorme pistón que, según creo, no hacía nada. El vapor entraba en un primer cilindro que lo forzaba a moverse hasta el siguiente, y luego hacia un tercero, hasta perder casi todo el empuje y regresar con la cabeza gacha al primero. En el centro había un lago de magma del que los motores tomaban la energía, un lago palpitante y sagrado. El fuego del lago ascendía por un canal rizado y se perdía entre la maquinaria, hasta que, por ciencia o magia, lo que llegara primero, acababa por poner en marcha las gigantescas turbinas.

Cómo rugía aquel lugar, gobernado por el latido de un yunque. Cuánto chillaba el vapor, como si no admitiera ya más ruido. Yo entonces gritaba (¡¡¡gritaba!!!), por el placer de no oírme, me llenaba el pecho de vapores y me vaciaba contra el fragor, sin alterarlo. Solía entonces descansar allí mismo, en una hamaca grasienta que había colgada en un rincón junto a otras diez, todas vacías. Dormía como un niño.

Me gustaba perderme en aquel mundo que todo lo hacía pequeño.

3

Nos despertaron con zarandeos. En la quinta jornada de travesía, a eso de la medianoche, el *Miseno* quedó encajonado en una reducción del túnel y los pasajeros tuvimos que salir a empujar, a ver si lo desencallábamos.

Primero nos repartieron escafandras y herramientas; al azar, seguramente: una palanca, una llave inglesa. Después nos sacaron al agua, ingrávidos como astronautas.

Los viajeros se cruzaban bajo el agua y bostezaban dentro de los cascos, o saludaban con una inclinación cordial, conformes con la situación, salvo los reyes moros, que no mudaban el rostro y dejaban hacer a sus sirvientes (incluso bajo las aguas conservaban el porte). Las damas que viajaban en el barco se apelotonaban en los ojos de buey y agitaban las manos recién enguantadas para saludar a sus maridos. Algunas exigían su escafandra y salían también a empujar. También los niños.

Un joven contramaestre (para mí todos eran jóvenes) trataba de darnos instrucciones bajo el agua con signos ininteligibles, así que cada uno se colocó, buceando, donde le pareció mejor. Yo me situé a babor, bajo la línea de flotación, junto a una niña de unos diez años que me sonreía. Le sonreí también a ella. Su padre, un caballero de bigote pulcrísimo más joven que yo, me saludó también. La estampa era bonita, padre e hija parecían a punto de descubrir Altamira.

Afirmé contra las grietas mis botas plomadas, me sujeté con ambas manos a uno de los remaches del barco, apreté con fuerza los dientes y me apliqué a empujar como supe. Lo hicimos todos.

El barco no se movía; era como hacer fuerza contra la propia pared.

Alcé la vista y los demás pasajeros hacían lo mismo: empujaban y se inclinaban adelante para ver cómo iba la cosa (cuando no hay coordinación, empeño y voluntad no bastan). Una bocina nos hizo regresar al barco.

Nos reunieron a todos en los pasillos, chorreando aún (lo dejamos todo perdido). Nos instruyeron con un sistema de colores: dos luces amarillas para coger el ritmo, una roja para empujar luego; dos luces amarillas para coger el ritmo, una roja para empujar luego. Clan, clan, ¡pum! Clan, clan, ¡pum! Uno, dos, ¡tres! Simple.

Vuelta al agua.

Buscamos el lugar aproximado que acabábamos de abandonar, mejor dispuestos esta vez. Varios supervisores se repartieron a uno y otro lado del casco para corregirnos la postura o ayudarnos a encontrar mejor asiento. La actitud era cordial.

Las luces del barco se apagaron. ¡Fum! Sin previo aviso. Se volvió todo negro.

Seguíamos en el túnel como podríamos haber estado en el espacio, o en la cámara egipcia. Sólo el agua fría nos recordaba quiénes éramos. Fue un minuto largo.

Entonces se encendió la primera luz. Clan... Amarilla. Y luego la segunda. Clan...

Con la roja, empujamos todos. ¡Pum! Más bien desacoplados; un paso por detrás de las instrucciones.

Así que no pasó nada.

Dejé caer los brazos a los lados del cuerpo para aflojar los músculos. Algunos me imitaron. Volví a afianzarme en la roca dispuesto a intentarlo de nuevo.

De nuevo se encendió la primera luz. Clan. Luego, la segunda. Clan. Luego, la roja. ¡Pum! Empujamos todos con fuerza, algo mejor esta vez, más coordinados, aunque con margen de mejora. (Las luces ayudaban, la cadencia era clara, al menos).

La niña me miró un instante; con seriedad ahora, como si le preocuparan mis fuerzas. Y volvió a centrarse en el agarre. También su padre estaba serio (un poco sudoroso). Me afirmé de nuevo a la pared.

Luz amarilla. Clan. Luz amarilla. Clan. Y luego… ¡Luz roja!

El barco se movió un centímetro, con un arrastre profundo que sentí vibrar bajo los guantes de buzo. Me emocioné, lo admito.

Nos recolocamos todos enseguida a la espera del siguiente ciclo. La atención era ahora máxima.

Inspiré profundamente —todos lo hicimos—; clavé mejor las botas, esta vez contra un saliente. Y:

Clan…

Tensé cuanto pude los músculos. Esperé el siguiente destello. Me sujeté con fuerza.

Clan…

Miré a la niña, que se mordía el labio inferior, muy concentrada.

Y, por fin…

¡PUM!

Me dejé el alma en aquel impulso; puse la misma vida en desplazar el *Miseno*, que salió propulsado como un cohete, a unos treinta nudos o así.

Se lio buena.

La hélice se llevó a varios pasajeros por delante: quedaron reducidos a hollejo y zumo. A los que empujaban delante los golpeó el bulbo de proa, que los estampó contra las rocas.

Algunos se apartaron justo a tiempo: vieron pasar el barco como un tiburón gigante, sin entender nada.

También hubo quien murió aplastado entre el buque y la pared y dejó un rastro carmesí en el granito, pero a la mayoría nos succionó el arrastre y empezamos a girar en espiral, atados a la corriente.

Fue como si nos centrifugaran.

Tomé a la niña de la mano (la niña gritaba sin parar dentro del casco hermético), la atraje a mi lado de un tirón y la abracé con fuerza para protegerla. La turbulencia nos arrastraba como si fuéramos títeres, o partículas de limo. Nos envolvía en burbujas que lo confundían todo. El mundo giraba como un tiovivo desbocado.

Miré con los dientes apretados a la niña, quien, a causa de la velocidad, crecía y crecía: se desarrollaba. Los cabellos largos nacían sin gobierno de su cabeza y le desordenaban las coletas, ahora silvestres y eléctricas. Los rasgos se le hacían rotundos. El cuerpo se le estiraba. Las facciones, hacía un instante de cría, eran ahora las de una señorita que, cristal contra cristal, me preguntaba con la mirada qué pasaba. La frente le creció dos centímetros. La regla le vino sin más, oscureciéndole la ropa de buzo y llenándole de gotas escarlata el cristal del casco (sobre el que ahora reptaba la sangre sin que ella, ya toda una mujer, alterara apenas la expresión, si acaso un poco contrariada).

Cuando la criatura recién alcanzaba los diecisiete, un golpe de agua me embistió a traición por el costado, doblándome como un tallo tierno, y, flojo y desmadejado, me arrojó fuera del torbellino.

Me frenó la pared del túnel, que reapareció de la nada para detenerse en seco contra mi cabeza.

4

Todo me dolía, salvo el orgullo, que en general he sabido mantener a buen recaudo. Un taladro se abría paso en mi cabeza allí donde antes estaban las sienes.

Alguien me había llevado a un camarote adornado en rojo y cobre y me había dejado en un lecho estrecho, pero confortable. No estaba solo: un doctor árabe de gafas diminutas fumaba un cigarro liado a mano y me cambiaba las compresas de la frente, y la niña —contenido su crecimiento a los dieciocho— me sujetaba la mano. A la chiquilla se le iluminó el rostro en cuanto me vio recuperar la conciencia; me abrazó como la niña que en verdad era y acabó con ello de molerme los huesos.

El caballero árabe me pidió que descansara. Abandonó el camarote envuelto en humo. Sacudía la cabeza.

La niña me puso al día en un minuto. No se molestó en respirar siquiera.

—Me llamo Zamora así de nombre es raro ya lo sé no pasa nada mi padre se ha muerto en el accidente arrastrado por el barco pobre y lanzado luego me han dicho que contra las rocas resulta que rescataron el cadáver con un trinquete pobre no no tengo madre no quiero tenerla para qué mi madre abandonó a papá lo dejó tirado hace cinco años para irse con un príncipe del desierto de los de jaima y cabras muy feo pero muy fibrado según decía mi padre por mí que se pudra mi madre puede quedarse allí si quiere bien enterradita en la arena mi padre y yo regresábamos a casa a Madrid después de año y medio o así en Marruecos a veces en Rabat a veces en Safi a veces en Casablanca allí donde hubiera playa papá era diplomático de carrera y cerraba tratos agrícolas muy buenos y le gustaba mucho el mar y hacía cosas secretas para el gobierno y se bañaba mucho en el mar casi siempre con un sombrero de paja para que no le diera el sol mucho y he recibido una educación muy buena gracias a papá y papá me decía que es para que sepa que valgo lo mismo que los chicos y más que mi madre por eso leo tanto desde pequeña porque quiero ser ministra pero en España que es un país de ministras el que más seguramente por lo menos de Europa y mi padre y yo estamos muy unidos pero ahora ya no por lo del barco.

Zamora –de busto generoso después de tanta vuelta– no se acordaba de callarse y cada palabra era una aguja que se me clavaba en el cerebro.

Tenía, por lo visto, una amiga que se llamaba Madrid, y otra que se llamaba Azucena, y otra que se llamaba Margarita, a la que decían en broma: «Margarita, ¿está linda la mar o no está linda la mar?», y la mejor de las tres era Madrid, que tenía un hermano que se llamaba Joaquín, Quino, Quinito, que era un maleducado y un imbécil. A sus amigas las veía poco porque lo que más le gustaba a ella, por lo visto, era estudiar, y a ellas no, salvo a Madrid, que en realidad se llamaba Maribel, aunque todos la llamaban Madrid porque había nacido en Madrid; y a veces repasaba las tablas con ella y se hacían las preguntas: los verbos, los ríos, los conjuntos, los decimales, las cordilleras, las vacas, las ovejas, allá en Rabat, en una especie de casa grande que era como de su padre, pero que no era de su padre, porque –según decía– ahora era del que había sustituido a su padre, que no valía ni la mitad que él, que qué injusticia más grande, pero que a ella qué, que a ella le daba igual, ya ves tú, que si se volvían a Madrid –decía– era porque querían y no porque les hubiera obligado nadie.

Estaba muy agradecida por cómo la había salvado; de no ser por mí –decía–, estaría ahora junto a su padre, bien tiesa en la bodega, envueltita como él en una manta vieja.

Al principio le había molestado un poco que tirara tan fuerte de ella, pero luego le había parecido bien al ver que el barco, ¡fium!, salía pitando, y que si no la sujeto el barco la convierte en pulpa, y luego —decía—, cuando se había puesto a dar vueltas me había visto allí, tan caballero, tan mayor, tan valiente y educado, aguantando así, tan preocupado; aunque lo de ponerse a crecer de golpe se le había hecho raro, la verdad, pero que qué sabía ella, que se había dado cuenta sobre todo por la voz, que le había cambiado dos veces, según gritaba, más grave cada vez, y que menudas tetas —decía— se le habían puesto, menuda envidia su madre, si las viera, que su madre era una tabla de planchar, que por ella podía morirse, si quería —en eso insistía mucho—, y que si quería yo —me preguntaba— ser su padre. En vez de su padre.

Se me pasó el dolor de cabeza de golpe, sólo me quedó un eco que no se disipaba. Le hice un gesto a la pequeña —que ya no era pequeña— para que me dejara solo, un gesto como de sacudir el aire.

Me quedé mirando el techo hasta que el techo dejó de moverse. Evité mirar la luz directa. Me cubrí la cara con el brazo; con la almohada luego. Me alivió el frescor de la tela.

Zamora no se separaba de mí. Me traía la comida, me enjugaba el sudor de la frente, me acompañaba al baño. Me sacaba a dar paseos —sin permitirme alejarme mucho del camarote ni bajar a la sala de calderas—. Me arropaba.

Me presentó a los demás viajeros, a los que les contaba cómo la había salvado con gran riesgo de mi vida —decía—, que por eso se me veía como se me veía, embrollado y difuso, que no me lo tuvieran en cuenta, y que, si se pensaba bien, bastante bien estaba. Luego, de regreso al camarote, me leía libros en voz alta, de poesía siempre, en consonante (si no, se ponía de los nervios y acababa cerrándolos de golpe), con métrica exacta.

Un día trajo al capitán para que me conociera, medio a rastras. El capitán —muy amable— no paró de disculparse por el accidente: decía que no lo entendía, que era, como mucho, la segunda vez que le pasaba, que qué bochorno tanto muerto, que qué disgusto para las familias, que ya verás ahora, que a ver qué se le ocurría cuando llegaran.

Zamora le decía que no se inquietara mucho, ni siquiera por su padre –que había vivido muy bien, salvo por lo de su madre–, que no le diera más vueltas, que esas cosas pasan. Y lo sacó de la habitación dándole golpecitos en la espalda.

Zamora lo hacía todo por mí: me soplaba la sopa, me pelaba la fruta, me cortaba la carne, me daba el yogur, que no era yogur, sino una especie de kéfir semilíquido con frutos rojos. Se echaba la siesta muy cerquita, justo al lado, bien pegada a mi cama, en una butaca color burdeos, con la cara apoyada así, contra el dorso de la mano, tan tranquila (a veces).

Me cantaba canciones de los Estupendos, que se habían hecho famosos en el programa de Martín Alustiza, en Radio Nacional; se las sabía todas de memoria (arrancaban los sesenta, con sus guitarras y gaitas). Zamora me hacía pasos de ballet –trataba sin éxito de sostenerse sobre las puntas– y luego de rocanrol. Se reía mucho. Yo apenas protestaba: no tenía fuerzas, por la fiebre.

Zamora me explicó que ahora íbamos a Italia («Mira tú por dónde», me decía), que se había quedado bloqueado el corredor de Madrid y el buque había tenido que desviarse y enfilar otro túnel. A veces pasaba. Y que, si me concentraba mucho, podía notar que ahora íbamos al este.

Yo no estaba para concentrarme ni confiaba en que hacerlo sirviera de nada, así que me abandoné, como casi siempre, y dejé que la vida me impusiera su derrota; ya iría a París cuando tocara…

Zamora era muy guapa, muy lista para su edad (la de antes y la nueva). A veces, sin darse cuenta, se tocaba los pechos a dos manos mientras hablaba, como para asegurarse de que seguían allí, pero sus ademanes seguían siendo de niña.

Me contaba sus planes de vida en familia, que daba por resueltos. Yo iba a ser –según decía– un papá magnífico, muy abnegado y serio, prudente en los negocios, iba a despachar asuntos importantísimos con gente importantísima, aunque siempre encontraría un rato para ella. Me casaría con una mujer guapa y dulce, no como su madre (que por ella podía morirse), y los tres seríamos felices, tanto en casa como en la finca que íbamos a comprarnos con sabe Dios qué dinero. Ella iba a estudiar en un colegio muy bueno y luego a hacer una carrera, que escogeríamos entre todos: Económicas o Empresariales. Punto. Aprendería por su cuenta a pegarse con los puños y por la mía a montar a caballo. Viviría un año en Francia y otro en Grecia, y otro –un poco más corto, decía– en Alemania. Se casaría dos veces, para escoger luego mejor, para acertar seguro. Sería la mejor ministra de España. Si se cansaba de todo –como decía que a veces le pasaba– se haría misionera y salvaría a la vez de la barbarie a los zulúes y a los masáis, para matar dos pájaros de un tiro, y a otras tribus del África, pobrecitos los africanos, allá tan lejos, con Jesús tan a desmano. O sería la presidenta de la Cámara de Comercio de Alcalá de Henares, como el tío de Maribel y Quinito, que una vez fue de visita a Rabat y se llevó una maleta llena de chorizos y menudos se pusieron los moros –dijo–, tibios se pusieron, y luego a mirar a La Meca, como si nada, haciéndose los suecos. Zamora era todo planes; como mi hijo Martín, pero en candoroso.

Decidí cogerle cariño a Zamora. Iba a ser lo más rápido.

5

El *Miseno* no era ya un submarino, le había dejado de hacer falta ir por debajo del agua. Aunque seguíamos en las entrañas de la tierra, el túnel era ahora más bien un río y el barco emergía y flotaba; la cueva se había hecho más grande y la galería —antes inundada— era ahora un afluente subterráneo que dejaba al *Miseno* espacio de sobra. Los murciélagos revoloteaban alrededor y llenaban el lugar de vida. Se podía salir a cubierta y, en los pasajes más estrechos, acariciar las paredes del túnel. Todo se hizo más humano. El techo —de nuevo iluminado— quedaba lejos y no hacía falta ya plegar las torres ni las antenas, que a veces, a pesar de todo, rozaban la piedra y proyectaban una lluvia de chispas sobre el pasaje.

Había en el barco un aire de duelo del que no se hablaba mucho, pero que pesaba, una sombra que ralentizaba los movimientos y sumía a los más impresionables en hondas meditaciones. También había más espacio dentro del barco, una cosa por la otra.

A veces, unos rótulos de tiza garabateados a mano en la roca nos indicaban por dónde pasábamos: Ciudad Real, Altilium, Valencia, Sabra, Mahón, Córcega, el centro mismo del mar Tirreno (que tenía su propio letrero)…

Los últimos kilómetros se hicieron farragosos por la lava, cuyos vapores, como los de la sala de máquinas, me vigorizaban.

Salimos a la superficie frente a la bahía de Nápoles. Junto a la vieja Pompeya. Por el Vesubio (que, además de ser uno de los volcanes más activos del mundo —más que los tres de São Bento—, era también la salida más lógica para los visitantes).

Trepamos con escalas y poleas hasta la boca del cráter, a soga y empellón. A la antigua. Hubo un tiempo —nos contó el capitán— en que la ciudad intentó instalar allí ascensores, pero el calor descomponía la maquinaria y hubo que desistir. Se rindieron.

Cuando sentí el aire fresco, empecé a toser de inmediato, y conmigo todos los demás. Demasiado oxígeno de golpe. Después nos aclimatamos.

6

Zamora no crecía ya a ojos vistas, aunque –con discreción– seguía haciéndolo. Cuando empezamos a pasear por Nápoles, rondaba los veinte; al acabar, un poco más. A ella no parecía inquietarle, sólo se ocupaba de hablar y de comprar ropa nueva en los mercadillos, que regalaba a cualquiera cuando ya no le valía.

Nápoles estaba aún recuperándose de la última erupción del Vesubio, que había arrasado los barrios de Felicità y Baldoria. La mitad de la Galería Ruggiero asomaba aún de la lava fría. Los napolitanos son de otra sangre, cuanto más les mata el Vesubio, más alegres parecen, se echan la ciudad a cuestas, lo limpian todo y en un pispás están vendiéndole los restos a alguien, como si los renovara la muerte.

Mi plan era aún llegar a Francia y así se lo hice saber a Zamora, que quería, sin embargo, conocer Grávida (con su dolina de diez mil metros cuadrados, con su microclima inexplicable, con su olivo trepador), que estaba cerca.

Así que fuimos a Grávida.

Grávida es una Nápoles chiquita hasta en sus detalles más nimios. Lo mismo, pero en pequeño. Costaba pasar por las puertas (que eran, a la vez, bellísimas). Más alejada del volcán que Nápoles, era también más segura y su aire más respirable. Se hablaba un dialecto local que ni los de allí entendían. En Grávida se quería mucho a los españoles, a los que habían expulsado a patadas haría unos trescientos años, pero a quienes ahora echaban de menos. En Grávida hacían unos postres exquisitos basados en la aceituna y se comían unos chuletones que ni en Ávila.

Grávida estaba llena de villas deshabitadas que los visitantes podían —si querían— ocupar libremente, sobre todo si eran españoles. Con dejar una propina, bastaba.

Zamora eligió una villa pequeña, como lo eran todas, pero muy bonita, sobre un acantilado, de espaldas al mar; una villa de color celeste con las puertas y los marcos de las ventanas pequeños y en azul oscuro, y un torreón minúsculo que no servía de nada, rematado en una especie de capirote. Tenía un jardín de piedra muy pequeño junto a la barandilla de madera —también azul—, con sillas de rejería pequeñas y pinos verdes. Y tiestos. La hierba crecía en las grietas pequeñas, entre las losas de pizarra. Unas escaleras tortuosas llegaban hasta el mismo mar, como si allí fuera lo más normal tener barca.

En la villa nos pasó una cosa.

En el piso de abajo, junto a la entrada, había un piano de pared un poco desafinado, pero que hacía el servicio; Zamora me pedía siempre que lo tocara. Yo apenas recordaba mis lecciones en Espuria: algunos estudios, alguna pieza fácil; y algo del Bach que toqué en San Sulpicio, en París; algo de Schumann, algo de Bartók (a quien el delegado del ministerio, en Espuria, detestaba); algo de Fried. A Zamora le eran indiferente unos y otros con tal de que sonaran, se quedaba sentada a mi lado, recostada en el sillón, como cuando me velaba en el barco, muy cerquita del piano, y me miraba tocar sin perder de vista las manos. A veces se ponía a tararear en bajito, pero en general callaba (una bendición), aunque una tarde se puso en pie, se apoyó en el piano desconchado y empezó a cantar algo de Wilhelm Kestler que enseguida convirtió —ni siquiera sé cómo— en una de las canciones que tanto le gustaban de los Estupendos: «A mí me parece bien / que me quieras, que me quieras, / pero empiezo a comprender / que no es de veras. / A mí me parece bien / que me ames, que me ames, / pero dice tu mujer / que cuando puedas la llames». Luego venía el estribillo, que decía: «Cómo me gusta tu coche, / cómo me gusta tu pelo, / cómo me gustan tus labios / de caramelo». Y otra vez: «Cómo me gusta tu coche, / cómo me gusta tu pelo, / cómo me gustan tus labios / de caramelo». Y luego venían dos estrofas que no soy capaz de recordar, y luego el estribillo, que se alargaba y alargaba con pequeñas variaciones: cielo, suelo, vuelo, hielo, pero casi siempre caramelo.

Zamora estaba encantada, me pedía que subiera el ritmo: pum, pum, pum, hacía con los pies. Yo hacía lo que podía: do, fa, sol, do, fa, sol, do, fa, sol, do, fa, sol… Todo era do, fa, sol con los Estupendos, acordes puros y fáciles con los que podía golpear las teclas blancas —ni una negra—, y luego Zamora daba una palmada y, ¡hop!, la cosa se ponía la, re, mi, la, re, mi…, y luego saltaba para un lado, con los pies bien juntos, doblaba la cadera y: ¡hop! Y yo: ¡pumba!; dale que dale al piano, y ella: ¡hop! Y yo: ¡pumba! Do, fa, sol, do, fa, sol…

Justo empezábamos a cogerle el truco cuando entró en la casa (agachándose) una señora con una cara que daba miedo, se plantó junto a Zamora y le soltó un bofetón —sin más— que resonó, seguro, en la bahía. Dejó a Zamora sin palabras, y a mí lo mismo. La señora se marchó como vino y al mismo ritmo, dejando detrás la duda de que hubiera existido. Aunque Zamora se frotaba la mejilla.

La cosa es que la señora sí existía, porque nos la encontramos más veces; podíamos estar, por ejemplo, comprando en la lonja pequeña de la Granseola —que Zamora describía siempre con gran detalle— y llegaba la señora y, ¡zas!, le soltaba un sopapo a Zamora que salían volando las palomas (a veces Zamora lloraba, a veces, no); o, si íbamos de excursión y Zamora se explayaba en detalles, la señora salía de detrás de un árbol y, ¡zas!, le colocaba la cara en dirección nornoroeste.

La señora apareció de muchos modos: por la espalda, brotando con gran agilidad de un repecho, plantándose en mitad del camino, en bicicleta (a toda pastilla); o se giraba despacio y con misterio, sin que uno supiera quién era, y luego, ¡zas!, resulta que era ella. Una vez salió del suelo escupiendo tierra, a saber cuánto llevaba ahí abajo, esperando.

La señora se dedicó a darle tortazos a Zamora durante cuatro semanas, una vez al día por lo menos, hasta que Zamora cumplió los veinticinco (de los suyos), bien calentita. La señora —ojo a esto— no aparecía sin más, tampoco era eso; lo hacía sólo si Zamora molestaba (que era con frecuencia). Si Zamora estaba tranquilita, la señora no salía, se quedaba donde estuviera, ocupándose de sus cosas.

Nunca aparecía de noche. Nunca aparecía en domingo. Nunca aparecía demasiado cerca del mar. Nunca aparecía a primera hora de la mañana. Nunca aparecía si llovía. Pero cómo le sonaban las tortas y qué bien las daba, como a cinturón le sonaban, con un trueno grave debajo del chasquido, no todo era restallar, había en aquel sopapo una cosa definitiva. Y luego un eco.

Otra vez la señora se pasó por casa. Llamó a la puerta (pequeña), le abrí yo mismo. Cruzó el umbral (agachada) y me preguntó dónde quedaba la chica, aunque a Zamora se la escuchaba arriba recitando no sé qué mientras se peinaba en el baño. La señora me hizo a un lado, no hubo que indicarle más. Subió de tres en tres los escalones. La torta se oyó bastante bien desde donde yo estaba, la acústica de aquel baño era muy buena.

Otra vez se plantó en la terraza de un café del centro, pisando con fuerza el adoquinado; rematábamos unos refrescos estupendos que Zamora no dejaba de alabar. Y claro.

Otra vez la abofeteó en la cantera (un paseo frecuente que a Zamora le soltaba mucho la lengua); con qué gracia rebotó el sonido en aquella roca, cómo iba y venía, cruzándose consigo mismo en el aire: aquella bofetada fue una obra maestra.

Otra vez, haciendo pícnic junto a la villa –pero al borde del cortado–, Zamora me comentó, mientras miraba las aguas turquesas: «Esto ha de ser como el Caribe, ¿no te parece, Jaime?». Y la señora de Grávida se acercó, acantilado arriba; por el sonido nos dimos cuenta de que reptaba.

Zamora echó a correr igual que corren las liebres (por el monte, las sardinas). Lo dejamos todo atrás, sin recoger siquiera, en la colina más alta de Grávida, que en otros sentidos nos había acogido tan bien. Ni propina dejamos.

7

Todos daban por hecho que Zamora era mi hija, ella la primera. En realidad, yo sólo me ocupaba de su bienestar, como lo habría hecho cualquiera, cuidaba de que comiera y poco más; para lo demás ya estaba ella.

Caserta, Cassino, Frosinone... Me abrumaba tanto mar después de tanto desierto y así se lo hice saber a Zamora, que se avino a caminar por el interior (la señora de Grávida la había dejado suave).

No es fácil vagar por Italia con una chica que crece.

Los muchachos se nos acercaban como moscas, tan bien crecía. Se me hizo raro. Zamora no hacía caso a nadie, se ocupaba de ajustar su vestuario a un cuerpo que, cuando cumplió los veintisiete, quedó más o menos en su sitio: si cambiaba de ropa era ya porque quería.

Cuando cumplió treinta y cinco, en una pensión del Trastévere —a la tercera semana de llegar a Roma—, la gente empezó a guiñarme el ojo, como felicitándome. Zamora estaba más bonita cada día, sus aires infantiles sólo regaban el hechizo de su madurez física.

Tenía los senos grandes, aunque no tanto ahora que el resto del cuerpo se había puesto al día. (Acostumbrada al peso, ya no se los tocaba, pero se cambiaba delante de mí con descuido de niña). Era de cintura ancha, con equilibrio. Se había detenido en los setenta sobre el metro, así que era alta. Tenía la espalda ancha también, pero bonita. Sus piernas eran largas, bien formadas, fuertes para el camino. Si como joven resultaba encantadora, como mujer era directamente bella, sólo le faltaba esa miel que las damas destilan cuando han procesado la vida y la convierten en luz. Esa parte aún no podía tenerla.

Recorrimos Roma de arriba abajo, colina a colina, pino a pino. Zamora quería alquilar una motoneta para vivir en una postal; se lo prohibí de inmediato; encontraba indescifrable el tráfico romano y prefería caminar (aunque, llegada una edad, el reposo conviene tanto como conviene el ejercicio).

Roma se había modernizado en los últimos años, apenas se parecía ya a la de los libros, allí donde uno mirara había un rascacielos, o una casa hecha de casas, a lo Le Corbusier. Yo la encontraba estupenda, con tanta estatua retirada y tanta aún por retirar, con tanto mármol y tanto cristal al tiempo, tanto hormigón, tanta batalla de estilos.

El Panteón se mantenía incólume, pero casi todo el Barroco había caído por culpa de las excavadoras, que habían respetado más el Renacimiento (en arquitectura, digo, pues el Bernini escultor, una vez fundido el Baldaquino para hacer grifos, triunfaba más que nunca con su carne blanca, prolija y dura). Nada se respetaba ya y a la vez todo era respeto; todo era nuevo y todo era viejo. Se hacían las reformas con gran gusto.

Zamora, que en Cassino –dos pueblos atrás– no tuvo problemas para pedir dinero en la calle, causaba otra impresión en Roma. A sus treinta y cinco.

Allí cortaba y vendía flores de los jardines, hacía arreglos de ropa, ayudaba a calcular la renta, conseguía un puñado de monedas cantando en cualquier placita. Descarada y confiable como era, no quería que hiciera nada yo y todos caían rendidos ante su seriedad inocente. Y todas.

Zamora se encaprichó de una italiana de pelo corto que le recordaba a Maribel (Madrid). Albertina, se llamaba. Un chicazo.

Zamora me decía que le gustaría besarla, pero que no se atrevía. Que el corazón le hacía pum, pum. Que sentía en el estómago como canicas. Albertina, por su lado, veía en Zamora a una mujer mundana (pobrecita) y eso la intimidaba. Zamora me pedía consejos que no sabía darle. Le dije torpemente que hiciera lo que mejor le pareciera, que no sabía decirle, que yo seguiría mi camino en dos semanas, pero que era mi camino, que ella hiciera lo que sintiera.

Sincera consigo misma, concluyó que no estaba enamorada de verdad y que para ella era importante permanecer a mi lado. (Y para mí, según dijo). Aunque decidió aprovechar el tiempo…

Cada amanecer, Zamora llegaba al Viglia di Natale —el hostal donde nos hospedábamos— con la ropa más revuelta y la sonrisa más ancha. Ya no quería ser ministra. Luego dormía como un lirón hasta el mediodía y luego salía a la calle a ganarse la vida, la de los dos. Zamora maduró muy rápido en Roma, no creció sólo. Cada vez hablaba menos.

Transcurridas dos semanas, nos marchamos.

Fue raro ver despedirse a Zamora y a Albertina, la segunda con veinte años recién cumplidos, la primera con el doble, pero sin cumplir. Me pareció que era Albertina la que cuidaba más de Zamora, quien le enseñó a aceptar que la vida une y separa y que, si no se hacen planes, todo son regalos.

Zamora cumplió los cincuenta a la altura de Arezzo. Me pidió rodear Florencia, no se veía capaz de soportar tanta belleza. Su edad era cada vez más parecida a la mía, pronto me adelantaría. Se sentía muy cansada. Desde los treinta le dolían los huesos.

En Arezzo la abracé mucho, la consolé mucho, le acaricié mucho la frente. Descansamos allí unos días, vimos atardeceres juntos. Ahora que la cuidaba y me cuidaba, todo se me notaba más, y también a ella: a mí, una pena que antes no tenía, la espalda un poco más arqueada y un pellejo en los brazos en el que no había reparado; a ella, cómo se le iba la vida.

Una tarde, al ponerse el sol, me pidió —no sé por qué— que le hiciera el amor. Me dejó temblando. Luego se rio sin peso, como si lo hubiera dicho en broma. Me alivió mucho.

Al día siguiente, a las diez de la mañana en punto, un súcubo me exprimió. Como en Espuria.

8

Zamora me transportaba a mis primeros años de vida, sucedía de forma automática; con ella volvían destellos pretéritos, sombras desenfocadas que su influjo inocente sin querer invocaba.

Volvían el techo gris del cuarto de Salamanca y las paredes malva, con sus rendijas. El sabor preciso de cada uno de mis dedos de bebé. Las voces de las criadas (y lo que decían). Una mosca en la nariz. Un estornudo muy fuerte que me asombró y me satisfizo mucho. El rostro de desencanto de mi madre al asomarse a la cuna. Recuerdos sin contexto, que son del contexto lo que importa, por eso casi nunca anoto nada. Todo lo provocó Zamora.

Zamora me marcó de un modo que no sabría explicar; aunque estuvimos juntos sólo unos meses, estuvimos juntos media vida. Recuerdo su cabello de raso. Su mirada resuelta. Su fe en la vida. Su cuerpo alemán. Sus manos de niña. La recuerdo como si la tuviera delante, preguntándose cómo cuidarme mejor, qué hacer por mí y de mí: qué hacer conmigo.

Zamora murió en mis brazos, rebasados ya los setenta, con muchos dolores, en un albergue junto al lago de Como. Muy cerca de Suiza.

El lago de Como es un lago único, los buitres, más esbeltos que los africanos, lo sobrevuelan mucho. A veces un buitre cae al lago y con su muerte se produce una paradoja; el agua se detiene entonces y el observador también: no osa hacer ruido. Actúa así por intuición. Bajo su superficie azul yacen sumergidos doce pueblos, los más bonitos del mundo, los más callados y serenos. En el fondo vive un leviatán que aguanta la respiración cuanto puede y sale a respirar después, una vez cada dos años. Las aguas del lago no son saladas ni dulces y las piedras planas rebotan en su superficie una o dos veces más que en otros lagos.

En el Como soñé que un árbol se secaba y sus raíces se extendían por todas partes y secaban el mundo.

En Milán, tres semanas antes (diez años antes, un millón de años antes), Zamora me había comprado mis primeras gafas, unas gafas redondas de marxista que le hacían reír mucho. Pidió que me las graduaran a ojo y por lo alto, para evitarme ir a la tienda. «Para que leas», me dijo. «Para que veas un pimiento».

Zamora envejeció muy rápido los últimos días. Apenas se quejaba, pero las articulaciones la martirizaban. Se le caía el pelo. Al final no podía andar.

Yo la sentaba junto al lago para que escuchara el aire rozando el agua y la atendía como no atendí nunca a mis propios hijos (en quienes pensaba a veces, y ahora más que nunca). O la acomodaba en el albergue común cuando hacía frío, con una mantita sobre las piernas. O la metía en la cama y la arropaba después de bañarla bien, como a cualquier niña. Le refrescaba las úlceras de la piel, que se le formaban con el roce por la pérdida de grasa. En Milán nos habían dicho que tenía diabetes, hipertensión, inicio de cataratas. Que no tomara dulces (una niña, por favor), que se cuidara más. Que se cuidara más...

A Zamora le gustaba que la peinara, pero en el cepillo se quedaban enredados mechones enteros, como colas de cometa.

En sólo unos meses pasé de ser su padre a ser su hijo.

Zamora era una anciana que se iba, una viejita encorvada que aún luchaba por retener un último rastro de luz. Le dolía, pobrecita, no poder atenderme mejor, no poder hacerme algo rico para la cena, no poder comprarme una chaqueta bonita o comentarme en voz alta las noticias. Me recordaba a Conchita, cuando nos dejábamos los periódicos sin leer. Me recordaba a Alizée. Me recordaba a Edite.

Pobre Zamora, cuánto me quiso. El cariño que me tenía era simple y puro. «Vivirás los años que yo», me dijo un día. «Los mismos años». Me recordaba a Luisa Pereira.

Me recordaba a Anna, que tan poco me pidió, a la que tan poco había dado, que tan bien estaría sin mí. Me recordaba a mi madre. Me recordaba a todas las mujeres del mundo. Cuando Zamora me miraba, todas me veían.

Ahora era yo quien le leía en voz alta con mis nuevas gafas de marxista. La quise mucho porque así lo decidió ella. Desde el principio.

A veces le daba la espalda y dejaba que las mejillas se me llenaran de lágrimas.

Hice lo que no sabía hacer, de lo que tan bien había huido: quererla. Sólo deseaba que aquella pobre niña muriera en paz. (El mundo es un lugar temible, crea milagros a cada instante y no se apiada de nadie. Lo anota todo. Te salva primero y luego te cobra).

Zamora no se arrepintió nunca de sus meses de prórroga. Murió en la cama del albergue agarrada a mi mano, junto a unos alemanes que no entendían nada y que lo hicieron todo bien, dadas las circunstancias. Fueron respetuosos. Se quitaron el gorro de lana. Nos dejaron solos unas horas, a pesar del frío.

Antes del amanecer, cavé una tumba junto al lago, en la playa blanca, y la enterré en silencio. Empezaban a encenderse en la otra orilla las luces de Moltrasio y Torno. Allí se quedó Zamora.

Al día siguiente se la había llevado la corriente, nunca apareció su cuerpo anciano, hasta donde yo sé. Igual regresó al *Miseno*. Igual se lo tragó el lago y, a golpe de molinetes, le devolvió la juventud perdida.

9

El miedo llega en silencio y se te queda a vivir en el cerebro, como la polio. Te cambia. Te rompe sin que lo adviertas. La sangre fluye a los músculos, pero el pavor la espesa; inventa fobias; te pone un marcalibros en la cabeza.

El tiempo se detuvo —se detuvo para mí—, algo me pasó por dentro. Qué solo y asustado me sentí junto a aquel borrón de agua del que no quise moverme en un año. No supe hacer más de lo que hice.

Ahuyentaba a los excursionistas, me encerraba en la cabaña y no dejaba entrar a nadie. Apenas me lavaba, por descuido o pereza, o me lavaba sin querer, cuando iba al lago y me quedaba flotando en él, boca arriba.

Me dejé la barba larga. (Me la recortaba a veces, con formas imprecisas). Me hacía preguntas que no tenían respuesta.

Tenía cincuenta y nueve años y el cuerpo se me encogía; aparentaba más. Pasé de darme pena a darme igual.

Si hay diez o doce formas de pensar, usaba sólo las dos primeras. Adelgacé tanto que el cansancio se volvió una forma de energía para mí. Empecé a respirar por los pies y por las manos, desentendiéndome de las rutinas del cuerpo. A veces abría los ojos y no veía nada. Me pasaron cosas sorprendentes a las que no presté atención.

10

No sé cuántas estaciones vi pasar en aquella ribera, entumecido y enfermo, pero un día reemprendí la marcha. Fue como volver a la vida, como encender una luz, paso a paso. A la sombra de los Alpes.

Tardé días en comprender que caminaba.

Primero recobré el olfato, olí los olmos, los alisos, los álamos. Luego los carpes, los brezos, los olivos, los cipreses. A medida que subía la montaña, los olores cambiaban.

Luego recobré el tacto y empecé a sentir el frío, suave al principio. Acariciaba un mechón de Zamora que llevaba en la mano.

La vista volvió también, muy poco a poco, como en un fundido lento. Me reveló los bosques de robles en la falda de la cordillera, luego las hayas de las laderas, las coníferas, que con la altura se convirtieron en enebros y en pinos enanos, luego en arbustos de rododendro, luego en roca virgen. Luego –casi a la altura del cielo imponente– en nada, en una nada pelada.

El oído llegó de golpe, me llenó la cabeza de estruendo. El viento sacudía las ramas de los árboles –allá abajo– y batía, donde yo estaba, el blanco de las montañas. Los pájaros gritaban espantados.

En cuanto al gusto, nunca lo recuperé del todo.

Llegué por fin a la cima del Mont Blanc, tan cegadora, por encima de las nubes, muy lejos de Como y de Varese, entre cabrilleos de glaciares, pasado el valle de Aosta. Me detuve en lo más alto, donde los vientos se juntan.

En la cima del Mont Blanc cambié el miedo por el bramar de cada músculo helado.

Me quedé nueve meses allí, atrapado en un bloque de hielo que me ralentizó el corazón, pero no el pensamiento. Hablé con los espíritus de la montaña, hechos de vapor de agua y montañeros muertos.

Allí vi una vez más a Zamora.

Y recibí otras visitas.

11

El primer espíritu se acercó por el norte, como un cirro cardado de barbas de pluma. Mi reloj marcaba las seis de la mañana; todo en mí estaba congelado, pero el reloj funcionaba. El espíritu surgió del cielo y se formó poco a poco. Le robaba la humedad al aire. Quedó suspendido frente a mí (se comprimía y expandía —así se expresaba mejor—, sostenido apenas por la sutileza del aire). Hablaba en perfecto francés, con acento suizo.

—Estás viejo —me dijo.

—Sí.

—Y asustado.

—Sí.

—Nunca antes habías estado asustado.

—Así no.

—¿Por qué estás asustado?

—No lo sé.

—¿De qué tienes miedo?

—De nada.

—¿Adónde vas?

—A París.

No puedo decir que el espíritu me hablara, tampoco que lo hiciera yo, tampoco que usara el pensamiento. Yo seguía congelado en mi bloque con los ojos abiertos y un brazo medio alzado aún, en posición de defensa. La congelación me había pillado por sorpresa.

La voluntad del espíritu resonaba en el bloque y regresaba después, transformada en palabras por métodos que desconozco.

–Estás viejo –insistió el espíritu.

–Sí.

–Y solo. ¿Por qué vas solo?

–Siempre voy solo.

–¿Siempre?

–Casi siempre. –No iba a hablarle de Zamora.

–Y ¿ese mechón que sujetas en la mano?

–Es un recuerdo.

–Y recordar, ¿no te da miedo?

–No lo sé. No. Sí.

–Tengo que irme.

–Muy bien.

La conversación fue así de breve, pero mantenerla nos llevó un día entero.

El espíritu regresó al Ártico cuando lo expulsó el ocaso; se escondió entre los glaciares. Luego se formó una tempestad que lo alborotó todo sin afectar al hielo que me cubría (salvo, si acaso, para empañarlo: ahora me costaba ver).

La tempestad duró la noche entera. Cambió algunas montañas de sitio y algunos nombres, y eliminó la nieve de uno de los picos, uno de los más altos, que se congeló y desmoronó sin estrépito, mejorando así la vista general. En aquella cordillera todo era equilibrio (y, por tanto, cambio).

Por la mañana, el segundo espíritu me despertó silbando; no reconocí la canción, pero era alegre; cuando quise darme cuenta, estaba limpiándome el bloque con la manopla. Me despejó la vista.

Apareció por el lado oeste, tenía aspecto de montañero, seguramente italiano, confiado y normal, quemado por el sol o por su reflejo. Unos cuarenta y cinco tendría, de pelo oscuro, grasiento, ojos claros, barba, piel de cuero, muy fornido y viril, con ropa de lana y raquetas para los pies, y esa urgencia y esa mirada de anhelar la muerte que tienen los alpinistas y algunos primogénitos.

—¿Cómo va eso, amigo? —me preguntó despreocupado; como si salvara a un excursionista al día.

—He estado peor.

—Pareces asustado, amigo. —Todos me lo notaban.

—No me esperaba lo del hielo.

—Nos hacemos viejos, amigo. Cuando nos hacemos viejos, no nos esperamos nada.

—No.

—¿Estás solo, amigo?

—Siempre estoy solo.

—Y ¿ese mechón?

—De una amiga.

—Y ¿la amiga?

—Murió.

—¿De qué?

—Es complicado.

—La muerte no es complicada, amigo.

Tuve que hacer una pausa. Quizá de un par de horas.

—No lo es —convine al fin.

—¿De qué murió?

—De vieja.

—¿Lo ves, amigo? No es complicado.

Ya anochecía.

El espíritu se fue como vino, también silbando, y por el mismo sitio. Se fundió con la luz de la luna. Me dejó el bloque transparente.

El silbido quedó reverberando entre las rocas y los lobos del valle salieron de sus guaridas para fundir sus aullidos con el fulgor gris del cielo. Fue una noche larga en que las estrellas brillaron sin titilar, así de limpio estaba el aire.

No dormí en toda la noche, conmovido por la magia de aquellas montañas para las que yo no existía.

Por la mañana no vino nadie.

Tampoco vino nadie a mediodía.

Tampoco por la tarde.

Me pasé varios meses esperando. Me fijaba en cada nube, por si adoptaba una forma reveladora, y en las siluetas cambiantes de los picos, y en los remolinos de polvo blanco que se formaban en los ventisqueros. Dormía con los ojos abiertos.

Frente a mí caían las avionetas (luego las enterraban las avalanchas).

El sol salió y se puso muchas veces. Perdí la noción del tiempo. Dejé de prestar atención al cielo.

El tercer espíritu llegó en febrero, exactamente cuando quiso. Apareció por mi espalda y allí se quedó. Llegó, creo, por el este.

Si tenía forma de algo, nunca lo supe.

—¡Bu! —me gritó, dándome un susto—. ¡Soy la muerte!

—No te creo —le dije.

—¿No me crees?

—La muerte llega por la izquierda.

—¿Tu izquierda o mi izquierda?

—Mi izquierda —respondí, después de pensármelo un poco.

—La muerte llega por la espalda, Jaime. Si la ves es sólo un aviso.

El espíritu quedó callado unos minutos.

—Haz lo que tengas que hacer —le dije yo. Por romper el silencio.

—Y ¿qué tengo que hacer, Jaime?

—Acabar.

—Acabar ¿qué?

—Lo que sea, lo que tengas que acabar. Puedes acabar conmigo, si te place.

—¿Si me place? ¿Por qué iba yo a acabar contigo?

No sabía qué responderle, ni siquiera sabía por qué le había hablado así. Por impaciencia. Por cansancio.

—No lo sé —admití.

—¿Acabo, entonces, contigo?

De nuevo me quedé callado. La tarde se nos echaba encima.

—No —contesté al fin—. No. No quiero. Creo que no.

—¿Nos quedamos entonces con la vida?

—Sí.

—¿Te da miedo la muerte?

—No me da miedo nada.

—Pero estás asustado.

—Todos me veis así.

—¿Así? ¿Quiénes somos todos? ¿Hablas así siempre? —preguntó sorprendido.

—Estoy asustado, sí.

—¿Por qué?

—Por nada.

—¿A qué le tienes miedo, Jaime?

—A nada.

—¿Qué te pasa, Jaime?

—Nada.

Ahora la pausa la hizo él. No volvió a hablar hasta medianoche.

—Exacto —dijo entonces. La luna enfriaba el mundo desde lo alto.

Pude escuchar cómo el espíritu se alejaba a mi espalda haciendo crujir la nieve, primero con nitidez, con más suavidad luego. Hasta perderse en el ulular del viento. Pasé la noche sumido en aflicciones. Hasta que me venció el sueño.

El cuarto espíritu llegó al amanecer, por el sur. A mi izquierda. Tenía forma de niña, con vestido largo y coletas; paso determinado. Mirada audaz.

Era Zamora.

—¿Eres Zamora? —le pregunté.

—Claro que no —me dijo Zamora—. ¿Querrías que lo fuera?

Me eché a llorar, ahogado por mil arrepentimientos. Las lágrimas se me congelaban en los ojos antes de llegar a formarse. Empecé a temblar, por pura autocompasión. El bloque de hielo se agrietaba.

—¿De qué tienes miedo, Jaime?

—De ti.

—¿De mí? Yo no soy nadie.

—Lo sé muy bien, Zamora.

—¿De qué tienes miedo, Jaime?

—De mí.

—¿Eres alguien tú, Jaime?

—No —admití.

Zamora me miró sin lástima, casi curiosa. Asintió con seriedad.

—¿Adónde ibas, Jaime?

—A París.

—¿Por qué?

—Por Jasmine.

Zamora parecía divertida.

—No vayas por Jasmine, Jaime. Ve por mí o, si no, no vayas.

—No te entiendo...

—Por Jasmine me conociste, eso hizo ella. Ve a París por mí, eso haré yo. O no vayas.

—No quiero ir a París por ti. Quiero ir por Jasmine.

—Pero sólo puedes ir por mí, ¿es que no lo entiendes?

—No.

En los ojos de Zamora había ahora ternura. La del niño que mira al viejo y la del viejo que mira al niño, la de quien no entiende que otro no entienda.

—Te acompañaré, Jaime, por siempre. ¿No lo comprendes? ¿Por qué crees que he venido? ¿Para qué crees que vine a ti, por qué crees que me salvaste del *Miseno*?

—No lo sé.

—¿Por qué lloras, Jaime?

—Te echo de menos.

—¿Por qué lloras?

—No lo sé. No sé por qué. Porque te echo mucho de menos.

—No soy Zamora.

Zamora se puso detrás de mí y empezó a empujar el bloque, que seguía resquebrajándose. Yo intentaba hacer fuerza hacia atrás; trataba de resistirme, pero no podía. El bloque se acercaba paso a paso al borde del saliente.

Oía a Zamora resoplar a mi espalda, empeñada en que su cuerpecito le valiera. (Aquella niña era como era, lo mismo viva que muerta).

—Adiós, Jaime —dijo al fin—. Ve donde quieras.

Con un último empujón, me dejó caer ladera abajo.

El bloque se deslizó sobre el hielo. Ganó velocidad y, a unos cuatrocientos metros, encontró la primera piedra, que, con un impacto seco, lo hizo virar bruscamente y le puso el centro de gravedad a bailar. El bloque giró sobre sí mismo buscando la estabilidad que una segunda roca —afilada y con la inclinación exacta— le acabó de negar. El bloque salió disparado, como en un trampolín. Conmigo dentro.

Al principio todo eran tumbos, golpes, bandazos, volteretas. El blanco y el gris de la montaña se confundían con el azul del cielo. En una de las vueltas creí ver a Zamora, que me miraba desde la cima como el fantasma que era.

Luego el bloque reventó en mil pedazos contra un saliente, haciéndome volar sin protección. Salvé, sin explicación posible, las rocas puntiagudas. Giré diez veces en el aire y otras diez en el suelo, proyectándome por fin —de cara— contra el repecho, hundido, de milagro y boca abajo, en la nieve blanda. Entero por poco.

Me giré hacia la bóveda azul, me dejé caer de espaldas, con los brazos extendidos. Me dolía cada músculo, cada centímetro ajado, cada hueso viejo.

Comencé a llorar y a reír, a gritarle obscenidades a la cima del Mont Blanc, donde ya no quedaba nadie. Ni yo siquiera.

12

La huida del Mont Blanc pasó a cámara rápida. La primavera. El deshielo. Había estado congelado tanto tiempo que, cuando el mundo echó a andar, se puso para mí a correr; reinicié el viaje con la escala cambiada. Aquello me taladró la memoria, apenas han quedado en mí emociones, sólo acciones presurosas e imperfectas. Todo son ahora fogonazos, estímulos dislocados, escenas a las que les faltan fotogramas. Todo era prisa.

Bajé por el Col de l'Iseran –por fin en Francia–, despabilado y tiritando. Y nuevo. Pim, pam. Llegué a Tignes sacudiéndome la nieve, que también allí abundaba. Trinos, chillidos, gritos. En aquel cielo no cabían más pájaros, nunca había visto tantos ni tan arriba, cruzándose en el cielo sin chocarse, ¡zas, zas!, como si alguien dirigiera el tráfico. Busqué un teléfono que funcionara. Ring. Lo encontré en la fonda del pueblo. Me dijeron que había otro en comisaría. Y una estación de radio. Cambio. Hablé con Anna y Martín durante horas, les dije cosas que no sabían. Lloraban. Lloraron por mí sin parar, pobres criaturas, también yo lo hice. Anna acababa de cumplir los dieciocho, veintidós tenía Martín. Pobres. Me mandaron dinero. ¡Clin! Sellos. Clan. Compré ropa de esquiador, que era la única que allí tenían. La mujer del farmacéutico me cortó el pelo. Clas, clas. Tomé todos los caldos del mundo, dormí todas las horas del mundo. No maldije a nadie. No me quejé de nada. Teléfono. Volví a llamar a mis hijos, esta vez lloré por ellos yo, ja, ja, ja, me reí con Anna, que me dijo que me quería mucho. Martín dijo que me apreciaba, que qué tal por Sajonia, que si era como decían. ¡Música! ¡Más música! ¡Golpes! Una taberna. Me saqué el frío del cuerpo a golpes, que a veces me daba yo y a veces me daban. Peleas, pim, pam, amigos. Salté en el sitio, ¡alehop!, me puse fuerte, ensanché los pulmones, empecé a fumar en pipa. Humo. Volutas. Nubes. Miré el horizonte, al oeste, con las gafas nuevas, que ya no me quitaba nunca. Cumplí los sesenta y uno. ¡Sesenta y uno! Pasaron otros seis meses. Me desperté gritando. Alarido. Soñé mucho con Zamora, que volvía a ser una niña que me miraba con la formalidad de entonces: «Cómo me gusta tu coche / cómo me gusta tu pelo», tan señorita, tan seria. «Vivirás los años que yo», me dijo. Ya era vieja. Me resbalé en la hierba (me pasó muchas veces). Caída. Me caí de cara y de culo. Me miré las manos temblorosas, muerto de risa, ja, ja, me sacudí la pena a carcajadas. Vi pasar el Tour de Francia, ¡fiuuum!, carretera arriba. Plas, plas, plas. Aplaudí y grité, admirado, estremecido. ¡Adiós…! Al acabar el verano abandoné Tignes. Quería salir de allí antes de que se fueran los ornitólogos y llegaran los esquiadores, antes de que se pararan los ríos. Me despedí de todo el mundo, gente arrugada y seria. ¡Adiós! Me despedí del cura, el padre Abinal, que me ayudó mucho. Me fui de allí. Adiós. Llevaba, al buscar la nacional, una bolsa de lona, botas nuevas, algunos francos, una gamuza para las gafas, el mechón del pelo de Zamora, una escobilla para limpiar la pipa. Llevaba un pistolón que me había dado el cura, de cuando la guerra. Pum. Por si acaso. Me subí al primer camión que quiso llevarme. Ruido de motor. Brum, brum. En Lyon cambié de vehículo. Luego en Beaune, en la Borgoña. Luego en Nitry, y otra vez luego. Motor. En Auxerre me subí al coche de un músico, un Citroën ID 19 que se ponía en los cien con dos pisotones. Pimpán. Dormí en el bosque de Fontainebleau, sobre la tierra húmeda, junto al rumor del Sena; si me subía a una roca, podía ver París. ¡Tuve sueños otra vez! Soñé en blanco y negro. Robé una motocicleta, a la que se le pinchó una rueda. ¡Golpe! ¡Pumba! Me di un buen revolcón en la cuneta (me hice daño en la cadera). «Jesús», cantaban las monjas, todas juntas; voces, hacían. Algo de Jesús cantaban. Hice el último tramo a París en un autobús blanco, lleno de Adoratrices. Le di el pistolón a un señor en una gasolinera, al primero que encontré con cara de bueno. ¡Tome! Primero levantó los brazos. Le pedí que, si un día iba a Tignes, se la devolviera al cura. Pum. Santos, cruces, una Virgen. El señor me dijo que sí, no sé si cumplió el encargo. Cruz. Cruz. Cruces. No sé si lo cumpliría. Cruces, cruces. No lo sé, no lo sé. No sé. Cruces. Cruces.

13

París.
París, París.

París, París, París, París.
París...

Oscuridad.

París.

Las grietas de París. Las flores de París.

París. El nuevo París.
El suelo...

Me pasé una semana entera mirando el suelo.

14

Me pasé una semana entera mirando el suelo. El empedrado
y la hierba, el mármol, la tierra, los adoquines rotos, las hojas
secas, el asfalto. No quería levantar la vista aún, necesitaba
aterrizar primero.

Necesitaba. Aterrizar. Primero.

Traté de adaptarme a los olores, a los ruidos. Traté de parar la
cabeza. No me atemorizaba París, pero me apabullaba. París
no era ya una ciudad amable.

Me adaptaba a su ritmo como podía, a una pronunciación
que no reconocía, a una ciudad hostil y joven. Las mismas
palabras significaban ahora algo distinto, las horas duraban
menos. Trataba de impregnarme de los mil matices que me
echaban de allí; me llevó tiempo absorberlos. Las ciudades no
acogen al visitante: lo transforman o lo embaucan. Le dan un
tiempo.

Un día me senté en un parque, de cara a la tierra, y cerré
los ojos con fuerza (luego con suavidad). Me concentré en la
respiración hasta hacerla imperceptible. Después, centímetro
a centímetro, fui ampliando el campo de atención, dejé que
los estímulos llegaran. El corazón primero. Los pies. La vibración del discurrir del metro, debajo de las suelas, y en las manos ásperas, que ya no reconocía.

Alcé la cabeza muy despacio, sin separar aún los párpados,
sintiendo bien el banco contra las nalgas. Me abrí a la infor-

mación del entorno. Filtré de las frases las palabras importantes; del viento, los soplidos largos; del murmullo, los coches lejanos; de los olores, el del pan y el de la hierba fresca.

Inspiré profundamente.

Dejé que un tiempo distinto me inundara el pecho, luego el cerebro. Manoseé con atención la rugosidad de la madera. Sentí la humedad del aire. Dejé que el mundo cobrara sentido, minuto a minuto, instante a instante. El sol, que tantas veces me había dañado, me acariciaba ahora el rostro.

Recuperé la cadencia de las cosas.

Poco a poco.

Muy poco a poco…

Cuando empecé a acompasarme al ritmo del lugar, cuando me pareció que el mundo volvía a ordenarse, cuando los segundos volvieron a durar un segundo o casi, y luego un segundo exacto, abrí los ojos lentamente.

15

No reconocí aquel París que ya no aguardaba a nadie, pero al que por fin podía mirar de frente. No sólo no era el mío, no era París en absoluto. El del Valle del Oise acumulaba ya veinticinco inviernos de malvas desde el traslado; allí habían quedado las ruinas de los edificios que nadie había podido mover y los huecos de los que sí. Los fantasmas habían preferido quedarse en la ciudad vieja, mientras la nueva —la vida sigue— generaba sus propios muertos.

Notre Dame, el Sagrado Corazón, la estación de San Lázaro, el Arco del Triunfo, el Grand Palais, habían sido trasladados al París nuevo, piedra a piedra. Los Inválidos, el Barrio Latino, el Louvre, la Conciergerie, se habían reconstruido siguiendo los planos originales, hasta el más mínimo detalle, aunque con mejores materiales. Saint-Germain-des-Prés, el Moulin Rouge, la Santa Capilla, no eran sino nuevas versiones —a veces reinterpretaciones— de los edificios viejos.

También había lugares nuevos que el viejo París nunca tuvo, como los Jardines de Luxemburgo, hechos a imitación del Primer Imperio, o Le Marais, pasta de boniato para turistas.

San Sulpicio —donde había interpretado a Bach hasta ensanchar más de un metro la nave central— había desaparecido para siempre. La nueva torre Eiffel era mucho más alta que la original. Habían replicado Trouparnasse a ras de suelo. El Mercado de los Niños Rojos estaba ahora junto a la plaza del Temple. Les Halles, que siempre había sido un edificio sólido y confiable, se caía ahora a pedazos. París se había convertido en una atrocidad decimonónica de enormes edificios blancos y avenidas perfectas para encauzar maremotos y organizar desfiles.

Nada, sin embargo, había estropeado tanto la cuenca parisina como los coches voladores, que, sin tener cerebro, tenían, por lo visto, voluntad y todo lo restringían.

Recordaba las caminatas con Alizée a orillas del Sena, cuando aún era posible pasear sin agacharse a cada zumbido. Los adoquines, dispuestos con tanta irregularidad como fuera posible, marcaban entonces el ritmo de París, que brillaba boca abajo después de la lluvia, o al encenderse las luces de los burdeles. Lo que no pasaba en las alcobas pasaba en las tabernas, que acogían por igual a ricos y pobres, borrachos todos. Los cafés olían a café y colilla vieja, y a tiestos vacíos, y a juventud y penuria, olían. Y a alegría. París era la envidia del mundo, todos sabían lo que hacían y qué podía pasarles si pisaban según dónde y según a quién. Un pintor llegaba descalzo y se marchaba en carroza después de haber pasado la noche con una princesa. París desplegaba entonces un abanico de plumas que, cuarenta años después, los Peugeot de cojín magnético y los Talbot de muelle y los Citroën de hélices de despegue vertical y los autoplanos de Ford se afanaban por ensuciar: los coches habían expropiado el aire y hacían del Sena un paisaje borroso que ver de refilón; convertían la ciudad en un terrario transparente que no permitía tender la ropa.

Y lo que era peor: aquel hervidero inestable ni siquiera había servido para liberar de tráfico el suelo, tan infestado como siempre, tanto como el de Roma (París había duplicado su población al trasladarse). Muchos eran los que preferían tocar tierra, o los que no podían deshacerse de sus coches de siempre. Las bicicletas estaban en desuso, pero había más motos que antes, además de los tranvías, que no respetaban al peatón, y esos ciclomotores de tres ruedas que no son ni moto ni coche ni limonada ni chicha.

Pasear quedaba, pues, para las afueras, aunque en la zona de finanzas y cambio aún se permitiera hacerlo, siempre que no se disfrutara.

A ciertas horas –ciertos días solamente, y casi todos los domingos–, si la contaminación sobrepasaba cierta marca, se prohibía el tráfico aéreo y la ciudad se calmaba un poco. Tampoco por la noche estaba permitido volar.

Naturalmente, quien se había hecho mayor era yo. No añoraba la vieja ciudad, sino al joven inconsciente que una vez vivió en ella; no añoraba las librerías, sino al Fanjul atontado, al amador, al injurioso, al insensato, al sordo, al reflejo y descuidado, al de rodillas perfectas, al Jaime inmortal que una vez fui.

Así llega la melancolía, sin hacer ruido.

El 12 de enero de 1964, recién llegado a París, me dejé caer de espaldas al Sena. Me quedé flotando boca arriba junto al puente Alejandro III, atento a las evoluciones de las nubes, cruzadas de vehículos mecánicos.

Sentí cómo el agua helada me empapaba primero el abrigo y luego el resto de la ropa (y el mechón de Zamora, que llevaba en la chaqueta y me pesaba siempre, con agua o sin ella).

Unos jóvenes impacientes –es decir: unos jóvenes– me rescataron del río creyendo que me salvaban. «Arriba, señor», dijeron. Yo quería sentir el frío, eso era todo. El frío, si es suficiente, desvela y aviva. En Salamanca se sabe.

Quedé listo para afrontar el día.

16

Me las había arreglado sin dinero en dos continentes, o con muy poco, pero la pobreza era en Francia anatema y no quería recurrir a mis hijos. Lo que había ganado en Cambridge se había esfumado hacía mucho, y en Nueva York no hicimos otra cosa que gastar y ver la vida escaparse sin detenerla. Los viejos amigos de París mal podían atenderme.

Julián, el alfarero, había regresado a Alba de Tormes tras la muerte de Céline. Me entristeció saber que había muerto, más por Julián que por ella, que sabría arreglárselas sola allá donde estuviera. Los vivos no lloramos a los muertos, nos lloramos a nosotros. Lloramos por lo que nos perdemos.

Alizée, la cambiante y dulce, la caprichosa Alizée, vivía ahora en San Francisco. Se había casado con un empresario fachendoso a quien, según supe, había seguido hasta California. Si estaba feliz o arrepentida, nadie supo aclarármelo.

El *Plus ou moins* había cerrado. El director estaba en la cárcel por estafa y allí seguía, no pensaban soltarlo hasta que fuera muy viejo, cuando se le hubieran pasado del todo las ganas de enredar. En Francia se vendían entonces más de dos mil revistas, suplementos, periódicos, semanarios; publicaciones dirigidas por ladrones todas. Nadie echaba de menos a uno más.

Las señoras ricas —a las que tanto amé por horas— estaban ya muertas o casi. Ni querían ni podían saber de mí. Algunas habían perdido sus títulos, otras llevaban la vida que de ellas se esperaba, otras tomaban pastillas y se asomaban a la ventana con la sonrisa detenida a la mitad, otras aún tenían sed de amantes, pero jóvenes, otras no recordaban nada, otras sobrevolaban la vida con indulgencia, otras eran la comida favorita de sus hijos, otras me vieron un segundo y el tiempo les golpeó en la cara.

En cuanto a los anarquistas, ni supe de ellos ni hice nada por saber, si París iba a ser nuevo, también yo. Había sobrevivido a la selva y al desierto; había viajado al pasado y adivinado el futuro. Estaba en la capital del mundo, que marcaba el pulso del planeta con su moda estrafalaria y su cocina indigesta, con sus perfumes de bálsamos, resina y ácidos, de ámbar gris, de las secreciones más fragantes de los ciervos almizcleros y las ginetas recién cazadas. La frivolidad de París fingía ser la de siempre, pero estaba llena de complejos.

París se había llenado de extranjeros que huían de sí mismos para darse de bruces contra la torre Eiffel; diletantes de toda Europa se escurrían por el sumidero en que se había convertido con sus caballetes y delirios. Millonarios de medio pelo se bajaban del avión y preguntaban por la cena. Paletos de toda Francia desembocaban allí y se compraban un pañuelo para atárselo al cuello. Todos querían ser Picasso. Flotaba en el aire un entusiasmo que no tenía nada de inocente. Una joven me puso el reloj en hora cuando me llamó viejo.

Con mis últimos ahorros pagué la entrada de un local en la calle Rennes, cerca del Café de Flore, distinguidísimo lugar que recibía el nombre de una diosa de segunda que ni estatuas había dejado. Se lo compré a Foissard, ahora famoso –a quien ya he mencionado–, entonces «un tal Foissard», que enseguida se destapó como el nuevo Landru (el Barba Azul de Gambais, asesino de mujeres), pero con mejor marca personal.

Foissard me pareció a primera vista un hombre amable, ansioso por aliviarse de secretos, se le notaba en la cara. Me dejó el local por casi nada. Dejó también una pala en el sótano y un montón de equis dibujadas en el suelo y un papel con instrucciones: ya no sabía qué hacer para que lo pillaran.

En cuanto los obreros empezaron a desenterrar huesos, Foissard se presentó en la cárcel sin que nadie se lo pidiera.

Le pagué hasta el último franco acordado, no quise con él cuentas pendientes. Me juraron que jamás lo soltarían, que lo había confesado todo, que se había quedado tan ancho, que todo era dar detalles de lo que había hecho, pero aun así. Sus hijos intentaron reclamar la propiedad, pero la venta había sido limpia y no estaban para meterse en juicios ni para presumir de apellido, les convenía el silencio. Todo encajó.

El local era amplio y luminoso, a pie de calle. No tenía pisos por encima, pero sí un sótano; el techo era de cristal, como el de un invernadero. Lo llené por tanto de plantas y acondicioné la parte de atrás como vivienda. El resto sería el taller, que iba a necesitar para comer. (Trabajar para vivir es casi lo mismo que vivir a secas. Nada agota más que holgar, que exige el doble de esfuerzo).

Compré algunos trajes a la moda, tan sencillos como fui capaz de encontrarlos, y alguna ropa sufrida. Conseguí decenas de herramientas en los lugares más improbables.

Si veía un muelle, lo compraba. Una llave, una tuerca, un cojinete, tenazas, soldadores, mangueras. Compraba igual una sierra que una grapadora; me regalaron una escalera plegable. Colgué ganchos largos de las traviesas de metal que pendían del techo, conseguí una máquina que lo mismo trituraba papel que picaba carne —o todo al tiempo—, recogí de aquí y allá remiendos y parches en cualquier orden. Adquirí, encontré o sustraje cables de plástico, de nailon, de cobre, de zinc. Conseguí una escoba para limpiar los cristales y pintura para ensuciarlos. Rescaté de una subasta un escritorio de arquitecto y un banco de ebanista de un basurero, peleé muchas mañanas con las gaviotas.

Tuercas, bobinas, martillos, cortafríos, bombillas de incandescencia, transistores, todo me valía, todo me lo llevé. Coleccionaba alambre de cualquier longitud y grosor.

Durante cuatro semanas me dediqué a montar el más asombroso taller de París.

17

Una vez me contaron una historia. Fue en Francia, recién llegado a El Havre, antes del primer París. Me la contó un marinero gallego que se sabía, decía, todas las historias del mundo. Las contaba como si fueran cuentos. Puede que todo fuera verdad, puede que se lo inventara, puede que el gallego no tuviera la memoria de la que presumía. Pero las historias no se le acababan.

Esta decía así:

Hace muchos muchos años, tantos que de aquello no queda memoria escrita, vivía en un reino lejano una princesa de nombre Gaitana que se pasaba el día repitiendo: «Ay, si en lugar de princesa fuera bordadora. Ay, si en lugar de princesa fuera bordadora...». Y así. A Gaitana, hija única del rey Gaitán −viudo por razones que enseguida aclararemos−, se le daban bien muchas cosas, pero no las que las responsabilidades de princesa demandaban.

Lo que la princesa quería era zurcir e hilvanar.

Gaitana observaba a las bordadoras con envidia, tan serenas le parecían, tan concentradas y armoniosas. Contemplaba cómo sus manos enhebraban la aguja, ensartaban con mimo la punta y, con dos tirones gráciles, recuperaban el hilo, algo más corto en cada vuelta. Gaitana no concebía mayor paz que la de la repetición mecánica, así que no lo dudaba: en el hilo encontraría la dicha.

El rey tenía otras ideas y, aunque quería mucho a su hija, también le guardaba rencor desde el día de su nacimiento, pues su esposa —por su culpa— había muerto en el parto: la niña vino de lado y desangró a la reina sin remedio, los doctores no pudieron hacer nada. «Triste bautizo el que entierra a una esposa», dijo el rey, antes de callar dos días.

Fin del flashback.

La princesa suspiraba y suspiraba. Tenía prohibido coser y, en general, divertirse. Era aleccionada a cambio en la historia del reino y en la espada, en la agrimensura (para medir sus propias tierras, que tampoco le interesaban mucho), en la poesía. El rey, por su lado, se dedicaba a resolver disputas, a despachar asuntos de importancia y a hacer cálculos de todo tipo, entre los que no entraba ocuparse de los antojos de su hija.

Ahora, el giro:

Un día la princesa, cansada de esperar, golpeó en la cabeza a una de las bordadoras y le arrancó la cara de un tirón para hacerse pasar por ella. Pim, pam. Todavía goteando de frescura, se la cosió por las bravas a su propio rostro, pero, como nunca había bordado nada, no se la cosió muy bien y quedaron pliegues por todas partes, huecos, bordes, remetidos. Si tiraba con fuerza de un lado, se desajustaba el otro. Si encajaba bien la barbilla, una ceja se iba de sitio y la nariz cambiaba el ángulo. Un lío.

La bordadora gritaba, le tiritaban —por el dolor— los músculos descubiertos, se sacudía en espasmos —cada vez más espaciados—, la vida se le iba como el aire a un globo. Concentrada como estaba en la faena, Gaitana agradeció el silencio cuando por fin se murió la doncella.

Gaitana tuvo que coserse y descoserse la cara nueve veces hasta que le quedó bien, cubrió luego los bordes con la cofia y rebajó con saliva los bultos. Las costuras le dolían más a cada instante, cada puntada era un martirio, el tacto del nuevo rostro era pastoso, su sangre y la que no era suya eran ya la misma. Sólo la doncella estaba peor. Nada salía a gusto de nadie…

No se sabe qué hizo Gaitana con el cuerpo de la bordadora, unos dicen que lo dejó caer al patio para que alguien se hiciera cargo de él, otros que se lo dio a comer a los cerdos.

Otro giro:

El rey Gaitán, que de nada se había enterado, érase que se veía con un mozo tan atractivo como cualquier mujer, más hablador y tan imprudente. Rey y mozo llevaban anudados un tiempo sin la debida cautela. El rey era apasionado y muchos en el castillo sabían ya de su cojera, que no era la del desamparo, pues los gritos que daba por las noches eran de los buenos. Avergonzado por su propia imprudencia, Gaitán cerraba bocas por la mañana: le rebanaba el gaznate a cualquiera que lo mirara raro, para que no cantara. Ministros y consejeros quisieron hacerle razonar, pero el rey los madrugó también.

Vuelta a la hija:

A Gaitana se le infectó la cara. Atraía tantas moscas que el resto del reino se quedaba sin ellas, le devoraban la carne, ponían huevos en cualquier hueco. Gaitana –con los ojos llenos de humores y la piel vacía– apenas podía ver ya nada, se frotaba el nuevo rostro y añoraba el viejo, así que, sin saber qué hacer, le pegó tal tirón a la cara que arrastró sin remedio la propia y el modo en que aulló acabó por alertar al rey –cada vez más paranoico–, que acudía allí donde sonara algo.

El combate fue innombrable (y por eso me lo salto), pero, armados rey y princesa de igual valor y parecidos instrumentos, quedaron por fin tan rebanados que sólo por la estatura era posible distinguirlos. Lo llenaron todo de sangre azul y picadillo, de pavo recién cortado en láminas muy finas. Padre e hija resoplaban sin lengua ni ojos; sin verdadera furia ya; cansancio sólo. El salón quedó hecho un cristo.

Murieron sin saber qué hacían.

Pronto se corrió la voz de lo que allí había pasado y el reino fue invadido esa misma tarde por soldados mercenarios. (Las naciones circundantes expresaron también interés por tan frondosas tierras). Durante doscientos años corrió la sangre.

Cuentan que el reino se llama hoy Alicante y que por eso los de Alicante están hoy como están, como cabras están, y van por ahí invadiéndolo todo, con una sed de sangre que no se entiende, como si fueran sanguijuelas de río o algo.

Y esta es la historia que me contó el marinero gallego, que decía que los de Alicante le habían hecho algo muy gordo, que igual sí, pero a saber, que los de Alicante son para darles de comer aparte, pero también los gallegos.

Me acordé del cuento mientras clavaba un calendario en el muro del taller, dos horas antes de inaugurarlo, después de haberlo dejado todo reluciente y haber escrutado una vez más cada artefacto y herramienta, el primer lunes de abril de 1964. Santa Gala, san Gaitán y san Filarete.

18

«SE ESTROPEAN APARATOS DE TODA CLASE», rezaba el cartel que colgué en la entrada del taller con letra blanca sobre fondo verde. No añadí más aclaraciones. Dejé la puerta abierta y me puse a estropear la máquina de triturar carne, para dar ejemplo.

Estropear no es destrozar, el estropeo requiere una precisión que el destrozo no necesita en absoluto. Para destrozar basta la motivación, la ira, puede hacerse con descuido. Estropear, en cambio, es encontrar la raíz de algo, el motivo exacto por el que funciona. Y estropearlo luego. El estropeo está lleno de sutilezas.

Estropear es fácil y es difícil, no hay dos estropeos iguales, cada cosa tiene su afán y se desbarata a su manera. Igual que arreglar un mecanismo exige comprensión y juicio, estropearlo sólo es posible desde la escucha.

Por ejemplo: estropear una caja de música pide eliminar la armonía de fondo y luego las notas clave, para que la melodía se rinda sola.

Por ejemplo: estropear una máquina de escribir exige trabajar por partes y sólo al final se decide si basta con intercambiar las teclas, dilatar con calor alguna vara, mellar los tipos o se impone el bloqueo completo (un dilema más filosófico que técnico).

Por ejemplo: estropear una bañera no es hacerle un agujero, sino conseguir que no limpie sin que necesariamente ensucie. Abrazar con agallas la paradoja.

Y así todo.

A veces bastan un par de golpes bien dados. A veces, una sacudida. A veces se trabaja con piezas vaporosas, minúsculas, algunas escondidas en el corazón de las cosas, donde la física se hace invisible; se debe desplazar entonces la mirada un grado, situarse un paso fuera de sí o cambiar de asiento. Todo debe ser distinto. Emerge así una realidad que muestra del objeto su fantasma, su sagrado meollo, y empieza una danza leve que, aunque raramente acabe en verdadero estropeo (tal es la complejidad de todo), cambia —si sale bien— el propósito de la cosa. Y con él su destino.

Una vez estropeé un billete de cinco francos, un encargo peliagudo. Tuve primero que averiguar en qué se gastaba normalmente (cada billete es un mundo). Al final logré que nadie diera por él nada que pasara de los dos francos.

Una vez estropeé un paraguas que, sin tener en la tela un solo remiendo, no tapaba ya nada, aunque seguía arrojando una sombra perfecta.

Una vez estropeé un ventilador; lo dejé chupando aire a tres velocidades: rápida, normal y lenta. Convertía el vacío en energía y organizaba unos portales dimensionales de aúpa, ventanas a otros lugares que no se saltaba un gitano. (Para cerrarlos bastaba con tirar del enchufe, pero a veces se colaban ideas de otros mundos).

Una vez estropeé una opinión fundada.

Una vez estropeé un palo.

París era una fiesta que nadie aguantaba ya, veinticinco años de perfección habían puesto de mal humor a todo el mundo. Todos gritaban por dentro.

Trasladada la capital y mejorado el clima, Francia se entretenía con el progreso y la recesión quedaba atrás. El Parlamento prohibía por fin la guillotina, que sólo convencía a los más jóvenes. La nación rompía a gastar, los materiales eran más fiables cada día y todo duraba por siempre. Reinaba, en fin, la decadencia: todo funcionaba, nada servía.

El negocio se convirtió en un éxito.

Al principio estropeaba despertadores y básculas, pero enseguida empezaron a llegar los *pick-ups*, las plumas estilográficas, las yogurteras, los termómetros, las pantuflas de felpa, las neveras, las camas de matrimonio, los ceniceros, las aspiradoras: todo, en fin, lo que no se usara, se usara mal o no importara.

En tres meses tuve que empezar a contratar empleados que no tuvieran más imaginación de la cuenta, todos muy de derechas, jóvenes a los que formaba a la carrera y debía vigilar de cerca para que no rompieran nada (estropear no es romper). El taller devolvía cada encargo mejor de lo que le llegaba, con peor desempeño y el mismo aspecto.

Mi vista, en cambio, sólo iba a menos: de tanto mirar de cerca fallaba por los dos lados y se derramaba en los estropeos minuciosos, que son los de las cajas fuertes, los cronógrafos y los secretos. Achinaba entonces la mirada para que el músculo del ojo se adaptara. Ponía la mente en blanco (mentira), me palmeaba la vista (me frotaba antes las manos contra la pernera), apretaba los párpados para activar el humor acuoso, que se movía de un lado para otro y hacía olas. Buscaba en el horizonte consuelo.

Al final todo daba igual, ganaba la niebla, que rellenaba la mente y cedía el paso al instinto: una paradoja.

El taller empezó a agobiarme, y con él sus consecuencias. Necesitaba ayuda, no manos, jamás daría abasto con más personal, por mucho que fuera. Me urgía abandonarme en alguien, descargar mi compromiso, mejor que compartirlo. Nunca quise tener éxito.

Necesitaba un socio.

Pero ¿quién? ¿De quién fiarme? ¿A quién encomendarme en aquel París perplejo que todo lo ponía en venta? Necesitaba alguien como el buen George, cercano y leal al tiempo, sin esposa esta vez, sin desvíos ni tentaciones (aunque a los sesenta y pico la atracción por el fuego es otra).

Pensé –no sé por qué– en Benito, mi hermano Benito, así, sin más. De repente. Llega una edad en que uno no se cuestiona nada. La idea me llegó de golpe y, pam, ya estaba: Benito Fanjul, Benito, a quien tanto martiricé en Salamanca; con quien –sin saber hacerlo mejor– tan mal me porté tantas veces. A quien tan poco atendí.

Mi hermano Benito…

Benito se llevó un buen susto cuando lo llamé por teléfono. Llevábamos cincuenta años sin vernos y hacía casi diez que no hablábamos. Ni cuando llegué a Tignes fui capaz de hacerlo (tampoco habría sabido qué decirle). Alguna vez le pedí dinero, hacía tiempo ya, al llegar a Inglaterra. O preguntado –hacía menos– por papá, quien por lo visto se desvaneció un día en el salón de casa, un atardecer de marzo, frente a la ventana grande, con zapatos y todo.

Mi hermana Elena, la mujer del cirujano, había muerto también, en el 54, pobre Elenita, de una pulmonía mal curada, en el corazón del Bierzo. Ya nadie se muere así. Quedaba sólo Andresa, la mayor, menos mandona ya, pero aún castellana, maestra en Crespos, de allí no se movía. Y, claro, Benito.

Benito se había pasado la vida tratando de hacer lo que yo, fuera lo que fuera, aunque a su manera. No se atrevió, por ejemplo, a ir al África cuando yo volví, pero cogía de vez en cuando el tren y se paseaba por los Monegros. (Allí se encontró –al pie de un collado terroso– con un ser de otro planeta que le preguntó por el camino más corto para ir a Huesca).

Cuando me perdía la pista, se relajaba un poco y trabajaba para la Diputación de Salamanca. Ahora vivía en Alcañiz, en el Bajo Aragón, en la Tierra Baja. Para ir a los Monegros tenía que pasar por Zaragoza, a la que iba en coche de línea, y de allí al desierto. Se había casado una vez –un poco más tarde que yo–, con una de Samper de Calanda de la que se separó en cuanto se enteró de que Justine había muerto. La pobre se quedó chafada.

A Benito le hizo mucha ilusión que lo llamara. Se plantó en París en tres días. Lo dejó todo.

19

Benito veía mejor que yo: de cerca, de lejos, de todo; se hacía cargo de los relojes y de los candados, de las muñecas con voz, de la orfebrería, distribuía los horarios y los sueldos, hacía los pedidos los martes, era serio, hacendoso, nunca se cansaba.

Benito era muy bueno arreglando cosas, siempre lo había sido, así que al principio le costaba estropearlas. Luego entendió que el fundamento era el mismo: como dar vida, pero al revés; y, aunque al principio sufría, le fue cogiendo el tranquillo. «Las cosas no van a estropearse solas», decía al final, convencido. Acabó por tomar el control del taller, que es lo que yo quería.

Yo me dedicaba a los encargos que no hubiera estropeado antes, no quería otros, y a desayunar dos veces. Si pisaba tierra conocida, le pasaba el muerto a alguien y tan contento. El negocio seguía creciendo, pero ya no me agobiaba. Benito me daba la calma que mi espíritu imploraba.

Compramos una casa, un piso muy bonito en la zona pobre, cerca del vertedero (cada vez más demandado porque los coches voladores tenían prohibido sobrevolarlo). Allí reinaba el silencio.

Almorzábamos ligero, tomábamos el té a la vez, para sincronizar las digestiones. Benito removía la taza y a mí me entraba un sopor grato que él se encargaba de romper con dos tintineos. Era la siesta perfecta: durara lo que durara, siempre duraba lo justo. Así era Benito.

Luego regresábamos al taller, cruzando a pie el vertedero. Aceptábamos con naturalidad el olor, como se acepta todo.

Benito tenía un bigote de otra época que se mesaba ante los desafíos. Vestía de forma impecable. Era más bajo que yo, aunque parecía mayor, sólo en la actitud se le notaba que era el pequeño. No era gordo, más bien fornido, y tampoco tanto. Llevaba corbata de lazo, los yeyés se quedaban mirándolo con la boca abierta. Su pelo era tan gris como el mío, algo revuelto, bien recortado, abundante. Sin entradas. Los mismos ojos, mirada diferente. Parecíamos los Wright, pero sin la gorra. Los Lumière, parecíamos.

Nos acostábamos con el sol, nos levantábamos con el sol. Paseábamos por el bosque los fines de semana. El domingo hacíamos paella (a Benito le gustaban esas cosas). «Como en España», decía.

Mantenía por mí una deferencia inexplicable, una admiración a prueba de bombas que en nada se compadecía con mi mérito. También yo aprendí a admirarlo a él, me impresionó el orden que impuso.

En los negocios era intimidante, no había forma de engañarlo, no se le escapaba una; no era de trato despótico, pero podía ser seco; era justo, pero acobardaba. Iba siempre por delante, no se engañaba ni perdía la calma. A veces me recordaba a mi padre. Ahora que Zamora me había abierto al afecto, todo me compensaba de él. A veces le contaba chistes para verlo alegre.

Mi desatención lo mejoró todo, no teníamos competencia. Muchos quisieron imitarnos, pero no supieron: se abrían en París mil talleres que lo averiaban todo sin estropear nada. Al final venía gente hasta de Bélgica.

Abrimos un segundo taller –idea de Benito– más cerca del centro. Y un tercero, del que tampoco me hice cargo. Los primeros los regentaba mi hermano; el tercero quedó en manos de Fabien, el más espabilado de los jóvenes, y el más bueno. El más parecido a Benito.

20

Los ateos, a saber por qué, odian a Dios con todas sus fuerzas, deliran grandeza, están siempre enfadados. Son pura galbana. Dicen que qué Dios es ese que permite el hambre, la muerte de los recién nacidos, las guerras. Se hacen ateos por resentimiento. Nadie cree más en Dios que un ateo.

No era el caso de Benito, creyente de los de antes, de los poco pecadores, nada santurrón, pero devoto y con fe de monja. Benito no soportaba a los ateos (en Francia, casi todos), pensaba que creer en algo, no importa qué, da siempre fuerza. He fregado muchos suelos y puedo corroborarlo: vive mejor quien afirma, tenga razón o no; no es lo mismo creer que no. Tampoco es lo mismo ser creyente que crédulo.

Benito, no sé por qué, creía también en mí, y creía seguir mis instrucciones, como si mi aprobación le otorgara el crédito que él mismo no se daba.

Fabien –creyente también– era un administrador prudente y un gran armonizador que le ayudaba en todo como si fuera un hijo. El caballo desbocado que el negocio fue una vez galopaba ahora seguro gracias a los dos, que tiraban con firmeza de las riendas.

Algunas mañanas le hacía caso a Benito y me iba a la iglesia solo, me guardaba las gafas en la funda y me sentaba frente al retablo barroco de la iglesia de Santa Inés, una iglesia muy rezada cuyos grutescos adquirían para mí las más reveladoras formas. Nada hay como desenfocar el mundo para acceder a uno nuevo.

El retablo estaba tan deteriorado que diríase a punto del desplome, en él reinaba la figura de la santa, talla de bulto redondo a mayor gloria de Dios, la carcoma y los hongos. Qué belleza de retablo el que inventaban mis ojos dañados, rocallas casi rococós, pero con mejor gusto: tres cuerpos, tres calles, columnas y pilastras apoyadas en cubos recios y entablamentos. Oro fino, policromía según la técnica de la época, todo listo para restaurar, un conjunto muy fino.

Estaba yo allí, inventando formas, cuando se me sentó al lado un cura con aspecto de futbolista, con patillas de cíngaro y todo, las perneras del pantalón replegadas, las canillas tan blancas que hasta luz daban.

Empezó a hablarme en español sin dudarlo un segundo; con acento normando, eso sí, que todo lo embrutece. Me caló al instante.

«Ustedes, los españoles», me dijo, «están siempre con problemas. Viven atribulados. ¿Se da cuenta?». Yo le dije que no, que no me daba cuenta, que mi impresión era que hacíamos lo que fuera por esquivarlos o que, llegado el caso, los celebrábamos, por si así se esfumaban. «A eso justo me refiero», replicó el cura. «A eso mismo: celebran las desgracias como otros celebran los récords. ¿Es usted catalán?», me preguntó. Le dije que no, pero que tenía un amigo que sí y que hacía vida normal. Que no se le notaba. Le pregunté que por qué quería saberlo. «Ustedes, los catalanes», me dijo, «son especiales: se creen menos que un francés, pero más que un valenciano. Me gusta mucho Valencia». Yo apenas podía seguirle. «Valencia es una ciudad peculiar que extrae su fuerza del complejo. Esa fuerza es imbatible, señor. Los catalanes, en cambio, están sólo a gusto en el fracaso. Es otra forma de complejo, claro, menos festiva, si se quiere; si tienen lo que creen que quieren, se vienen abajo. ¿De dónde de Cataluña es usted?». Le dije que de Salamanca. «No conozco Salamanca», dijo él. «Pero he oído hablar de ella. Dicen que es muy bonita por fuera. A mí me gusta más Valencia, ¿le gusta a usted Valencia?». Le dije que no lo sabía, que no había estado nunca. «Me gusta mucho Valencia», prosiguió, «porque allí están todos medio sordos y puede uno decirles lo que quiera. Son un pueblo generoso. Me gustan las Fallas, ¿conoce usted las Fallas?». Le contesté que sí, que todo el mundo conocía las Fallas. «Las Fallas importan mucho», me dijo, «porque albergan, enterrada en fuego, la verdad de la vida y de la muerte. Piénselo. Pero piénselo ahora. Ahora». Como insistía, hice como que pensaba. Luego abrí un poco el ojo izquierdo para seguir recreándome en la belleza de santa Inés, cada vez más aleatoria y más perfecta. (Si quería, podía imaginarme un cuerpo hermoso, pero también una cabra sobre dos patas, por ejemplo). «¿Sabía usted que cada año indultan un ninot?», continuó el cura. «No lo queman. Cogen el ninot y lo meten en un museo. Qué tragedia». Le dije que no lo sabía. «Un día ardió el museo, allá por 1947, o no sé cuándo, y ese día la ciudad, sin saber cómo, fue feliz de repente. Duró poco, pero aún se recuerda. Yo no estaba, ¿eh?, me lo han contado». (Me encantaba aquel retablo que contenía los misterios del inconsciente). «Las Fallas han perdido mucho desde que no las queman», siguió el cura. «Desde que el Tribunal de las Aguas prohibió el fuego. Los ninots, que son de cartón, llevan años apilándose y ocupan las calles, ¿lo sabía usted? Quitan espacio a la ciudad. Una pena. Muchos vecinos han tenido que mudarse, ¿lo sabía? Se han ido a las huertas». Yo, claro, no lo sabía. «Por culpa de los de Alicante», decía. «Que han intrigado e intrigado con los del Tribunal de las Aguas hasta conseguir que la ciudad que más detestan, aunque las detestan todas, pierda el alma. No hay derecho. Y ¿sabe qué han hecho los valencianos?». Le dije que tampoco lo sabía. «Nada», respondió él con su acento del norte y ninguna erre. «No han hecho nada, ¿puede creérselo? No han hecho nada de nada». (Santa Inés era ahora un proyectil submarino, un torpedo con hélice y todo. Luego, una encina sin hojas. Un polo de limón derritiéndose. Una columna de musgo). «Los valencianos no hacen nada nunca, tiran petardos y ya está, como mucho gritan, no ven lo que no quieren ver y, ¿se lo he dicho ya?, no oyen. No oyen nada. Son felices todo el tiempo. Todo les parece bien. ¿Es usted catalán?». Le aseguré que no. «Me gustan los catalanes, son ustedes especiales. Les sale mal todo y ahí siguen, unos encima de otros, y el niño encima. Haciéndose los parisinos. Hay que tener muchas ganas de no ser valenciano para hacerse el parisino. Les encanta a ustedes protestar, por esto y por lo otro, ¿a quién no? Por todo y por nada. Con la frustración se gana siempre, sólo hay que esperar un poco, sé bien lo que le digo. Mi padre era catalán. De Zaragoza». En aquella época, Zaragoza era aún parte de Cataluña, de la que no regresó hasta el 72, con el Decreto de Abadías (muerto ya el general Ascanio). Y Lérida, naturalmente, era parte de Huesca. Ilerdenses y zaragozanos vivían de la exportación de calzado, que se exportaban unos a otros, intercambiando tallas y modelos hasta quedarse más o menos como estaban. En Gerona se tocaba el tambor como en ninguna parte, en Tarragona estaban los altos hornos y las bateas de percebeiros (gallegos en su mayoría). Y en Barcelona estaba el gran Grau, con sus pinturas hiperrealistas, sobre todo de hormigas, que todo lo cambiaron en las artes plásticas y algo en la entomología. Y estaba la televisión, que se emitía desde allí para toda España con sólo media hora de retraso. «¿Es usted catalán?», insistía el cura. Le dije que no, que estaba seguro. Él se apoyó en las rodillas. Pelo revuelto, gemelos fuertes. Un poco de tripa. «¿Sabía usted que una vez fui futbolista?». Le dije que no, pero que no me extrañaba, que seguro que era bueno con el dribling, como al hablar. (Santa Inés se descolgaba madera abajo y dejaba atrás su hornacina, y empezaba a hacer arabescos con las manos al pie del retablo. Extendía los brazos hacia un lado y los ondeaba como una hawaiana. Le salían ramas de los brazos y hojas de las ramas y gusanos de las hojas. Luego empezó a florecer entera). «Dejé el fútbol», siguió el cura, «porque en el fútbol todo son problemas; en cuanto quieres avanzar un poco, alguien te mete la pierna. Yo soy normando». El cura se llevó la mano al pecho. «No me gustan los problemas, me gustan más los claustros, la vida contemplativa, el estudio. Pasear. Soy normando. En cambio, ustedes, los catalanes, son diferentes. Se toman de otro modo los disgustos. Los buscan». Le aclaré que era de Salamanca, que allí no buscábamos nada. «Ustedes, los catalanes», continuó, «caen bien así, en general. Eso que se llevan. No a mí, no me malentienda, a mí no me cae bien nadie, ni siquiera usted. En general, digo». (Santa Inés era ahora Judas Tadeo, con las llaves de san Pedro en la mano derecha. Santa Inés se tumbaba sobre el mármol, concupiscente, y se convertía en un barco de pesca, un atunero del norte). «Usted cae bien, caballero, porque es usted catalán y con eso va tirando, aproblemado y todo, se le ve enseguida. Envejece más que otros, también se lo digo, ¿lo ha notado?». Lo había notado, sí. «Ya no le queda mucho», me dijo. «¿Puedo verlo, ¿y usted? No le queda mucho, hijo…». (El atunero era ahora un tanque que remontaba una duna del desierto, con su torre oxidada y enhiesta, orgulloso el cañón, las ruedas de oruga bien tensas, que ahora eran orugas de verdad. Y luego salamandras, una sobre otra. Y luego castores. Y luego un suelo de agujas de pino y hojas secas). «Los catalanes rara vez pasan de los sesenta, no son como los vascos, que se mueren a los cien, los catalanes se mueren antes. ¿Cuánto quiere vivir usted?». El cura me sujetó la boca para mirarme los dientes. Masculló como pude que ni idea, que querer no quería nada, que todo me venía bien, que por mí ya estaba. Que qué bien allí, en Santa Inés, tan al fresco, con el calor que hacía fuera. (Los zorros del bosque, en el altar mayor, chocaban esos cinco). «¿Le gustaría conocer a Jesús?», me preguntó el cura de repente. Le respondí que sí sin pensármelo dos veces, y entonces —sorprendido— el cura se inclinó hacia atrás como si lo hubiera pillado en falta. Se le desdobló sin querer la pernera: desapareció una canilla. Se fue la mitad de la luz. Fue como ver un semáforo.

El cura asentía despacio, parecía ver algo en mí que no había visto antes. O casi. Luego se puso a toser como un loco, como si le hubiera dado un ataque, se le salían las tripas; tuve que prestarle un pañuelo. «¿Es usted catalán?», me preguntó otra vez mientras se sonaba.

Luego vino el párroco de verdad, un anciano lleno de vigor que pasaba de los ochenta, quien agarró sin miramientos al otro cura y lo sacó a patadas de la nave. «¡Todos los días igual!», le gritaba. «¡Todos los días la misma canción!». El viejo le daba al normando bien de empujones y collejas; se quejaba de él en voz alta, no sé si por desahogo o para que lo oyera Dios mismo. O para que lo oyera yo. O para que lo oyeran los turistas que entraban en la iglesia en ese momento, que aplaudieron, por si acaso. (El retablo era una biblioteca en llamas asaltada por un batallón de caballeros del medievo y unas flores submarinas que lanzaban vapores sutiles sobre las almas atormentadas del Pentecostés, que, inflamadas de gracia, rezaban unas filas más abajo, a un palmo o así del suelo).

21

Devolver a mi hermano a la vida fue también perderlo, pocas veces he hecho más por soltar lastre. Se demostraba al fin cuánto valía; que no era yo sino su sombra; que nadie merecía más que él. Benito era mucho Benito.

Les Fanjul –una cadena ya– se había extendido a Marsella gracias a su gestión sabia. Y a Toulouse. Y a Lyon. Y a Niza. Y a Nantes. Yo iba haciéndome invisible: si pisaba el taller de mi hermano era sólo para aplaudirle, aunque él imaginara que quería apuntalar su confianza. Bendita criatura.

1968 fue el año de las minifaldas y las faldas larguísimas, las dos cosas, nada se admitía entonces que fuera intermedio. Lo mismo valía para la música, que saltaba del rock a Pergolesi sin recorrer nada. La política era un parchís: Bélgica y México se miraban de reojo, los estadounidenses derribaban aviones como patos, Brasil le compraba a Birmania el oro de la guerra y los chinos, pueriles como siempre, amenazaban una semana sí y otra también con saltar todos a la vez y provocar el fin del mundo. Fue el año de la Generación de Plata, de Pachi Tiritas, de la resurrección carnal de Malcolm X, de la carrera espacial, de la independencia de Costa Rica, de las espinilleras, de la segregación de las Hurdes, de la reconciliación de los Beatles, del diésel, de los rompecabezas, de la pulsera para descifrar idiomas, del pollo de ambos sexos, de la Revolución de las Ánimas, del agua en sobre, del asesinato de Luther King, del mundial de Malta, de la nueva bandera canadiense, de las peonzas para adultos, de la limpieza en seco, de las flautas de Pan de aluminio, del verano más corto del siglo, de la junta militar griega, de los pintautores... Todo aquello me abrumaba, todo, no me valía la brújula de siempre, aunque seguí con cierto interés las revueltas de estudiantes, dispuestos a cualquier cosa por subir la nota.

Aún tenía apetito sexual, aunque de tipo mecánico: llamadas ocasionales a la puerta, nada que no pudiera ignorar. Sufría de artritis —sin presumir tampoco—, comía menos que antes, dormía a peores horas. La próstata empezaba a darme guerra. Tenía la tensión un poco alta. Tomaba pastillas para esto y para lo otro, incluso unas para abrirme el apetito que, por ser grandes y gruesas, me quitaban el hambre que me despertaban. Un despropósito.

Benito compró para la casa un televisor carísimo que estropeé yo mismo. No era de madera de verdad, pero imitaba muy bien la caoba. Cuando acabé con él, todas las películas acababan mal y ponían más anuncios que antes. Lo embalamos de nuevo y lo dejamos tal cual, en la caja de cartón, encima de la mesa. A veces nos preparábamos un té y nos pasábamos horas mirando la caja.

Destellos de aquellos años siguen apareciéndose en mi mente:

Un montón de ceniceros de alpaca (mi hermano usaba sólo uno, siempre el mismo, que tenía una mancha negra que no se iba). Un cartero tunecino entregándome una postal de España. El programa arrugado de una obra de Genet y Rame. Un libro de poemas de Pavard. Un chicle en el pomo del portal (cada día lo ponía y lo quitaba el portero). La torre rodeada de andamios de Saint-Étienne y el sol detrás, cegándome. Benito echando caracoles de humo por la nariz. Un anciano medio loco que un día se coló en la casa a hurtadillas. Una grieta en la escalera de la finca, un gato negro bajo la escalera. Un peral en medio del vertedero que nadie sabía qué hacía allí, pero que allí estaba. Fabien repasando las cuentas en el taller de la plaza de la Concordia, con el pelo medio largo, las gafas de óvalo, la camisa por fuera. Un bolígrafo de plástico que escribía mejor que un Dupont. Un perro calle-jero con temperamento de marqués. Un tiesto al que le fal-taba un trozo. Benito rezando en su despacho sin que se le notara. Un sándwich a medio comer que se acabaron las hor-migas. Las luces de una ambulancia (del San Luis o del Men-dicant o de la Cruz de San Simón), abajo, en la calle, cuando empezó a dolerme el brazo y me empeñé en que tenía un ataque y al final no. Una niña vestida de blanco mordiendo una sandía. La cúpula de cemento del Museo del Automóvil de la Sucette.

Los sesenta pasaron por mí como yo por ellos: nos vimos, nos saludamos, pero no nos paramos a hablar; los sesenta se me hicieron largos.

Ninguna de sus muchas guerras atrajo mi atención ni me importaron sus modas, que nunca duraban, ni sus revolucio-nes ni sus hitos para la historia, con dos excepciones: el terre-moto del 70 −un seísmo irreprochable que volvió a transfor-mar París− y −medio año antes− lo de la Luna y Godwin, que tanto significó para mí.

Vivir es salir de una para meterse en otra; hay certezas que caen del cielo. Lo grande replica lo pequeño y cada hecho de la vida se rige por la ley del péndulo.

Lo del terremoto sucedió poco después de lo de la Árte-mis III de la NASA, en mitad del invierno. Nos pilló a todos con la mirada arriba y la guardia baja.

Pero de eso hablaré más tarde.

Vamos con lo de la Luna…

22

Lo de la Luna y Godwin

Vimos la llegada del hombre a la Luna en el taller más grande de Les Fanjul, en un televisor Olympic nuevecito que alguien había llevado a estropear y aún aguardaba turno (nos evitó rescatar el del salón, que estaba bien donde estaba). Me puse unas gafas sobre las gafas, que cada año eran más gruesas, y así pude verlo todo bien; no tuve que suponer nada.

Fue magnífico.

La TDF lo retransmitió en directo: la cuenta atrás, el despegue, lo de la cápsula que hace pum y se separa del cohete (que se queda en nada), las risas con crepitar de disco viejo, el gatito que lanzan siempre al vacío, para ver qué pasa. A veces se cortaba la señal y salía de nuevo el presentador, un poco más despeinado cada vez, tan atónito como el resto del planeta.

A veces ponían anuncios.

Allí nos juntamos todos: Benito, Fabien, los muchachos con sus novias y sus mujeres (de peinados bonitos y modernos), algún niño con una gaita en los pulmones, las limpiadoras, que ni parpadeaban.

Benito había encargado un tentempié a Le Safran —las mejores *brochettes* de París—, a tres bloques del taller; y agua, y refrescos, y cerveza, y vino del bueno, persuadido como estaba de la importancia de la cosa; decía que un día es un día y que en España también se celebra el 12 de octubre. Y que por eso.

Cuando la Ártemis III acertó con el cráter, rompimos todos a aplaudir. Se quedó clavada boca abajo, un poco torcida, con las patas del revés, más o menos donde tocaba.

Enseguida se abrió la escotilla y se asomó Godwin.

Bill Godwin era un astronauta muy bien parecido, científico, valeroso, decían que alcohólico, con una elegancia al moverse que no perdía ni dentro de aquel traje inflado. Todos querían ser Godwin, más famoso entonces que Don Mancino y que Charlie Deleure, más que Jack Finney y su orquesta.

No era difícil imaginar cómo habría quedado todo dentro de la nave; manga por hombro, habría quedado. Menudo golpazo.

Godwin se agarró a una especie de barandilla que había junto a la puerta. Se le veía dudar. Miraba la Luna y miraba a la cámara, miraba la Luna y miraba a la cámara, que, según explicó el presentador, ya llevaba dos días allí, sobre un trípode de madera; alguien la había llevado, pero no contaba, como en el Everest, cuando los sherpas van a la cima primero para dejarles las cuerdas bien puestas a los ingleses, y un termo de té y galletas de matequilla, y no se dice.

Godwin se dejó resbalar por la estructura hasta que quedó a metro y medio de la superficie, tan plateada y brillante. Por la posición del módulo, se diría que Godwin trepara.

En el taller aguantamos la respiración…

La prensa llevaba una semana especulando sobre lo que diría Godwin. Sus primeras palabras. Que si lo había decidido una comisión poética, que si iba con rima, que si lo había escrito el presidente Clifton, que si hablaría del mundo, pero queriendo decir América (los rusos estaban que trinaban). El locutor detallaba pormenores técnicos a los que nadie prestaba atención, como que la señal llegaba primero a Australia y luego había que darle la vuelta, o que en el interior del módulo estaba Wyck Klausen mordiéndose las uñas.

Lo que fuera.

El caso es que Godwin miraba fijamente el suelo, como si le pareciera aún lejano, preparando el salto. Dobló un par de veces las rodillas. Ladeó la cabeza. Se santiguó sobre el panel del pecho. Y lo único que dijo —y se lo dijo a Klausen— fue: «Al final, ya verás, me mato».

Y saltó del módulo.

Tardó más de un minuto en tocar la superficie, caía muy despacio, todo era de un suspense insoportable.

Muchos aprovechamos para ir al servicio, o para tomar algo.

Luego Godwin tocó por fin el suelo y pisó mal, y empezó a rodar a cámara lenta. Una vuelta. Y otra. Y otra. Y otra. Muy despacio. Luego estiró el brazo (despacio), como si estuviera bajo el agua, para detener la inercia (despacio siempre). Luego hincó una rodilla en el suelo, luego la otra. Levantó una nube de polvo que lo ocultó de cintura para abajo mientras se incorporaba. Luego se sacudió el traje.

Se irguió del todo.

Se ajustó el casco.

Luego buscó la cámara.

Entre unas cosas y otras, desde que saltó de la cápsula hasta que levantó el pulgar, pasó una media hora, tal vez más.

Pero Godwin lo había logrado. El espíritu del hombre cruzaba la última frontera.

La ovación se oyó en la misma Luna (se notó porque Godwin se giró de golpe, como sorprendido). En el taller nos lanzamos todos a abrazarnos, como hizo el resto de París. La gente bailaba en mitad de la calle, los bocinazos unieron a los coches del cielo con los del suelo y se confundieron con los gritos de los balcones. Parecía que Francia hubiera ganado el Mundial.

Fabien empezó a lanzar confeti sobre nuestras cabezas mientras daba carreritas por todo el taller. Luego se subió a las escaleras forjadas para repartir desde allí los matasuegras.

Benito, por su parte, gritaba: «¡Cuando un hombre imagina algo, otro lo hace! ¡Cuando un hombre imagina algo, otro lo hace!», como si fuera Julio Verne. «¡Todo es ponerse!». En Les Fanjul no cabía más euforia.

Tres días más tarde, con la Tierra reincorporada a la rutina, nos enteramos de que Godwin y Klausen seguían en la Luna, incapaces, por lo visto, de enderezar la nave para volver a casa.

Godwin y Klausen murieron de hambre y sed el 4 de junio de 1970, al pie de la Ártemis III, buscando la sombra. Fueron los primeros humanos en morir fuera de la Tierra. Unos héroes, dijeron.

23

Por dar contexto: pasé la mitad del año en la Biblioteca Nacional de Francia, sin consultar nada. Y el principio de la mitad siguiente.

Llegaba por la mañana y me ponía a mirar los lomos de los libros. Luego me sentaba en una mesa grande, la más grande que encontrara, y contemplaba cómo las motas de polvo cruzaban en diagonal los ventanales. Nada en aquellas motas era arbitrario, a veces se agrupaban en forma de persona, a veces de balón, a veces formaban palabras, a veces –las menos– eran sólo partículas sin peso ni objeto. Fue allí cuando me sorprendió el temblor que me sacó de París para siempre.

Sucedió de golpe, con un estruendo: ¡Patapam! Como si alguien hubiera cogido el planeta y le hubiera dado una sacudida seca.

El terremoto empezó y acabó a la vez.

Salí de allí como pude.

En las calles había edificios rectos al lado de edificios inclinados, como en un error de perspectiva. A veces una casa intacta resistía junto a un montón de escombros mientras manzanas enteras se doblaban sobre sí mismas. Los carteles de los teatros y los hoteles yacían retorcidos sobre la acera: ahora se veía muy bien lo grandes que eran. Las embarcaciones del Sena (también los barcos restaurante) taponaban los paseos; los puentes abatidos se amontonaban sobre el empedrado de cualquier manera. Los techos de los garajes aplastaban los mismos coches que antes protegían, cuyos morros sobresalían de la escoria como bocas de pez, guillotinados al salir. Había aparcamientos de varias plantas que reposaban como vallas caídas en el suelo. Los adoquines se expandían en ondas concéntricas, el asfalto se abombaba hacia fuera, reventado o cuarteado o atravesado por grietas por las que caía la gente.

Nada se elevaba en el paisaje más allá del tercer piso, no existía ya la altura, todo eran gemidos, cascotes sobre cascotes, sirenas que llegaban tarde. Sólo de un par de iglesias se conservaba el campanario, nada se levantaba en la Défense, ni detrás del hotel Concorde, ni en la Tour Prelude. De la torre Eiffel quedaban apenas las patas, sin nada que sostener ya más que aire y polvo.

Desde lejos París parecía uniforme, como si la mitad sobrara y alguien lo hubiera resuelto de un espadazo.

Tabla rasa.

Anduve de mala manera sobre los cascotes; tres horas tardé en llegar a casa. Pisaba duro y blando, según dónde y a quién. El aire era una nube densa, no paraba de toser. Una niña negra, con medio cuerpo hundido en agua y piedra, negó con la cabeza cuando vio que me acercaba. Sus ojos lo decían todo: me paré en el acto. La dejé allí, concentrada en acabar bien las cosas.

Los lamentos de los heridos se agrupaban en una discordancia horrible, pero también perfecta: los agudos se extendían en notas serpenteantes que cambiaban de afinación en los momentos más extraños, sin atender al compás; las voces graves marcaban el pulso; las medias —las de los hombres en pánico y las mujeres con sangre fría— parecían de terciopelo; el horror se abría en un arpegio que, pasado el primer asombro, dio paso a un aullido horrible: la vibración de un millón de cerebros tratando de aceptar a la vez lo imposible.

Tuve que taparme los oídos. Todos lo hicimos.

Cuando la música cesó, quedó la devastación sólo. Cruda y seca.

Empezó a nevar ceniza llegada de los incendios que brotaban por todas partes. Todos nos miramos en silencio, teníamos la cara negra. La gente se abstenía de llorar. Nos sentíamos avergonzados. Cada uno pensaba en lo que hubiera hecho en la vida.

La mitad de los parisinos murió en un segundo, la mitad exacta; hubo muy pocos heridos (la gente murió o quedó bien, con pocas excepciones). Nuestros talleres –todos de una planta– resistieron el embate, bastó con reponer los cristales; otros no tuvieron tanta suerte. A cada uno le tocó donde le tocó.

La mitad de los empleados murió y la mitad no, y lo mismo sus familias. Murió la mitad de casi todo. La mitad de los amigos que cada uno tuviera, la mitad de los bailarines de cada compañía, la mitad de los jugadores de cada equipo de fútbol, la mitad de las prostitutas, la mitad de los artistas autónomos, la mitad de los ladrones, la mitad de los fumadores de pipa, la mitad de los residentes en hostales y pensiones, la mitad de los jardineros, la mitad de las maestras, la mitad de los dramaturgos de cada función de cada teatro, la mitad de los comunistas, la mitad de los bibliotecarios, la mitad de las pintoras.

La mitad de quienes iban en coche volador se salvó. A la otra mitad le cayó París encima. Si había una pareja de letrista y músico, sólo uno sobrevivía.

Pobre Fabien, bueno y leal, que vivía con su familia en un sexto y murió para que vivieran los del tercero. Ciega justicia la que usa la brocha gorda para equilibrar las cosas. El planeta escucha la voz del hombre igual que la del grajo, no se conmueve.

El polvo tardó semanas en posarse del todo. La gente vivía en cualquier sitio, sobre todo al principio. Si alguno llegaba a un palacete o a la suite nupcial de un hotel, nadie le decía nada.

Ya no quedaban buhardillas, estaban todas en el suelo.

Muchos parisinos empezaron a escuchar peor, por ninguna razón concreta, simplemente no entendían bien: la muerte afectó a su atención tanto como a su deseo de saber, dos personas podían pasar una hora hablando y luego no recordar que lo habían hecho.

Los escombros se retiraron por sectores. En los barrios más dañados sólo podían entrar las motocicletas y los coches del cielo.

Seguía habiendo leche. Seguía habiendo huevos. Seguía habiendo queso. Las tortillas estaban a salvo.

Los periódicos le echaban la culpa a cualquiera, mostraban diagramas didácticos de lo que nadie había previsto y hacían que pareciera elemental haberlo hecho. Hicieron dimitir a la alcaldesa y le echaron la culpa a otros de haberlo hecho.

El gremio de la construcción reaccionó muy bien: después del traslado del Valle del Oise, el sector tenía experiencia y un millón de protocolos afinados al detalle. París era un lodazal que se reconstruyó muy rápido.

El gobierno se volcó como nunca en la ciudad blanca, faro de la república, etcétera, y con él cada francés. Desde Amiens hasta Toulouse todos enviaban ayuda, alimentos, mantas (alegres, a su manera, de ver a París postrada).

Benito y yo tuvimos suerte: sobrevivimos los dos. Durante un tiempo intentamos que no se nos viera juntos, para evitar recelos.

24

En el París de después del terremoto conocí a tres personas horribles:

Una era un niño en silla de ruedas que llamaba cretino a todo el mundo: «Aparta, cretino», decía. «Más rápido, cretino». «Más lento». Y así. Empezó tratando mal a sus padres —que llevaban años espantados— y fue cogiendo carrerilla. Les hablaba mal hasta a los gendarmes.

Un día le partí la cara, creo que le reventé el tímpano. Le dejé tirado sobre la acera, muy cerquita de casa; le sacudí la silla como un volquete. Qué manera de gritar y de encogerse, y de cubrirse la cara. Enseguida le ayudaron.

La segunda era un señor que parecía normal, con cara de hombre bueno, bigote recortado, que no cedía el asiento a las damas en el metro. Aquel hombre escondía algo oscuro y secreto, no sabría decir qué, el aire se congelaba para él.

A este le partió la cara una niña de lo más espabilada, una adolescente argelina, muy menuda, con mucho carácter, que le hizo ver a voces que estaba embarazada. Luego lo agarró de los pelos y lo arrastró por el vagón como una bayeta.

La mitad del metro se puso a favor de él, la mitad a favor de ella, la cosa estuvo muy igualada. No sé si a partir de aquello el hombre empezaría a ceder el asiento, pero, desde que se corrió la voz, cuando la chica entraba en el andén se le ponía en pie hasta el maquinista.

La tercera persona era una carnicera altísima que le chupaba la energía a todo el mundo; quien fuera a su tienda a por conejo, o a por ternera, o a por criadillas, salía de allí arrastrándose. (Como la carne era buenísima, todos tragábamos).

La mujer era muy rara de mirar, tan suntuosa y talluda. Sobresalía del mostrador como un clavo. Recordaba un pollo gigante, pero colgado hacia arriba. Si uno se acercaba a ella, perdía el fuelle; bastaba con cruzar la puerta. A su marido —no digo más— se le había quedado la cara en blanco y negro.

Así quedó Francia después de la sacudida y así fueron aquellos años, que pasaron en un ay, tan ajenos, tan de otro. (Llega un día en que todo se confunde. Todo se mueve más rápido. Menos uno).

Hacerse viejo es quejarse, empezar a añorarlo todo, lloriquear sin motivo. Al final queda el serrín. Sentía el peso de mil años y un millón de kilómetros encima. Tenía el cuello cruzado de nudos. Y el corazón con bultos. Y la voz hecha un armonio. Y la nariz grande.

No fui capaz de aguantar tanta barba alrededor, que ahora parecía obligatoria. Tanta mirada resentida. Tanta luz en las paredes. Tanto niño moderado. Tanto ruido de obras. Tan poco sombrero. Tan poca conciencia. Tanto enfado. La gente de París se guardaba ahora de todo riesgo, los jóvenes más que nadie, responsables de repente como deportistas.

Un día la ciudad empezó a deshacerse ante mis ojos, a hacerse transparente. Fue natural y fue raro, como si su aspecto fuera también su escudo. Debajo de la ciudad había un castillo lleno de gente, toda de mentira; todos a un paso de la luz, un poco aquí, un poco allá. La sacudida había arruinado el cuento.

Me despedí de Benito en una sala de billar junto al cruce del hotel Imperio, en el edificio de mampostería y madera de la calle Coquine, que había sobrevivido al terremoto por poco. No habría sabido despedirme en casa.

«Regreso a España», le dije. «A Salamanca, Benito. A Salamanca». Le hablé, no sé por qué, muy despacio. Como si no me entendiera.

Benito me miró en silencio como si estuviera contándome las grietas. La barbilla le temblaba un poco. Los ojos se le llenaron de agua. Si se lo hubiera pedido, me habría acompañado a cualquier parte, pero no se lo pedí. No se lo habría merecido.

Pobre Benito, qué bueno era, cuánto llegué a admirarlo. Con qué injusticia me admiró él a mí. Ni Justine me había admirado tanto.

Me rompió el corazón dejarlo atrás, pero me alegró ser capaz de hacerlo. Grabé con solemnidad su expresión. Mi hermano querido…

Le di dos besos.

Se puso a temblar otra vez.

Como si tuviera frío.

QUINTA PARTE
(Y ÚLTIMA)

1

Me llevó una sola noche llegar a Salamanca, una noche a pie. La noche más larga. No he vuelto a caminar desde entonces.

Salí de París por la tarde, ya con la fresca. Me molestaba la rodilla más que nunca, pero no me importaba. El camino que tomé estaba hecho de tierra y maraña y cruzaba bosques y campos, una senda del todo inapropiada para un viejo (¿no lo son todas?).

No pisé una sola ciudad entre París y casa, ni supe, por tanto, cuándo dejé Francia y entré en España.

El sol comenzó a enfriarse al poco de iniciar la marcha. Yo lo miraba sin verlo mientras acariciaba el mechón de Zamora, que guardaba aún. Bebía de los arroyos o, si no, no bebía: con la vejez se bebe menos (vino, si acaso); se antoja menos importante morir sano.

Nunca he ido al médico, ni cuando lo he necesitado; mi cuerpo me ha servido siempre y siempre ha estado un poco enfermo, todo a la vez. Así he mantenido el equilibrio, con resfriados frecuentes, pero sin tentar la suerte; con pequeñas anemias y pesares que nunca se iban del todo. Ahora tosía más, me cansaba antes, perdía el resuello, que es lo que les pasa a los ancianos a los que les va bien.

Al caer el sol me interné en una vereda rodeada de pinos cuyas agujas cruzaban aún los últimos rayos, que mi rostro apuró a fondo.

Al doblar un recodo, pude ver la silueta de un hombre, justo al borde del sendero, allá al fondo. Muy formal. El hombre se quitó el sombrero y yo le devolví la cortesía sin detenerme. La tierra crujía bajo mis pies, que también crujían. El aire olía a lavanda.

Un arroyo murmuraba a la izquierda.

Cuando la luz se había extinguido casi, vi a un niño sentado en un tocón, con los codos apoyados en las rodillas, la cabeza agachada.

Frente a mí, el cielo lucía azul oscuro —negro detrás—, con esa línea magenta que separa el horizonte de la noche.

El niño se incorporó al oírme. «Hola», me dijo. «Hola», respondí yo. Le pregunté si estaba perdido. «¿Perdido yo?», preguntó el niño. «Este es mi bosque». Y luego: «¿Y tú?».

(De crío, les faltábamos al respeto a los mayores, pero nunca los tuteábamos).

Le pregunté si iba bien para Salamanca. Me señaló, estirando el brazo, el fondo del sendero.

Ni siquiera hacía frío. Era una noche de primavera, con luna llena, sin viento. Si remontaba una cuesta me dolía más la rótula, y más aún al bajarla.

En el siguiente repecho me salió al paso una dama que parecía vestida de Ofelia. «Te estaba esperando», me dijo. Y se puso a andar a mi lado. «Estás añoso», añadió después. «No te queda mucho tiempo».

Sólo recortadas contra el cielo las copas de los pinos viejos revelaban su forma. En algún lugar, muy cerca, los conejos buscaban madriguera, se sabía porque sacudían los matojos. Se oía también el rascar del viento contra la madera, la savia del interior de los troncos, la corteza troceándose por dentro, el burbujeo de los escarabajos, el llanto de los somormujos, más arriba. A veces una lechuza decía esto o aquello, pero sin dar la tabarra.

«Haces bien en regresar», me dijo la mujer. «Es bueno acabar donde se empieza. Mejor en casa».

Me costaba distinguir su rostro. Achiné los ojos, me separé un poco las gafas.

La mujer andaba de una forma extraña, no usaba apenas los brazos, que le colgaban sin vida. Tenía algo de isabelino, parecía escapada de un cuadro. Alzó la mirada al cielo. Luego añadió: «Puedes preguntarme lo que quieras».

No dije nada.

Cuando alcanzamos un nuevo sendero –pues el primero moría en una montonera de troncos–, me señaló el lugar donde aguardaban otras dos damas, que se unieron a nuestra marcha. Ofelia se despidió de ellas, perdiéndose entre los árboles.

Las recién llegadas llevaban vestidos largos de color hueso, o tal vez verde claro, con tan poca luz no podía precisarse. La que iba a mi lado –la baja– tendría unos veinte años; la alta era algo mayor, pelirroja, de cuello largo y fino, como de garza, con un algo en la expresión que no sabría explicar.

Me dijo que no le había preguntado nada a Marianne y que por eso se había ido triste. (Su tono no mostraba enfado; tampoco sus ojos, que despuntaban en la noche). «¿Por qué?», preguntó. Y luego: «¿Por qué, por qué, por qué, por qué, por qué, por qué?».

Le contesté que no lo sabía, que nunca sabía nada, ni por qué hacía las cosas ni por qué no, pero que no por Marianne –si es que así, después de todo, se llamaba–, eso seguro, que había sido muy amable. Por otra cosa sería.

Las dos damas se miraron.

A mi izquierda, entre el follaje, me pareció ver gente moverse, peregrinos que caminaban alejados del camino, entre los helechos. Sombras entre las sombras.

«Debes preguntarnos algo», insistía ahora la segunda dama. (Tal vez eran hermanas). Me hablaba como se le habla a un niño. Con la misma paciencia.

Salimos del grupo de árboles y nacimos a campo abierto entre un grupo de colinas; remontamos la más elevada. En la cima una muchacha de cabellos de tizón nos daba la espalda.

Hacía visera con la mano para mirar las estrellas, que allí lucían como si no hubiera aire.

La dama más baja se acercó a ella y le entregó una carta. Y volvió luego al camino a pasos largos.

La muchacha de la colina parecía indiferente a todo.

Caminamos y caminamos. Durante horas y horas.

Detrás de cada loma surgía otra. Y luego otra. Y luego otra. El cielo era el del Sinaí, quieto y cálido. La rodilla me hacía cric, más mordida a cada paso.

«Debes preguntarnos algo», porfiaban las damas. «Debes hacerlo, debes hacerlo», repitieron cien veces. «Prefiero caminar sin más», contesté tan neutral como pude. Y añadí: «Quiero llegar a casa, eso es todo. Sólo eso».

«Lo entiendo, pero no es posible», insistió la mujer más alta. Parecía conmovida. «Debes preguntarnos algo».

Yo pensaba en el desierto, en la paz indescriptible que había conocido allí, donde nada suena más alto que el silencio.

«¿Van ustedes también a Salamanca?», les pregunté por fin. Las dos damas rieron (tenían risas bonitas). Parecían complacidas. Los dientes les brillaban con la luna. La alta se apartó el pelo y negó con la cabeza. «Ya te queda poco, Jaime».

Me atravesó con su mirada blanca.

Las dos mujeres se despidieron con un gesto suave. Se salieron de la vereda a tiempo de señalarme el extremo del bosque, donde vibraba un fulgor naranja.

Se desvanecieron en la noche.

2

Los árboles negros se apartaban ante mí como si estuvieran troquelados, igual que en esos libros que, al abrirse, despliegan decorados de cartón.

Convertido en polilla, iba acercándome a la luz.

En torno a una hoguera se congregaba un puñado de paisanos, siluetas temblorosas desveladas apenas por el resplandor del fuego.

Uno –por bastón y porte– diríase el alcalde. Otra diríase su mujer. Había una especie de jipi con esas gafas redondas que brotaban entonces como las setas en otoño. Había un notario con su cartapacio. Había unos niños muy pequeños, medio desnudos, muy serios, que apenas se tenían en pie del mismo sueño, uno de ellos rubísimo. Había un anciano que se daba palmaditas en los muslos. Había un grupo de quincalleros. Había un granjero, dos granjeras, dos galgos indistinguibles, una chica con el pelo corto. Estaba hasta el que siempre está en todas partes y nunca dice nada, al que nunca llama nadie y a todo se apunta. Eran treinta o cuarenta personas; unos se giraron al verme, otros siguieron atentos al fuego.

El alcalde salió a mi encuentro.

Se trataba de un hombre orondo que sudaba mucho. «Bienvenido», me dijo con sonrisa de palo mientras se quitaba el sombrero tirolés que le cubría la cabeza. La cortesía le hacía los ojos pequeños. «Gracias», le respondí al rebasarlo.

El alcalde dio un salto, se recolocó el sombrero y se puso a mi lado de una carrerita. (Su mujer nos siguió a unos metros, envuelta en una rebeca de lana; tenía el pelo grasiento, le brillaba a la luz del fuego; la brisa que lo mecía mecía también las ramas).

«¿Cuántos años tiene, si no es indiscreción?», me preguntó el alcalde. «Casi setenta», le contesté. «Ochenta parecen», replicó él. Y dio sin venir a qué dos palmadas en el aire que se engancharon en las espinas de la floresta.

El camino se doblaba sobre un repecho cuajado de enebros.

Al fondo se atisbaba otro fulgor, tal vez una segunda hoguera, detrás de los árboles. «¿Qué tal la rodilla, si no es indiscreción?», me preguntó el alcalde. «Mal, ¿no? Seguro que mal. Pinta mal, desde luego».

El alcalde se puso a musitar algo entre dientes. A bisbisear, se dice.

«No aguantará», concluyó, como si hubiera estado echando cuentas. «Esa rodilla no aguanta. No va a poder. Es imposible». «Aguantará», repliqué yo; aunque la rodilla me dolía de lo lindo y estaba hinchada como un tomate. (La otra pierna también se quejaba).

«Mire a la gente», dijo el alcalde para cambiar de tema. Señalaba a los vecinos nuevos, que eran en realidad los de antes, incluidos los niños y los perros, que habían vuelto a aparecer.

El fuego proyectó una andanada de pavesas con un tosido seco. Era como si lloviera.

«Es gente», siguió el alcalde. «Y la gente quiere algo. La gente quiere algo siempre; siempre más. ¿Me entiende, caballero? No puede evitarse».

El alcalde redujo el paso y se paró en mitad del camino, como si hubiera perdido el empuje o como si hubiera recordado algo. Su mujer lo alcanzó, inquisitiva.

Se quedaron los dos allí hablando, más pequeños cada vez; él con la cabeza agachada mientras ella le golpeaba la pechera y me lanzaba miradas furtivas. Luego ambos regresaron a la hoguera.

No me despedí de ellos entonces, aproveché para hacerlo más adelante, cuando volvió a aparecer el grupo entero en la tercera hoguera, a la salida del bosque de coníferas, que se abría por fin a la dehesa.

Salir del bosque fue empezar a escuchar de otra manera. Se ensanchó el paisaje de golpe.

Las cigarras chirriaban como locas, los tejos y los enebros se hacían a un lado y descubrían de nuevo el cielo. Se oía cantar a los rabilargos y a las currucas, a los ruiseñores y a los mitos. La noche bullía en la dehesa, aunque las encinas —no sé por qué— no querían moverse; algunas barritaban, otras se inclinaban, pero en nada recordaban a las monturas que cabalgué de niño.

Una piara de cerdos surgió de entre las coscojas y se incorporó al camino para trotar a mi lado: cerdos grises de bellota, grandes, fuertes, que sorteaban la maleza con gran dignidad.

A ambos lados de la vereda empezó a sumarse una legión anónima; primero decenas de hombres y mujeres, luego cientos; bajo la luz de la luna.

El campo se pobló en un instante.

A la gente se unió más gente.

Unos inclinaron la cabeza a modo de saludo, otros me ignoraron; algunos vestían uniformes raídos de militar, otros iban de calle, o en traje de baño, o directamente en ropa deportiva (unos, azul; otros, roja). Un enano de pelo cano se recolocaba un alzacuellos muy bien almidonado. Dos obreros achispados trataban de mantenerse derechos en sus bicicletas.

Había una señora con bata de guatiné.

Había un frutero con gorra de lana, altísimo, un poco contrahecho.

Había un fontanero cojo.

Había una bailarina de ballet.

Había un saltador de pértiga, con pértiga y todo. Cómo corría, qué bien levantaba las rodillas.

Había un profesor de universidad (se le notaba por la expresión altiva).

Había cien estudiantes.

Había un mozo de mercado. Un guardia civil. Un futbolista. Dos guardias urbanos. Una costurera. Un afilador. Un conductor de autobuses. Varias enfermeras. Una santa. Un juez. Un sacerdote ortodoxo que sacudía el hisopo. Gente muy vieja. Gente muy joven. Gente muy rara. Gente normal. Todos muy serios.

Un torero me señaló una bandada de médicos, treinta o cuarenta serían, que revoloteaban como murciélagos sobre nuestras cabezas, todos en la misma dirección.

Entre los alcornoques y los matorrales, sobre el lecho de hierba reseca, refulgían los fuegos fatuos en morado y azul. Hacían espirales ascendentes, muy pegados a los troncos de los árboles. Luego, al alcanzar la copa, regresaban al suelo para rodar sobre la hierba, dejando un rastro luminoso que iba apagándose entre las escobas.

A uno y otro costado trotaban ahora los bueyes y los toros; más elegantes los segundos; formidables los primeros.

De la derecha surgieron doce tribus de gitanos a caballo, como las de Israel, con una manta por silla y cordeles por riendas. Serenos y orgullosos.

Un grupo de trapecistas hacía volatines en las ramas de los quejigos.

Algunos animales se plantaron desafiantes en mitad del camino, pero los cerdos los apartaron sin miramientos y nos dejaron el paso libre; a ellos nadie los retaba, en la dehesa reinaban. Ni siquiera los lobos se atrevían con ellos.

El viento empezó a soplar.

Más allá del horizonte, oscilantes masas de luz repasaban los trece colores del diamante.

Fue entonces cuando sucedió. Cuando se apagaron las estrellas.

Cuando se apagaron. Las estrellas.

Todas ellas.

En un minuto.

Fue espeluznante.

Fueron sofocándose por grupos. Pum. Pum. Pum…

Primero se apagaron las del oeste. Luego, las del norte. Luego, todas las demás.

Se apagaron estrellas que llevaban brillando sólo un millón de años y estrellas que habían muerto en períodos insondables, en una coincidencia aterradora —sólo para nuestros ojos— que desvelaba la incomprensible importancia que para el universo tiene nuestro sistema.

Todo se volvió negro en el cielo. De un negro atroz.

Se oyó el espanto sincrónico de cuatro mil millones de voces: la totalidad confusa y angustiada de los habitantes del planeta, que aún tardarían muchos años en acostumbrarse del todo al nuevo techo.

La Tierra se estremecía diez mil millones de años después del principio de todo.

Cuando el sol asomó al fin —a eso de las siete y cuarto—, en el campo no quedaba casi nadie. Se habían ido todos como se fueron las estrellas.

Nadie volaba tampoco en el cielo.

Luego el reloj marcó las nueve (tuve que acercármelo a la cara) y empezó a caer una lluvia fina que se me coló por las arrugas de la cara y me las limpió de polvo.

En el bolsillo, acariciaba y acariciaba el mechón de Zamora, espantado aún por los acontecimientos.

Comenzaba a oler a mar.

Arrastré la pierna dos o tres horas, completamente empapado. La rodilla se había rendido: ya no podía doblarla.

Luego paró de llover.

La última persona que quedaba —una anciana de mirada ambigua— se volvió hacia mí y me dijo: «Buena suerte». Eso es todo.

Tenía acento de Cáceres.

Luego giró hacia el sudoeste.

Yo seguí mi camino, hacia el oeste.

La dehesa recuperó sus sonidos naturales. El murmullo de las hojas, que se dirían de papel. El runrún apagado de la carretera cercana. El tableteo de las cigüeñas, que se las apañaban para anidar en las copas de las encinas o sobre los postes de la luz y taladraban con el pico la mañana.

A lo lejos emergieron las torres de la catedral, para mí manchas terrosas contra el azul del mar (que vibraba, roto en reflejos, detrás de la piedra dorada).

Llegué a la carretera remolcando con ambas manos la pierna.

3

En Salamanca me cuidó primero mi hermana Andresa, la maestra, que con los años se había vuelto tan amable como Elenita, después de que Elenita muriera. Vino a verme desde Crespos, jubilada ya. En su 850, vino. Estuvo conmigo casi cuatro meses. A veces me acariciaba la cara con su palma dura. Se quedaba mirándome desde detrás de las gafas, con una sonrisa suave que ni la Mona Lisa.

Después me cuidó Anna, mi dulce Anita, que tenía casi treinta años y todo lo dejó para atenderme (así son las mujeres: hacen lo que tienen que hacer y nos miran luego sacudiendo la cabeza). Se había casado con un empresario chileno del que estaba un poco aburrida, un exportador de cobre muy comprensivo, según parece. Anna vino desde Santiago. Allí cogió un avión a Buenos Aires y allí otro a Espuria. De Espuria fue en autobús a Madrid, a la Estación del Norte. Y allí cogió el tren a Salamanca. En total, dos días.

Desde que llamé a mis hijos la primera vez, al desplomarme en Tignes después del Mont Blanc, mi hija y yo mantuvimos el contacto, como si nos hubiéramos dado cuenta de algo. Nos escribíamos cada semana, hablábamos por teléfono una vez al mes, a veces más.

Martín no asomaba la cabeza: se le quitaron muy pronto las ganas de hablar. Iba a comerse el mundo y ya no se comía nada; ahora era taxista en Nueva York. Vivía solo o con novias de temporada, casi siempre de otros países, a las que iba reemplazando según lo reemplazaban a él. Martín era como esos chavales de piernas largas que van a ser el nuevo Pelé y luego nada, como ese brote selecto que se seca en mitad del crecimiento.

La vida avisa. Y al final muerde.

En Salamanca ya no estaba el hospital de dementes, ni el teatro de San Román, ni las Franciscas, ni la plaza de la Verdura, sitios a los que el tiempo había escarmentado. Ahora todo eran bares y librerías, y tiendas de pan y pasteles, con los chochos típicos de allí.

Y, por algún motivo, zapaterías, con su calzado deportivo y sus pantuflas.

Seguía impresionándome el cielo, aquel cielo sin estrellas que era el mismo en todo el mundo y que nos helaba la sangre a todos. Algunos juraban verlas aún, como los soldados que siguen rascándose los miembros amputados años después de perderlos.

Nunca recobré la pierna derecha. La izquierda me aguantaba lo justo.

Recorría la ciudad en silla de ruedas, al principio empujado por Andresita, que se paraba a menudo a descansar o porque se encontraba con alguien y quería saber de sus hijos y de sus nietos, mientras yo la esperaba en la silla como un cazador de mariposas, acechando entre las hierbas altas. A veces, si me aburría, llevaba la silla hasta la pared y palpaba la piedra de Villamayor; desmenuzaba la arenisca entre las yemas, o la frotaba palma con palma. Luego aventaba la arena para que la empujara el viento, con actitud de trampero.

Cuando Andresita volvió a Crespos y la relevó mi hija, empecé a salir más de casa. Y mejor. Anna caminaba más rápido y más lejos que Andresa.

Anna me llevaba, por ejemplo, al balcón del huerto de Calixto y Melibea, desde donde veíamos el mar, que yo confundía con el cielo e iba retirándose año a año. (El Arrabal era ahora una playa enorme sembrada de huesos de barcas).

O me llevaba en coche hasta Ledesma y me compraba rosquillas típicas de allí, que elegía tostaditas —en el mismo horno me las elegía—, y me paseaba luego por las calles y la silla hacía taca, taca sobre el empedrado medieval.

O me llevaba a Monleón, a una plaza escondida que había donde un chaval de Campillo garabateaba a todas horas una libreta.

O me llevaba a La Fregeneda, en tren, donde confluyen el Duero y el Águeda, en las Arribes, que son mitad portuguesas. En las Arribes hay una vía que atraviesa trece puentes y veinte túneles.

No sé bien por qué quiso mi hija venir a Salamanca. Para estar conmigo, decía. Esa no es una razón.

Yo a veces la miraba e intentaba averiguar si estaba alegre, para saber si había ido a cuidarme porque sí o por pena, o para ser buena, como su madre. Con Anna nada era seguro, sabía sonreír de mentira, tan inglesa ella. Los ingleses cargan siempre con el peso del mundo y no tienen queja.

Cuando Anna se abrigaba y salía a comprar, o iba a la peluquería de la calle San Pablo o a pasear por la zona vieja, o a hacer las cosas que hiciera, yo me daba mis paseítos por la casa arrastrando la pierna despacio, sin doblarla. Clavaba el bastón en el suelo, de sala en sala, toc, toc, toc, sin molestarme en encender las luces.

A veces me paraba un rato a recuperar el resuello.

Volvían entonces a mí los sonidos del servicio, las carreras infantiles, las voces. La voz ceremoniosa de mi padre, el olor a tabaco de mi madre. El ruido de cacharros de la cocina. El reloj del despacho de papá (que ya no funcionaba). Las palmadas de mamá, que resonaban por toda la casa, su voz de viola. El jaleo que formaban Andresa y Elena, buscándose todo el rato. La seriedad de Benito, siempre un paso detrás de mí, o menos.

A veces me tumbaba junto a la chimenea y anguileaba en silencio sobre el suelo, recordando los aquelarres antiguos.

Al volver Anna de la calle, me ayudaba a levantarme y me

llevaba al nuevo cuarto, que era el viejo de mis padres, al fondo del pasillo. El grande. En el que murió mi madre. Anita había dispuesto que durmiera allí: «Papá, hazme caso», me dijo, mientras se sentaba detrás de mí y me abrazaba rodeándome entero, y me mecía con sus brazos calientes, y encajaba la barbilla sobre mi hombro, que ya era más de hueso que de músculo. «Desde aquí lo verás todo mejor. Desde aquí podrás despedirte de todos». Anita era muy sabia, pero no se le entendía nada.

Me gustaba la sensación de perder la vista.

A veces Anita me dejaba en la Clerecía y yo alzaba la cabeza e imaginaba su fachada de tres cuerpos, más inclinada cada metro, más barroca, que en mi cabeza se perdía en la bruma. La fuga de la calle Compañía era una grieta profunda que amarilleaba por la noche; y el callejón de Jesús, la misma grieta, pero más estrecha. (Los Dominicos, un golpe de ocre contra el mediodía cobalto. La catedral, un buque en el gris y verde de Anaya. Y así).

Otra cosa sobre la vista...

Las cataratas de viejo lo mejoran todo; hacen impresionista al más tonto. Todo se vuelve color, masa turbia, lamparones, luz, matiz. Ya no vuelve a haber rectas, ni líneas siquiera, sólo la verdad queda, el aire se agita en brochazos que nadie había probado antes, en magentas y azules. En las nubes cabe el verde; en la piedra, el morado; en la hierba, el naranja; en el sol, el verde oliva. Cuando se deja de ver, se empieza a sentir de otro modo. Se siente, por ejemplo, la posición del planeta, también en relación con la galaxia (que también se mueve), o se sabe la hora que es con sólo entrecerrar los ojos.

Se percibe la inquietud de la ciudad. Las ideas vibrantes que moldean la época.

Es como flotar en la altura: se imagina todo muy pequeño, se llega tan cerca del sol que las alas se derriten y la vida le recuerda a uno que desde allí todo es bajar. (Se suspende así la impaciencia y da lo mismo avanzar que estar parado, pues todo es calma y secreto).

Queda sólo el rumor del aire al doblar los esquinazos.

4

Me despedí de los Escolapios, mi colegio de infancia, un par de días antes de perder del todo la vista, cuando una última hebra de luz, intuición casi, me atravesaba aún la mirada, junto a la Puerta de Santo Tomás. Si en los días viejos todo eran sotanas, ahora abundaban los jerséis granates o verdes de los seglares. Anna me condujo hasta el borde del Patio de Piedra, no quise entrar más.

Los niños corrían pegando gritos, hacían guerras de carteras, se daban de balonazos, jugaban a guardias y ladrones. Algunos hacían cola en la pequeña librería que había en los soportales; de niño compraba allí los lápices, los cuadernos, el pegamento; me sorprendió que siguiera funcionando.

Un cura joven con gafas de concha daba voces en el patio para que subiera a clase todo el mundo, justo en el lugar donde se cayó un niño una vez, del primer piso, cuando hacía tirolina, en las fiestas. Se le rompió la cuerda y allí se quedó, en mitad del patio, haciendo que seis cursos completos, de 2.º A a 4.º B, dejaran de cantar en seco lo de: «Las campanas repican vibrantes, Calasanz, volteando en tu honor, y los cirios te ofrecen temblantes en tu altar su poema de amor». Temblando se quedó el niño. Como un perro herido se quedó.

También me despedí del puerto desde el que una vez embarqué a Francia, sobre el antiguo hospital, pasada la lonja. Nunca me ha gustado el olor a puerto; así huele en Nueva York el barrio chino a veces, un tufo acre que te agarra por sorpresa, como a humedad y algas podridas.

El puerto de Salamanca estaba en claro declive, tocaba moverlo un poco cada año, por la retirada del mar, cien metros al año o así. Todo era provisional, la estructura, todo, no compensaba hacer mejor las cosas: madera, clavos, pintura para los rótulos, estructuras deslizantes con líquenes en la sombra. Si todo puerto necesita un baldazo, el de Salamanca más.

Cuando la universidad volvió a latir (los catedráticos zurupetos, los repetidores, las estudiantes despectivas, la fauna completa), los marineros cayeron en desgracia: antes llenaban la Rúa de gorros y rayas, ahora ni tatuajes llevaban, o se marchaban a Rotterdam a hacerse uno –pequeño y medio escondido, por si se cansaban de él–, o se dedicaban a otra cosa. Muchos acababan pidiendo limosna en la entrada de las iglesias, en San Pablo o San Martín. Los pordioseros estaban que trinaban.

También me despedí de la tumba de mi madre, en el cementerio de San Carlos Borromeo, junto al Paseo Marítimo, que antes era carretera. No sé por qué. Me dio un viento.

A Anna le llevó hora y media empujar hasta allí la silla de ruedas. Cruzamos la verja gris y desde ahí fui guiándola como pude, todo recto y hacia dentro, por el paseo central; a la izquierda luego, donde los mausoleos grandes; instinto al alcanzar el batiburrillo que parece un barrio, donde el cementerio decae y pierde parte de su encanto; y, al final, la zona 1 –serie R–, número doscientos algo. No fue fácil meter la silla.

Anna me dejó frente a mi madre, bien centrado con la lápida; la tumba tenía flores secas que tapaban en parte una grieta de muchos años (por el color se veía que era vieja).

«Concepción Andueza», rezaba la lápida. Y luego lo de la fecha. No ponía nada más: ni que fuera buena madre, ni buena esposa, ni nada.

No me despedí de ella, me despedí de su tumba, que recordaba muy bien (incluida la grieta) de cuando era pequeño, cuando iba a visitarla a veces, escapándome de clase, para asegurarme de que seguía allí. Y por si decía algo.

Estaba –me daba cuenta– despidiéndome de las cosas, no de la gente. De los lugares, y no de todos. Del colegio, del camposanto, de las tiendas de libros viejos, de la iglesia de San Martín, del Café de Indias, del Ibáñez, del parque de las Tres Miradas, del Campo de San Francisco, de una o dos calles estrechas que tenían algún significado para mí. No todos los sitios valían.

No quería despedirme, por ejemplo, de la tienda de mi padre.

Cuando tienes ruedas, y no pies, nada depende de ti. Anna me llevó a la mercería. «Por conocerla yo», me dijo.

Desclavó de un tirón el madero que cruzaba la puerta después de levantar la verja, que en algunos sitios llaman persiana y en Salamanca llamamos trapa. (En Salamanca decimos cosas que no se dicen, como por ejemplo *candar*, que es un verbo admirable que significa cerrar con llave. «¿Has candado?», se pregunta al salir. O: «¿Cando?», si tienes tú las llaves. Si toca volver tarde, la respuesta es: «Canda, canda». Si no, pues no candamos. También, si vemos algo en el suelo, decimos: «¿Lo has caído?», porque en Salamanca hay cosas que caes y cosas que se tiran. Y así todo).

Anna levantó la trapa —que no estaba candada— y me dejó solo allí. Se marchó sacudiéndose las manos. «Ahí te quedas», me dijo.

De mi espalda salían los dos carriles que las ruedas acababan de arar en una pulgada de polvo. Resignado, miré alrededor. (Veía muy bien ese día, hay soles que brillan más justo antes de apagarse).

Todo estaba igual que hacía mil años, pero en sucio y roto, aunque también era distinto, así congelado en ceniza. La luz abría un túnel en el aire que podía cubrirse con una manta.

En los rincones más umbríos se intuían siluetas de otro tiempo, viejas clientas con sombreros de flores y cuerpos orondos, o a veces diminutos, que empezaron a moverse como si alguien hubiera apretado un botón. Hasta me pareció ver a mi padre sonreírles, mostrándoles las nuevas ballenas, las medias recién llegadas de Barcelona, la nueva remesa de corsés que afinan la figura y no se notan. Vi a los empleados, embutidos en batas azules, mover las escaleras de lado a lado por los carriles de los estantes, alcanzando las cajas de arriba con sus ganchos larguísimos.

Siempre viví con recelo aquel ambiente gastado, tan solícito y –para mí– tan poco admirable. Fue por pasar tiempo allí, precisamente, que dejé de querer a mi padre, como si le reprochara haberse bajado de algo. Las emociones graban muescas en la mente que la razón no logra borrar.

Entonces, la imagen comenzó a desmayarse, o igual fue mi visión. Poco a poco. Muy poco a poco al principio. A irse… Se unían retina y memoria, que allí compartían leyes.

Miré a mi padre –a quien me costaba distinguir–; de él sobrevivía sólo la sonrisa, que no reconocí del todo y que no era para mí. Flotando en la bruma.

También se desvanecieron las señoras, que seguían probando las telas con tirones fuertes o las acercaban a la luz, para verlas mejor.

Y luego, nada. El negro último.

El definitivo.

No es que la ceguera me pillara por sorpresa: ya había consumido casi todo el color y brillo de las cosas; estaba listo y conforme.

Justo antes del fundido final, cuando sentí que todo se acababa, miré una vez más al sol, un círculo oscuro y frío tras los tableros de la vitrina. Me despedí de él. Lloré un poquito. También silbé un poco.

Hasta que llegó Anna.

Mi hija no entendía nada. Cuando le conté lo que había pasado, no sabía si preocuparse o no; si debía sentirse culpable por haberme dejado solo. Me preguntó si quería ir al médico. Me dijo que igual no estaba ciego, que a lo mejor era una reacción, por la impresión. Le conté que si acaso estaba un poco triste –y también un poco alegre–, pero impresionado no. Le dije que no se inquietara, que lo que me apetecía de verdad era que me dejara un rato a solas en el Patio Chico, muy cerquita de allí. Que ahora notaba más el aire y me gustaba la sensación. «¿Te apañas solo, entonces?», preguntó ella, tan práctica como su madre. «La verdad es que en casa no ibas a pintar nada…», dijo.

Anna era quien me acostaba siempre, quien me administraba las medicinas, quien me lavaba y ayudaba a levantarme, quien me arreglaba los papeles, quien me preparaba la comida, quien me afeitaba. Anna se sobrepuso a mi ceguera mucho antes que yo.

Me quedé solo en el Patio Chico al poco de dar las cinco, al pie de la catedral. Anna se fue corriendo al cine; le daba tiempo, dijo, mientras le echaba un ojo al reloj de la torre de la catedral nueva, que llevaba tiempo torcida, desde el terremoto de Lisboa llevaba, aunque el rey prometía enderezarla cada vez que visitaba la ciudad. Y, antes que él, Casariego. Y antes otros.

Por hacer historia: en 1972 le quedaban siete años de reinado a Leandro I, que tenía ochenta y muchos y estaba extenuado. Seguía al pie del cañón por responsabilidad institucional, pero soñaba con la república de Cisneros, que es quien le sucedería —esas cosas se pactan con tiempo—, promesa liberal a la que los suyos habían mandado a los Estados Unidos para que aprendiera inglés. Cisneros gustaba mucho a las de más de cincuenta —que eran las que más votaban—: no se preveían sorpresas. En sus tiempos de abogado había defendido a Villaescusa y puesto entre rejas, por amañar partidos, a media Unión Deportiva. También tocaba la armónica.

A mí lo mismo me daba un rey que un primer ministro que la funda de un sofá que la fábrica de helados de La Polar de la plaza de San Cristóbal; no pensaba llegar vivo a la VI república y mucho menos al arreglo de la torre; lo único que quería era ver una vez más a los fantasmas del Patio Chico. O al menos sentirlos.

Acudió uno y gracias.

5

El fantasma tardó una hora en llegar. La que me llevó invocarlo.

Apreté los puños. Luego los ojos. Luego llamé directamente al otro lado: «¡Pssst!». Primero en voz baja, luego a voces. Llegué a decir pitas, pitas. Si oía pasos cerca, me callaba y me quedaba quieto, por si no era un fantasma.

Al final apareció un espectro anciano. Ancianísimo.

—¿Qué pasa con tanta voz, a qué tanto chistar? —dijo el fantasma con voz patricia—. ¿A qué viene, joven, el escándalo? —Como un infanzón, hablaba.

—Discúlpeme —dije yo—. Vi que tardaba, y claro…

—Soy un fantasma decimonónico, joven, el último del Patio Chico. Tardo lo que quiera, joven. Si quiero tardar, tardo. —Extendí la mano callosa por si podía tocarlo—. Hay más fuera, en otros barrios, pero ahora les cuesta formarse. Cuando empecé, era fácil: quien más, quien menos, creía en algo, eso ayudaba. Ahora están todos en casa, viendo animales en la tele.

—¿Son muchos?

—Unos seis, calculo. La mitad en el cementerio. No de morirse allí, se entiende, allí no se muere nadie.

No sabía qué decir. A cambio, me rasqué el brazo, que me picaba un poco.

Le pregunté cuántos eran en España.

—En España no lo sé, apenas salgo. Pongamos que ciento cincuenta. Hace dos años éramos mil; censados, digo. Hace cien, diez veces más. Esto se acaba.

Le dije que uno esperaría que hubiera fantasmas siempre, igual que funerarias. Y por los mismos motivos.

—¿Le cuesta aceptarlo, joven?

Me encogí de hombros.

—En España las cosas pasan cuando nadie se las espera; si no, sería Alemania. Una vez fui a Alemania. Vivo. Demasiada mantequilla. ¿Piensa morirse pronto, joven? ¿Cuántos años tiene usted? ¿O es usted un presumido?

—Setenta —le dije.

—Un niño, entonces. Ochenta parecen.

Volví a encogerme de hombros.

—Tiene el aura muy gastada. Se le ve muy bien desde aquí. ¿Qué le retiene aquí, joven?

Tosí por toda respuesta, arrastrando más de mí de lo que habría querido.

—Me llamo Antenor, un nombre viejo. Para servirle. ¿Cómo se llama usted, joven?

—Jaime. Jaime Fanjul. Un gusto.

—Antenor Gálvez de Vivot. Ya casi no hay Antenores. Jaimes habrá más, digo yo.

Le dije que seguramente. Y que él tenía nombre de notario.

—Antes era registrador —aclaró—. De la propiedad, se entiende. Calificaba la legalidad de los documentos en cuya virtud se solicitara la inscripción, así como la validez de los actos dispositivos contenidos en las escrituras públicas. ¿Es usted de Salamanca, joven?

—De la misma calle Azafranal. Encima de la farmacia.

—Podría hablar más rápido, joven. Más motivado.

Volví a encogerme de hombros. El fantasma continuó:

—Una calle muy principal, enhorabuena.

—Gracias.

—Yo vivía en la calle del Cáliz, junto al Hospital Civil. El hospital ya no existe. No existe nada.

El fantasma carraspeó también un poco, quién iba a decirlo.

—Me iré el último de aquí, alguien tendrá que dar fe. ¿Desde cuándo puede usted vernos?

—Desde que era un crío —le dije—. Más de sesenta años hace. La primera vez, donde estará usted. Junto al banco de granito. Fue por la luz, calculo, que aquí es tirando a plana.

—La luz de Salamanca, joven, lo incendia todo, pero aquí no llega. Una bendición. Hay sitios en el sur de España donde ya no se aparece nadie. Y es por la luz, ¿sabe usted?, que allí es muy dura. Casi todos los fantasmas se han ido al norte. En Orense te dan un farol y te aseguran cien años de desfile, la luz allí es muy buena. Pero Galicia es para los jóvenes, ya lo entenderá cuando se muera. Menos mal que nos morimos, ¿no cree? Si no nos muriéramos nunca, a ver quién iba a ser bueno. Nos salva la muerte, joven.

Oí cómo el fantasma encendía una cerilla. Un aroma (agradable) a pipa empezó a extenderse en el aire.

—Tiene usted ochenta y tantos, joven… —dijo el fantasma. Como pensando.

—Setenta —le corregí; más para mí que para él.

—Ochenta, le digo, y no me replique. Se le nota que ha sido guapo. Su elegancia es natural, mírese. Maneras gentiles, masculinas. Y es usted inteligente, no de los que más, se entiende, pero bastante. Y mire qué carácter. A veces es usted cobarde, ¿verdad?, pero también valiente. Ha enfrentado sin parpadear cosas que le daban miedo, ¿me equivoco? Y mire su cuerpo, joven. Ahora parece una pasa, pero una vez fue de provecho. ¿Duerme poco?

—Muy poco.

—Y ¿antes?

Volví a encogerme de hombros.

—Ha sido usted muy listo, joven. ¿Sabe cómo se desgasta el cuerpo?

Volví a toser otro poco. Esta vez saqué el pañuelo.

—Cuidándolo, joven. Cuidándolo mucho. Desfallece con la rutina, con las atenciones. Hace bien en no dormir porque así confunde al cuerpo, aunque eso no lo sepan los médicos.

Imagínese con treinta años, acostándose a diario a las nueve de la noche, o antes, levantándose a las seis. Imagínese comiendo sólo verduras, bebiendo leche en vez de vino, masticando bien cada bocado. Imagínese almorzando a la una en punto y cenando a las siete, también los sábados. Imagínese trabajando para el Ayuntamiento, o para la Diputación, o para el Banco de Comercio, o haciendo lo que hacía yo, lo mismo cada día, evitando toda alteración. Imagine una esposa perfecta que le peinara por las mañanas y le escogiera las corbatas. ¿Qué sería de usted? Caería enfermo. A cada rato. Si un día no pudiera comer acelgas, enfermaría. Si dieran las dos de la tarde y no hubiera almorzado aún, su estómago le rugiría, le golpearía por dentro, no le dejaría pensar, se pondría de mal humor, creería que va a morirse. Por no comer a la hora. Un día. Como hacía yo. ¿Qué haría cuando no le zurcieran los calcetines, cuando el Estado, aunque fuera por su bien, le echara a la calle por disposición del rey, que vela por la nación, no como esos republicanos que todo lo enredan y dan trabajo sólo a los suyos y a los demás que los zurzan? ¿Qué haría, joven, salvo enfermar? Coma, sin embargo, carne cruda, y aun los huesos, levántese a una hora distinta cada día, pase sin dormir tres días completos, trabaje en la calle en invierno, no se limpie, y verá que aguanta cualquier cosa casi sin proponérselo, como esos niños pobres que chapotean descalzos y se lo llevan todo a la boca, y hacen bien.

»Por eso ha sido usted muy listo, joven. Porque le ha enseñado al cuerpo quién manda. Ha hecho lo que le ha dado la gana. Y se le ha dado muy bien, basta con verlo. Se habrá acabado sin pensar, ya lo estoy viendo, una pierna de cordero, o no habrá comido nada en dos días. Y qué. Ha envejecido mucho, todo viene con precio, tiene la cara que tiene, ya lo veo, mejores las he mirado, ha envejecido con prisa, pero también mejor. Con vida siempre. ¿Sabe cuánto tardé en aprenderlo yo, joven? Encójase de hombros, encójase…

Le obedecí encantado.

—Ochenta y muchos años de vivo y otros tantos de muerto, las cosas se aprenden cuando ya es tarde, joven. Así funciona esto. Yo tenía un reloj en el pecho, bebía té en vez de café, estaba delgado como un alambre, caminaba dos horas por las tardes, a la misma hora siempre. Por los mismos sitios. Y no me enteré de nada, joven, se me pasó la vida en un suspiro. Y ahí está usted, joven, a sus noventa y pico, con ese cuerpo de atleta, de llegar el cuarto o el quinto, tampoco nos pasemos, pero listo como un pulpo, capaz de cualquier cosa, voluntarioso y testarudo y determinado y tranquilo. Tan callado. Ahí mismo.

El fantasma se reía. Golpeó contra la suela la cazoleta de la pipa, que había dejado en el aire una nube dulzona que me hizo pensar en la pipa de mi padre, que no encendía nunca, pero que tampoco se le caía de la boca.

Me sobrevino una duda.

—Cuando me muera… —empecé a decir.

—Cuando se muera, muérase y punto. Hágame caso. Sé por dónde va y sé bien lo que le digo, no se moleste. No quiera ser fantasma, joven. —Se echó a reír otra vez. Luego inspiró muy profundo. Luego suspiró muy largo—. Se queda uno como estaba al morirse. ¿Quiere ser usted un fantasma viejo? No y no, se lo digo yo. ¿Tiene hora?

—Tengo —le dije—. Pero ya no puedo verla. —Le enseñé el reloj, por si acaso.

—Exacto, joven —dijo él—. Ya no puede verla. Por ahí viene su hija.

Y era verdad. Por ahí venía.

6

Mi año de ceguera completa —el final— fue uno de los más gratos que recuerdo. Igual que las moscas se dan una y otra vez con el cristal, yo buscaba a tientas cada amanecer el interruptor de la lamparita. Luego me acordaba de todo y dedicaba un buen rato a disfrutar de las tinieblas.

Me iba lejos.

Una vez me fui a Lisboa, que olía a pasteles y sal. Me llevó dos días encontrar el camino de vuelta.

Me gustaba dejarme las espinillas en los muebles, golpearme con los marcos de las puertas. Avanzaba palpando los enchufes, los interruptores, los cuadros; derribaba platos y fuentes. Levantaba las persianas y sentía el calor del sol, que no alteraba la negrura.

Lo vivía todo para dentro.

A veces me echaba la siesta y acariciaba las sábanas hasta evocarlas con detalle. Pensaba luego en las paredes, de las que iba recordando cada fisura y bulto como si pudiera verlas. Luego me concentraba en el armario por el que desapareció mi madre; o en la jofaina del rincón, que allí seguía, tan inútil como siempre.

Aquello era mejor que ver.

Si quería, les cambiaba la tela a las cortinas y las dejaba a mi gusto, de algodón y lisas, en lugar de floreadas, o de color canela.

Cambiaba la decoración, ponía papel nuevo, raspaba la pared y la pintaba sin una sola burbuja.

Si quería, era capaz de figurarme un tigre a los pies de la cama, y lo hacía. Lo conjuraba con minuciosidad hasta que podía escucharlo y olerlo (los bufidos, el pelo limpio, el rastro de almizcle). Podía ver sus ojos amarillos, que el tigre entornaba con astucia; contarle los dientes uno a uno, hasta un total de treinta. Admirar su fiereza. Su majestad serena. La suntuosidad de su pene de espinas.

Anna se hizo amiga de una vecina que pasaba mucho por casa. Señor Fanjul, me llamaba (no le salía don Jaime). La vecina se llamaba Amalia y tendría veintitantos, y un novio en la mili, en el arma de Ingenieros. Amalia limpiaba casas por las mañanas, para ayudar a su madre, y al final también la nuestra: desde que su padre había muerto, vivían al día.

Por las tardes estudiaba o pasaba el rato con Anna. A veces se sentaban las dos en el salón para escuchar a Elena Francis, sus consejos de modestia y atención al marido, que encontraban, en general, prudentes. Luego hacían lo que querían.

Un día Anna se enteró de que Amalia nos robaba los cubiertos. La tiró escaleras abajo.

Clan, clan, clan, sonaba Amalia mientras caía (o clon, según con lo que diera en el suelo). Anna recuperó las cucharillas y le dijo a Amalia que le había gustado conocerla, que no fuera a malinterpretarla, que reconocía en ella muchas virtudes. Pero otras.

Anna escribía a su marido en Chile todas las semanas, muy cariñosa, pero a veces se echaba algún noviete. Para matar el rato, decía.

Una vez se lio con un torero, guapo a rabiar, de los preocupados por el pelo. Duraron poco, pero algo duraron, yo a veces oía el cabecero de la cama golpear contra la pared y me ponía a silbar al ritmo, para aprovechar la vergüenza. Anna les pedía a sus amigas de Chile que pasaran por casa a visitar a su marido (Anna llevaba el sentido de la simetría muy dentro), pero su marido —muy formal— les daba con la puerta en las narices.

Anna me leía en voz alta.

A Galdós, a los socialistas alemanes, a Leskov, a Rand (que me daba ganas de conquistar el mundo), a Walser, a Valle, la prosa exquisita de Cunqueiro. Me leía los tebeos de Zipi y Zape (que eran peores que los de Mortadelo, pero que me gustaban más), a Lorca (cuando lo de Nueva York y los asesinos de palomas), a Simenon en francés, a D'Annunzio en italiano.

También me ponía música.

Wagner, Machín, Mocedades («Secretaria, secretaria…»), Vivaldi, la orquesta de Paul Mariat, los Platters, los Estupendos (que tanto me recordaban a Zamora), Aznavour, Charles Trenet.

Anna se había comprado un tocadiscos de ocasión que no funcionaba muy bien, me pareció que lo había elegido adrede. Le encantaba rayar discos con él. ¡Claca!, escuchaba yo desde mi silla cuando ella se inventaba un surco nuevo.

Me gustaba el tup, tup de la aguja cuando llegaba al final. Me relajaba mucho. A veces le pedía a Anita que dejara el disco así una hora entera. También me gustaban los bucles cuando un rayón reciente hacía que una canción, hacía que una canción, repitiera la mitad del estribillo, repitiera la mitad del estribillo.

Vivaldi y en general los barrocos respondían muy bien a los bucles. Y Juan y Junior. Y Terry Riley –que había nacido en Colfax, que se llama así por un vicepresidente–. Los ruidos han sido importantes para mí siempre, pero más con la ceguera. Cada sonido es un sitio.

A Anna le gustaba llevarme al cine y contarme las películas. Me empujaba hasta el pasillo de platea y pegaba mucho las ruedas a la butaca, bien sentadita al borde de la fila; y me iba contando qué pasaba, me hiciera falta o no, sin molestarse en bajar la voz, así siempre molestaba a alguien, que es lo que más le gustaba. Y a mí.

A veces, mientras Anna discutía con cualquiera, yo me mecía en la sillita, tan a gusto, y me abstraía de todo: adelante, atrás, adelante, atrás, hasta que me entraba el sueño. (Cuando uno es ciego, se duerme enseguida).

Anna me preguntaba cada vez más por mi pasado. Por su madre, por sus abuelos. Por mis viajes. Hay una edad a la que los hijos quieren saber todo de ti, como si así se completaran. Que cuándo nos conocimos su madre y yo, que qué quería ser de mayor cuando iba al colegio, que por qué y para qué la tuvimos, y a Martín lo mismo...

Anna se compró un cuaderno de anillas de los de abrir y cerrar en el que anotaba lo que le contaba con muy buena letra. Y luego una máquina de escribir de lo más aparatoso con la que no podía dormir nadie.

Se apuntó a un curso de mecanografía.

Al poco, escribía sin mirar, que es lo que hacía yo cuando golpeaba al tuntún las teclas: «sdgejvhsd mgneoodch», escribía. O: «sefvvnlkfg ngfhasc flmn djfsvcsh». Y luego sonaba tin. Y luego el correr del carro. Y el rascado del cambio de línea, que iba a la vez que el carro, o casi. Y luego Anna me leía lo que había escrito y se reía. Y cambiaba la hoja de un tirón (¡ras!) y seguía tecleando. Y yo seguía contándole cosas.

Anna me animaba a ser franco con mi historia, nunca se enfadaba por nada —daba igual lo que le contara—, ni siquiera si la mencionaba a ella, o a su madre, o a su hermano. Anna sólo transcribía lo que oía, tan rápido como era capaz, neutra y solícita. No le importaba si me saltaba cosas; me dejaba que tejiera y destejiera, todo a mi gusto. Quería que mi peregrinar quedara.

Yo sólo quería que estuviera contenta.

Un día sentí algo muy dentro, me puse serio con ella (no por su culpa, por mí). Le dije que ocho meses tenía, ocho, que ocho meses me quedaban, que era todo lo que podía darle, que no podía hacer más.

Que no era cosa mía.

Supe porque sí que me quedaba poco, hasta la primavera o así. Hay cosas que se saben y ya está. No me encontraba mal ni me dolía nada. No era eso. Me encontraba muy bien y así quería morirme, ciego y clarividente, no quería apagarme poco a poco ni ser una de esas velas que empiezan a soltar humo negro cuando sólo les queda cera líquida.

«El 30 de mayo», le dije. «San Fernando. Ni un día más. Ese día me voy, Anita. Anótalo. Apúntalo en el cuaderno».

Anna empezó a doblar las clases de máquina.

Al final escribía tan rápido que el papel ardía mientras le hablaba de Espuria, del regreso a Salamanca, de los piratas encrestados que nos abordaron rumbo a El Havre.

Las teclas sonaban como martillos.

Como a los cuatro meses íbamos aún por los anarquistas, Anita decidió –práctica siempre– mejor grabarme. «Ya lo transcribiré todo luego», me decía. «Tú sólo cuenta». Y yo le contaba.

Se compró un magnetófono de cinta abierta que le habían traído de Madrid. Lo había encargado en Paulino, en la Plaza Mayor de Salamanca, una joyería muy principal en la que ahora revelaban fotos y tenían de todo (mecheros caros, tomavistas de Super-8, gafas), pasado el quiosco de Angelito.

Yo hablaba y hablaba despreocupado, me sentía ligero, describía mi propia vida como se describe un cuadro, a veces algo triste –sumergido en mi neblina, en la que estaba tan a gusto–, a veces contento.

Si me asaltaba un achaque repentino, le dejaba hacer y punto, sin discutirle nada. Ya no había nada que mejorar.

Me sentía en paz. Tranquilo. Sentía que estaba listo.

7

Hay cosas de Salamanca que no se saben.

La piedra de Salamanca retiene el frío como un termo, se asegura de que nadie esté cómodo.

El frío cae a plomo sobre la gente y le garantiza cierto equilibrio.

Cuando acaba el invierno, algo se queda sin resolver hasta el invierno siguiente (que en Salamanca dura seis meses). Las mañanas son el recuerdo constante de la muerte, y el forastero, que acaba por curtirse como el cuero, lo comprende todo cuando regresa a su tierra.

Los rostros se agrietan, pero no se rompen.

Las niñas caminan como señoras.

Los pájaros se cuelan ateridos por las rendijas de los muros, o se refugian en los balcones.

A veces caen piedras del cielo.

Los niños de Salamanca se aburren en clase, como en todas partes, y luego salen al recreo (salen siempre, no respetan el calor del aula) y se contemplan el vaho, que a veces se confunde con la niebla. Hacen como si fumaran y así se les va la mañana.

Los jóvenes remontan tiritando la cuesta de Ramón y Cajal, junto al Campo de San Francisco, en dirección al arrabal de San Bernardo, que ya no existe.

El hielo es en Salamanca moneda, para bien y para mal. Se lleva dentro. Hurga en el corazón de todos y allí se queda, aunque el caminante se esconda en los cafés.

Así era para mí el invierno salmantino. Un largo túnel. Quien habla mal de él es porque no lo ha vivido. Quien se recupera de él, lo añora.

En enero empecé a dormir con las ventanas abiertas, como una vez leí que hacía Amundsen de niño, en una de las revistas de mi madre. El frío de la habitación helaba las partículas de polvo y las dejaba así, suspendidas en el aire, bien duras. Si no te andabas con cuidado, te las clavabas.

Yo sólo quería estar fuerte, subir entero las últimas escaleras, llegar con elegancia al final. Quería marcharme como mi padre (a quien por fin quería), que se esfumó sin más frente a la ventana. O como mi madre, que un día se fue al otro lado y ya no supo regresar. O no encontró las ganas.

Luego expiró el invierno. Llegó la primavera. Cerré de nuevo las ventanas, para que no entrara el polen. De dormir con dos o tres mantas pasé a hacerlo con una, y de las finas. Luego, sólo con las sábanas. Luego, sin nada. Con el calor, la ceguera perdió parte de su gracia, el negro era menos negro y la oscuridad, cuando no es fría, es simple ofuscamiento.

A veces aún me atrevía a pasear. Anna me bajaba hasta el portal y desde allí me las apañaba solo. Sabía por los insultos de los peatones si iba bien o mal, me orientaba de oído. Si acababa en un callejón sin salida, me llevaba un rato darme cuenta, pero al final me daba.

Otras veces, al salir de casa, hacía girar la silla rápido, para marearme, e iniciaba el día así, jugando a los dados. Esperaba lo mejor, igual que al peinarme. Si me desnortaba mucho, el olfato adquiría su importancia.

Cuando echo la mirada atrás, recuerdo los olores, los sabores, la humedad, qué sentí y callé, qué me dijeron. Sin embargo

—salvo en lo concerniente a mi juventud primera, cuando era acicalado y tonto—, apenas guardo memoria de qué me puse.

La mañana del 30 de mayo de 1973 desayuné ligero y me puse mi mejor traje, que era el mejor traje de mi padre, un traje de lana gris de doble botón que me quedaba pequeño y por eso mismo me gustaba, cruzado, con dos cortes a los lados y solapas largas, y un tercer corte detrás, en el centro.

Aun hoy, menguado y fruncido, soy más alto que mi padre, así que los calcetines me asomaban.

Pasé la mañana en la terraza del Novelty, en una esquina de la Plaza, escuchando a otros pedir café con leche y tostadas.

Yo pedí que me trajeran un coñac y un vaso de agua (no había tomado coñac en la vida, y por eso). Luego pedí un vermú, que dejé a medias. Luego, tres cafés solos. Luego, uno con leche. El viento me alborotaba el saldo de hilachas blancas que aún me quedaba en la cabeza.

Sólo por el ruido podía saber qué hora era.

Primero escuché a los estudiantes cruzar la Plaza en diagonal, como si formaran un ejército, camino de las facultades. Luego, a las señoras, que salían a comprar si no tenían asistenta. Luego llegaron los jubilados, que caminaban en círculos y daban varias vueltas a la Plaza siguiendo las agujas del reloj, hablando de sus cosas (unos iban al médico, otros venían; a ninguno lo quería nadie en casa). A mediodía volvieron los estudiantes, ya con hambre. Los sentí entrar por el arco del Corrillo y dejar a la izquierda el pabellón de Petrineros, con sus veintiún arcos, y perderse en la calle Toro, cuesta abajo.

Sentado al sol de mayo, disfruté de cada paso y voz que oí, de cada carrera y silbido. Del olor a jeta que se escapaba de las cocinas de los bares.

La tarde la pasé con mi hija, recosiendo algunos flecos, pegando espejos rotos, repasando fechas y nombres.

Anna estaba muy animada (y un poco triste también). No se separaba de mi lado.

No quiso grabarme más, me preguntó qué música quería que me pusiera. Le dije que ninguna, que quería oírla a ella, que nunca me hablaba de sus cosas. Que me contara. Se rio y puso un disco igualmente…

Me contó que en el colegio de Nuevo Hampshire nos había echado mucho de menos, sobre todo a su madre. Era incapaz de entender por qué los habíamos dejado allí, tan solos. Me dijo que su hermano no ayudaba, que a veces se cruzaba con él en los jardines del colegio y hacía como que no la conocía, que se había tirado un año o más yendo a llorar al baño. Que tampoco se llevaba muy bien con las otras niñas. Me dijo que, cuando rompió a leer, empezó a extrañarme aún más, no sabía por qué, como si con los libros se enterara de cosas. Me dijo que le gustaba mucho el poema de Szczepanik en el que un hombre se encuentra con un niño y el niño le dice: «Tengo manos de todas las edades, / las he cortado yo mismo / con las manos de otro». Que le hacía pensar en mí. Me dijo que siempre se le habían dado bien los trabajos manuales, modelar con plastilina, hacer molinillos de palos, amasar con las yemas de los dedos bolitas de papel de seda y ponerlas todas juntas y hacer retratos con ellas. Me dijo que en la universidad tuvo muchos novios y que había querido a dos, que le habían hecho verse un poco, aunque sin ganas. Me dijo que pensaba conocer a un hombre singular, no sabía aún a quién, un hombre casado que no podría estar con ella, y que ella sufriría mucho por eso y así lo amaría por siempre, y también él a ella. Me dijo que había dejado la carrera cuando le faltaba una asignatura y ya tenía pagada hasta la túnica. Me dijo que no quería ser nada nunca, que no quería estudiar más, ni dedicarse a nada, ni pedirle nada a nadie, ni ayudar más de la cuenta. Ni viajar tampoco. Que ya se las apañaría, que ya haría algo algún día, cuando fuera, pero luego, cuando no le apeteciera tanto, que es cuando —decía— hay que hacer las cosas. Que lo mismo le daba ser rica que acabar en un súper o de taxista, como su hermano. Que la vida no consiste en nada. Que la vida no es qué, sino cómo.

Me dijo también que iba a echarme mucho de menos…

8

Aquella noche Anna hizo algo insólito.

Me dijo que tenía una sorpresa para mí, que no me preocupara, que le hiciera caso. Que me abandonara.

Cuando dieron las nueve en punto, sonó el timbre y Anita me condujo hasta el vestíbulo y le abrió la puerta a una mujer a la que fue describiendo paso a paso.

«Es colombiana», me dijo Anna, «de unos cuarenta años, muy morena, de piel de Popayán», me dijo; «de pelo rizado, recogido en coleta; cejas finas, de nariz chata, boca carnosa».

«Me gustan sus piernas», dijo también, como si la mujer no estuviera delante, «más delgadas de lo que me había imaginado, pero sólidas y fuertes, te gustarán mucho. Tiene las uñas cortas y esmaltadas, de color marfil; no es ni muy alta ni muy delgada ni muy gorda ni muy baja. Pechos normales. Manos pequeñas. Culo firme. Más agradable que bonita» –la mujer no decía nada, la descripción de Anna no parecía incomodarla–, «con esa dulzura seria que tienen las enfermeras, ya sabes, Valentina se llama. La tienes justo enfrente. De Popayán», insistió, «del valle de Pubenza, que es, por lo que se ve, muy bonito. Puedes saludarla cuando quieras. La tienes enfrente».

Todo eso me dijo.

Anna y ella me acostaron con cuidado. Primero me alzaron de la silla entre las dos, cada una de un lado. Me posaron luego en la cama, que apenas se hundió bajo mi peso, mientras yo paladeaba la oscuridad, que esa noche sentía más sedosa.

Cada mujer que he conocido me ha pedido algo, cada una una cosa; a unas les he hecho caso y a otras no, aunque la libertad consiste –creo yo– en renunciar al mando.

«Ahora Valentina te va a lavar», me dijo Anna, y abandonó el cuarto, como si aquello pasara a diario.

Valentina me aseó del modo más cuidadoso, no me hizo sentir violento. Me levantó los brazos y las piernas, livianos como el papel, me lavó la piel moteada con la esponja húmeda. Luego me secó con una toalla.

Me extendió crema hidratante por todo el cuerpo, y un poco de colonia fresca. Luego me puso el pijama.

Luego le oí doblar su ropa y colocarla sobre la silla.

Sentí cómo se tumbaba a mi lado.

La cama de mis padres era una cama de las de antes, de las de colchón de muelles, con sábanas un poco ásperas, colcha cruda y bien doblada justo bajo la almohada, de las que en los pueblos se dejan hechas por si hay nevada.

El colchón crujió cuando Valentina se apoyó en mi pecho y se abrazó a mí, sin hacer fuerza.

Esperó a que mi respiración se calmara.

Luego me desabrochó los botones del pijama y me colocó la mano en el corazón, para sentirlo bien, me dijo. Luego me enredó los dedos en el pelo ensortijado. Me acarició muy despacio el esternón. Me dio un beso en la mejilla.

El cerebro funciona como quiere…

Recordé de golpe el rostro de una mestiza a la que sólo vi una vez, a la entrada de un club de música, en São Bento.

Era una noche cálida y húmeda, como todas las de allá. En la calle un farol cansado lograba apenas manchar de luz su propio poste.

La mujer fumaba en la puerta del local (más que una mujer era un punto naranja).

Hasta que alguien salió del lugar –que se llamaba A Estrangeira– y dejó escapar a su espalda una cenefa de notas que algún negro ambidextro sacaba de su saxofón de plata.

Las notas se enroscaron en la mujer y se perdieron luego

en la selva. Fue entonces cuando la luz de A Estrangeira bañó su rostro de clavo con un fulgor suave, primero amarillo, luego morado, luego amarillo, luego morado: ambas luces se alternaban al ritmo de la música para mostrar su expresión triste (la tristeza siempre es hermosa). Nunca he olvidado su piel tostada, sus labios de cereza, sus lunares, su rostro fatal, que aquellas luces convertían en lienzo.

Valentina, con suavidad de esposa, me fue despertando el cuerpo poco a poco. Agitó mi aliento. Me dejó que la mirara con las yemas. Me besó una a una cada arruga con una dulzura y seriedad que yo desconocía, las besó despacio. Se soltó el pelo.

No dijo una palabra, tampoco yo.

Me sentí flotar en un mar calmo, más atento que nunca a mi propia piel, a cada terminación nerviosa. Valentina me guiaba.

Cuando me sintió a punto, se colocó sobre mí con ternura. Me sujetó bajo las sábanas, pastoreándome, me dirigió con seguridad hacia su centro. Desaparecí en ella. Luego se apoyó en mi vientre con ambas manos. A veces se agachaba un poco y acariciaba mi pecho con su pelo ondulado, a veces se inclinaba hacia atrás. Se movía con mucha suavidad, como si bailara despacio, un baile terso y profundo, en círculos pequeños. Me sopló al oído. Me llenó la columna vertebral de luces. Subió, poco a poco, el ritmo…

Cuando la llama blanca que Valentina había encendido en mí estalló por fin dentro de su vientre, se dejó caer sobre mi cuerpo y me cubrió la boca con la mano para que la mordiera.

Me dejó rebosar como un estanque, sin ninguna prisa, esparcirme en ella, lleno yo por una vez. Vacío luego.

Me acogió con delicadeza entre sus brazos. Me calmó con atención muda. Me besó las lágrimas.

Luego volvió a apoyarse en mí y escuchó mi respiración inquieta como si fuera lo más importante del mundo, hasta que se apaciguó del todo. Hasta que volvió a sentir que latía a ritmo de viejo.

Después se ató de nuevo el pelo. Recogió la ropa.

Se fue sin hacer ruido.

Las escuché a las dos: Anna y ella hablaban como amigas en la entrada. Oí cómo se despedían con dos besos. Oí una risa agradable (creo que de Anna). Oí la puerta de casa, que se cerró suavemente. El ascensor, que acababan de instalar después de casi un siglo. La puerta grande del portal, que dejó un eco detrás que tardó un minuto en apagarse.

Luego me quedé dormido.

9

Al despertar estaban allí todos. En mitad de la noche. A los pies de la cama.

Mi padre, callado y afable. Con los ojos un poco brillantes.

Mi madre, que sonreía y me hizo llorar un poco. (Acababa de fumar, se le notaba).

Mi bisabuelo, duro aún de oído.

Mi hermana Elena, ya mayor, pero aún niña.

Conchita Lara, mi primer amor, que me dejó para siempre por una tontería.

Todos habían muerto. A todos podía verlos.

Estaba mi amigo Mariano, de los Escolapios, que a veces mataba niños.

La monja con la que me pegué en Espuria, que me dejó espabilado para siempre y por la que aún me crujían los nudillos.

Vicenta Sentín, la química, de la que me enamoré un rato.

La madre inefable de Conchita, tan atractiva y líquida.

Estaba Julián, de Alba de Tormes (nunca supe su apellido), con su mujer Céline, que seguía tratándolo como a un niño (y a mí), los dos juntos de nuevo.

Alizée y su padre Just, que ya no sentía por mí recelo.

Los teósofos, a medio palmo del suelo.

Los anarquistas uno a uno: Jules Broglie y Manuel Sacande, que volvía a tener manos; Armand Loubet, que ya no me caía mal, ni yo a él; Fallières, Coty; Thiers y su padre, que nos dejaba el local a todos; Grévy, Carnot.

Estaba el niño Abán, que movía las arenas del desierto y me las lanzaba a la cara, que no se separaba de mí, hasta que se separó. No sé de qué moriría.

Estaba Luisa Pereira, la bruja del Duero, que apenas había cambiado, con esa luz que extraía, creo, del centro de la Tierra, que me decía que no con la mirada, pero que sí con el cuerpo. Pisaba la alfombra con fuerza. Descalza. Bien atada al suelo.

Estaba Edite, con la que casi me caso, que me dejó por otro.

Y con ella medio São Bento.

El alcalde de Patrocinio y su hijo bueno, que me enseñó a cocinar.

Y el juez de paz.

Y el padre Sampaio, el cura de Gestas.

Y la mujer del gobernador.

Y Tavares Cabrita, el usurero de la isla.

Y todos.

Y George, el bueno de George, que me daba como siempre su bendición, preocupado por mí antes que por él mismo. Siempre generoso.

Y Justine, que estaba a su lado y me sonreía. Y me intimidaba con su amor infinito. Que se adelantó para tomarme la mano (que no paraba de temblar). Sus ojos iluminaron la habitación y me iluminaron el pecho. Me dijo sin decir nada que todo estaba bien. Que todo iba a salir bien. Que todo iba a salir perfectamente. Que nunca había dejado de amarme. Me hizo llorar de nuevo. Le sonreí como supe y pude. Me limpié las lágrimas con la manga.

Estaban las Damas del Grêne Mere, con su brillo tenue y verde, también la más pequeña, que una vez me hizo ojitos.

El niño descalzo del manglar, del que nunca supe el nombre, que ya no me pedía que me agachara.

Anselmo García Bellido, de Poyatos (me hizo mucha ilusión verlo allí), tan simpático como siempre, tan sin novia.

Aarón, el judío gigante, callado, pureza todo, que podía mover las nubes y retorcer las aguas.

El moro Omar, que no sé si me habría perdonado, pero igual sí, porque también me sonreía.

Estaba Zamora, mi Zamorita, ahora una mujer madura y bellísima que tenía dos hijos, niño y niña. Los dos se acercaron a mí cuando ella se lo indicó. No sé quién sería el padre, pero me alegró mucho verlos. Y me alivió. Le devolví al pequeño el mechón de su madre, para que lo guardara.

Estaba Fabien, el pobre Fabien, que tanto había ayudado a Benito a que me ayudara a mí. Que, con el dinero que ganaba en el taller, le compró a su familia un piso en el sexto.

Estaban todos. Todos los muertos.

Los veía a todos.

Todos vinieron a despedirse, a todos les dije adiós. A todos les di las gracias. A los que me decían Fanjul y a los que me decían Jaime. Todos me ofrecieron su aliento y se despidieron con la mano, o me miraron comprensivos. O se llevaron la mano al pecho y se dieron golpecitos suaves.

Justine se agachó de nuevo para acariciarme, sólo ella. Me dio un beso muy largo. Se quedó junto a mí en silencio. Yo quería que se quedara más. Que no se fuera nunca.

A ninguno lo vi irse. Pero todos lo hicieron.

Luego Anita entró en el cuarto con su cuaderno de notas y se sentó a mi lado, junto a la cama. Llorando y riendo. Me pidió que le hablara, que le dijera cosas. Que se lo contara todo. Me llamó papá muchas veces. Luego me dijo —como había hecho antes su madre— que todo estaba muy bien. Perfectamente. Que me quería mucho. Que se alegraba muchísimo de estar allí. Conmigo. Que le hacía muy feliz haber venido de Chile para poder pasar este tiempo a mi lado.

Me deseó mucha suerte. Me dijo que ojalá yo me sintiera igual de contento. Que tenía una sonrisa muy bonita, me dijo. Que estaba muy guapo.

Me dio, no sé por qué, las gracias.

La noche del 30 de mayo de 1973, poco antes de la medianoche, cerré por fin los ojos y regresé a la niebla. Sabía que, si los abría, no podría ver ya nada. Así que no los abrí. Dejé que mi hija me arropara.

Anita se inclinó sobre mí.

Primero estiró la sábana, que en sus manos era de seda, me la posó con cuidado sobre la cara y la dejó ahí un rato, mientras estiraba las mantas. Luego (como hacía yo con ella cuando era pequeña) dobló la sábana de nuevo, descubriéndome el rostro, y envolvió con ella el borde de la manta. Como en un hotel, decía. Para que tuviera la cara fresca. Anna. Anita.

Le pedí que me despidiera de su hermano. Me dijo que ya lo había hecho.

En el alero del edificio —o en el de enfrente, no sé— gorjeaba una golondrina nocturna. Arrullándome.

EPÍLOGO

Lo que soy o he dejado de ser lo he sabido siempre por los demás. Si he quedado en la memoria de alguien ha sido sin darme cuenta. Las mujeres me han perdonado cada vez, han visto en mí más que yo mismo. Los hombres me han evocado con afecto cuando ya no estaba. Hoy me siento un fantasma penitente que vive y busca la vida. Veo a veces reconocimiento en la mirada de los otros, una gratitud que no entiendo. He recibido el trato tierno que no he sabido procurar, he obtenido la indulgencia que yo mismo no me he dado. Sólo por otros sé a quién he asistido. Me han descrito con palabras que no comparto y en las que no sé verme. Veo al niño que fui; al adolescente; al hombre; no sé reconocerme en ellos, no sé quiénes son. Seres distintos. Acaso tal cosa indique algún avance, el que durar procura. Nada he pretendido ser. Miro dentro de mí y no encuentro certezas, dos o tres presentimientos, ninguna meta más que la de no buscarlas. Sólo en los demás he visto alguna luz, sólo al ser tratado así o asá he podido, a veces, entender un poco. Todos somos como podemos ser y no de otra manera, nada meritorio hay en seguir la senda del carácter. Hacer lo que debe hacerse. Alcanzar lo alcanzable. Aprender lo aprendible. He hecho las cosas bien y mal, de todas he aceptado las consecuencias. No he hallado en el mundo nada que no buscara ni buscado nada que no me conviniera, no he aprendido lección a la que no atendiera ni atendido a nada que me fuera útil. Me he pasado la vida andando. Ahora no tengo tiempo ni prisa. No he merecido mucho. Con nada me he quedado. Yo, que a tanta gente he conocido, no he sabido conocerme, asombrado ahora y siempre por el trato recibido. Mi lápida dirá: «Mejor ahora».

Hasta aquí hemos llegado.

Papel certificado por el Forest Stewardship Council®